천명자

전생자 17

초판 1쇄 인쇄 2019년 11월 15일
초판 1쇄 발행 2019년 11월 29일

지은이 나민채
발행인 오영배
편집 편집부
일러스트 eunae
본문 디자인 오정인
제작 조하늬

펴낸곳 (주)삼양출판사 · 드림북스
주소 서울시 강북구 도봉로 173
대표 전화 02-980-2112 **팩스** 02-983-0660
편집부 전화 02-987-9393 **팩스** 02-980-2115
블로그 blog.naver.com/dreambookss
출판등록 1999년 3월 11일 제9-00046호

ISBN 979-11-283-9707-3 (04810) / 979-11-283-9410-2 (세트)

드림북스는 (주)삼양출판사의 판타지 · 무협 문학 브랜드입니다.

ORIGINAL FANTASY STORY & ADVENTURE

나민채 판타지 장편소설

17

전생자

dream books
드림북스

목차

Chapter 01   007

Chapter 02   051

Chapter 03   089

Chapter 04   135

Chapter 05   173

Chapter 06   213

Chapter 07   255

Chapter 08   305

Chapter 1.

"왜 존 도냐고요? 그자는 조나단 헌터와 더불어
자본패권주의의 상징이에요. 정부가 존 도를 감추기
위해 수정해 온 법률만 서른네 가지가 넘는다는 걸,
말하고 싶네요."

채널을 돌리는 매 순간마다 다양한 목소리들이 튀어나왔
다.

'하필 지금……'

미 대통령의 얼굴에선 심기 불편한 표정이 꿈틀거렸다.

"당신이 아무 행동도 하지 않는다면 최악의 상황은 현실이 될 겁니다. 우리는 99.9999%다! 당신도 우리와 같을 확률은 99.9999%다!"

"정부는 숫자만 내세우죠. 그 숫자만 보면 우리 경제는 정말로 성장하고 있는 듯한 착각을 불러일으켜요. 그런데 제 주위는 왜 아닐까요? 제 가족과 이웃들은 여전히 일자리와 세금 등 모든 면에서 고통받고 있어요. 그들이 고통받는 것을 보는 게 너무 힘드네요. 외계 습격을 격퇴하며 우리 세상은 더 좋아진 게 아니었나요?"

"사람들은 조나단 투자 금융과 질리언 투자 금융 그룹 같은 '시작의 날 방어자'들로 인해 우리 시스템이 붕괴되지 않을 수 있었다고 생각하지만, 그들은 해 오던 대로 탐욕을 부린 것밖에 없습니다. 정보를 독점하고 잃지 않는 투자를 했던 겁니다. 시작의 날, 시작의 장. 그들이 외계 침공을 사전에 알고 그 대안도 마련해 두었다는 증거는 어디서나 찾아볼 수 있습니다. 그들은 시작의 날을 방어한 게 아닙니다. 그날을 이용한 것이지요."

"많이들 모르는 게, 뉴욕증권거래소는 국가 기관이 아니오. 조나단 투자 금융 그룹이 소유하고 있소, 그럼 연방 준비 은행은 누구의 것이겠소? 연방 준비 은행의 이사진들은 왜 조나단 투자 금융 그룹의 사람들로 포진되어 있겠소?"

"권리가 아닙니다. 이번 시위는 우리의 의무입니다. 동참하세요!"

"숫자 얘기를 또 할 수밖에 없겠군요. 소득 상위 20%가 전체 부의 90%를 차지하는 것만으로도 기형적인 사회라고 할 수 있죠. 그런데 이거 아시나요? 소득 상위 20%에서도 조나단 헌터와 존 도 같은 몇 사람들이 70%를 쥐고 있어요. 계산은 어렵지 않아요. 그들 몇 사람이 전체 부의 60%를 넘게 쥐고 있다는 겁니다. 단 몇 사람이요! 제 아이도 알아요. 이게 잘못됐다는 걸."

"인류 문명을 구한 건 각성자들이지 그들이 아닙니다. 그들은 인류의 위기를 두고 베팅을 했던 거요!"

"더 큰 무언가가 있어요. 세계 각성자 협회가 자본 세계에 녹아든 것을 보자고요. 지옥에서 기어 나왔던 그들이 왜 그렇게 순한 양이 돼서, 자본의 룰대로만 움직이는 거죠? 염마왕, 조나단 헌터. 존 도 같은 사람들은 우리가 상상하는 것 이상의 힘을 쥐고 있어요."

"경찰들이 탄압하고 친구들은 체포되었어요. 저는 노상에서 뜬눈으로 많은 밤을 지새웠고요. 그런 걸 버틸 수 있는 까닭은 우리 아이들의 미래가 우리 손에 달렸기 때문이에요."

"정녕 그들이 정의를 위해 '시작의 날 방어자'로 행동했다면, 이제는 새로운 정의를 보여 줘야 할 때라고 생각합니다. 조나단 헌터는 정의를 실현하라! 존 도와 질리언 투자 금융 그룹의 주인들은 우리 앞에 나타나라! 우리는 너희들의 노예가 아니다!"

"점령은 계속될 것이다! 사람들이여 뭉쳐라! 우리는 결코 패배하지 않을 것이다! 언제나! 계속해서! 월가를 기필코 점령하라!"

"존—도! 존—도! 존—도는 나타나라!"

존 도를 부르짖는 목소리가 커질수록, 미 대통령은 오히려 자신이 압박당하는 기분이었다.

하루 이틀 사이에 끝날 시위가 아니었다. 보좌진들도 시위가 과거보다 훨씬 폭발적인 규모로 장기화될 거라는 공통적인 의견을 내놓았다.

과거의 시위는 행정부의 경제 정책에 대해 격분하며 시작된 반면, 이번 시위는 천정(天頂)까지 다다른 그분의 금력이 조금이나마 알려지면서 시작된 것이다.

그 조금만으로도 대중들은 공포를 느꼈던 것이다.

거리로 뛰쳐나오지 않고서는 못 배길 만큼.

사실 조짐이 없던 건 아니었다.

시작의 날에 있었던 파장이 정리된 후, 기업들이 변동된 주주 명부를 공시하기 시작하면서부터였다.

전체가 집계되었을 때 조나단 투자 금융 그룹에만 세계 전체 주식의 22.3%가 들어가 있었고, 상위 십 순위 그룹의 보유분을 다 합산해 보면 자그마치 62.1%라는 경악할 수치를 보였다.

미국으로만 한정 지으면 그분의 장악률은 더 높게 치솟기 마련이었다.

한편 세계는 외계 문명의 습격으로부터 안정을 찾았고 무시무시했던 괴물들은 컨텐츠로 소비되는 처지에 불과해졌다.

각성자들이 떼돈을 벌고 있다더라, 이계에서 왕족 부럽지 않게 산다더라, 그런 말들까지 많아서 대중들이 느끼는 박탈감은 극에 달해 있었다.

꺼진 긴장.

그 공백을 두려움이 채웠고 박탈감이 기름을 부은 꼴이다.

인류가 파멸할 수도 있었던 시작의 날은 어느샌가 잊혀져 버렸다.

'그러니 왜 아니겠어!'

하지만 자신의 진짜 근심은 시위대에 있지 않았다.

거기에 편승하려는 기회주의자 무리들이 공격해 오는 데 있었고, 또한 자신의 핵심적 지지 기반인 팜 벨트 농가들이 시위대를 지지하고 있는 데 있었다.

텔레비전을 껐다.

그러고는 책상에 올려져 있던 신문을 집어 들었다가 바닥에 내팽개쳤다.

「 조나단 헌터와 존 도의 금융 제국은 팜 벨트에도
미쳐 있다…… 확인된 법인체만 스물두 곳. 」

틀림없이 민주당의 얍삽한 무리가 벌인 짓이다.

'기회주의자 새끼들.'

그들이 팜 벨트의 대규모 토지까지도 조나단 투자 금융 그룹의 주머니 안에서 굴러다니고 있다는 사실을 사설 독립 언론에 의도적으로 흘려 버린 것이다.

중간 선거가 얼마 남지 않았다. 중국을 압제한 이후로 경제 지표가 나날이 좋아지고 있어서 중간 선거를 기대하고 있었다. 각성자들로 인해 새로운 시장이 열리기도 했고!

하지만 이대로 가다가는 하원에 더불어 상원까지 민주당에 내줄 수도 있다는 우려를 도무지 뿌리칠 수 없었다.

그때는 대통령 권한 같은 건 의미가 없다. 클럽에서는 자신 말고 새로운 대안을 찾을 터.

고심이 깊어지던 그때, 노크 소리가 끼어들었다.

기회주의자 무리 중 하나가 약속 시간에 맞춰 들어온 것이었다.

미 대통령은 내팽개쳤던 신문을 재빨리 집어 들어 서랍 속으로 감췄다.

"기다리고 있었습니다, 디콜스 의원님."

의원은 미 대통령과 같은 공화당 소속으로, 하원에서 큰 계파를 이끌고 있는 자였다. 동지라면 동지라 할 수 있었다.

그런데 의원이 난처한 표정을 지으며 들어오는 모습에서 미 대통령은 불편한 자리가 되겠다는 걸 직감할 수밖에 없었다.

　결국에 의원이 주절댔던 이야기도 똑같았다. 중간 선거에서 참패당하지 않으려면 결단을 내려야 한다는 소리였다.

　그리고 그 결단이란…….

　　「특별조사 청문회 계획서 (존 도) 」

　서류는 두툼하지 않았다. 그럼에도 불구하고 그것이 책상에 놓이며 내는 소리가 미 대통령에게는 천둥소리처럼 들렸다.

　그는 무표정으로 일관하고 있었지만, 속에선 고함을 쳐대고 있었다.

　'그분의 정체를 알고 나면 까무러칠 것들이…… 감히 어디서!'

　　　　　*　　　*　　　*

　환장할 노릇이었다.

"시늉이라도 해야 합니다, 대통령님. 존 도는 누구입니까?"

"내가 묻고 싶군요. 전 대통령과 여러분들의 작품 아닙니까."

"……이런 상황까지 오게 돼서 유감입니다만 월가의 눈치를 보고 계실 때가 아닙니다. 대통령님께선 할 만큼 하셨습니다."

미 대통령은 순간 참을 수 없어서 소리를 터트렸다.

"참 쉽게들 말하십니다! 나는 이 청문회! 결코 찬성할 수 없습니다!"

청문회를 개최하느냐 마느냐의 주도권은 현재 하원을 장악하고 있는 공화당에 있었다. 미 대통령은 당 간부 회의에서 청문회를 진행시키기로 결의했다는 것을 눈치챘다.

'젠장.'

한때 클럽에서 전폭적으로 밀어줬던 민주당의 늙은 여자는, 자신에게 패하는 동시에 클럽의 관심까지도 잃었다.

그 여자 같은 경우엔 클럽의 존재를 알 수 있는 위치에 있었다.

공화당의 간부 중에도 그 정도 계급의 인사들이 몇 있긴 했다.

그러나 딱 거기까지다.

클럽의 존재를 그냥 짐작만 하고 있는, 하등 계급들.

그런 것들에겐 눈앞에 둔 선거만 보이는 것이다.

"의원님. 당이 내게서 등을 돌리면 나도 똑같이 해 주겠소. 생떼는 여러분들만 부릴 수 있는 게 아니라는 거, 잊지 마시오. 다시 말하지만 나는 청문회에 찬성하지 않습니다. 내 뜻은 분명히 전했소!"

"다시 들르겠습니다. 대통령님. 꼼꼼히 살펴봐 주십시오."

미 대통령은 의원이 나가자마자 수석 보좌관을 불렀다.

내려야 할 지시는 분명했다.

공화당 의원들뿐만 아니라 민주당 의원들까지. 하원을 구성하고 있는 전 의원들 중 자신의 편이 되어 줄 이들을 골라내야 한다.

둘은 수석 보좌관의 사무실로 자리를 옮겼다. 커다란 스크린 보드에 하원 의원들의 이름을 적어 놓고 체크해 나갔다.

문득 수석 보좌관이 목소리를 죽여 말했다.

"……이대로는 어렵습니다. 클럽 회원들에게 협조를 구하는 게 어떻겠습니까."

불문율이다. 클럽 회의가 개최되는 장소에 있지 않고서야, 그 이름을 입에 담으면 안 된다.

미 대통령은 눈알을 부라렸다가 고개를 저었다.

'그럼 자격을 의심받고 만다.'

솔직히 그는 강렬한 충동을 받았다. 수석 보좌관에게 클럽의 진짜 비밀을 털어놓고, 클럽 속의 자신의 입지 또한 가르쳐 주고 싶었다.

그가 아는 그 어떤 조직도 클럽처럼 수직적인 구조는 없었다.

대통령 임기가 끝난 후에도 클럽에 남아 있기 위해서는 그럴 만한 자격이 있다는 걸 임기 내에 꾸준히 입증해야 한다.

전임자는 그걸 해내지 못했다. 그래서 은퇴 후 어떤 삶을 보내고 있는가?

'그 나이에 익스트림 스포츠라니. 그렇지 않고서는 열망을 짓누르기 힘들겠지.'

자신은 전임자 같은 말로를 겪고 싶지 않았다.

"와이프에게 전해 두게나. 며칠간 들어가지 못한다고."

그날 밤.

미 대통령은 마른 입술을 씹으며 초조한 모습을 보이고 있었다.

하원 의원들을 협박하고 회유하는 틈틈이 청문회 계획서를 살펴봤는데, 시늉이라도 보여야 한다는 말과는 달리 정도가 지나친 구석들을 발견하면서부터였다.

청문회는 그분의 자산 규모에 대해서만 다루는 자리가 아니었다.

그러한 부를 축적할 수 있었던 과거와 시작의 날을 방어했던 상세한 과정들까지도 추궁받는 자리였다. 증인석에는 조나단 투자 금융 그룹의 직원들이 예정되어 있었다.

'이런 미친 작자들 같으니라고. 세상을 터트릴 일 있나?'

이번 기회로 제 몸값을 높이려는 자들이 많았던 것이다. 정작 본인들이 치르는 선거 비용이 누구의 주머니에서 나오고 있는지도 모르고……

그는 화이트보드로 시선을 돌렸다. 아직도 청문회를 막기까지는 다섯 석이 모자랐다. 하지만 비로소 따라잡을 수 있는 선까지는 도달했다 할 수 있었다.

그런데 창문이 열려 있었던 것일까? 바람이 뒤에서부터 확 스쳤다.

수석 보좌관과 그 팀원들이 발에 땀이 나도록 뛰어다니기 시작한 이후로, 사무실 안에는 미 대통령 혼자뿐이었다.

그렇게 자신 외에는 텅 비어 있어야 할 사무실이었다. 그런데도 등 뒤에서는 바람의 난입과 함께 무거운 기척들이 느껴졌다.

심장이 쪼그라들었다. 어떻게 경호실을 뚫었는지 모르겠

다만, 질 나쁜 비등록 각성자들이 떼를 지어 온 게 틀림없었다.

그것도 아니라면 클럽에서 청소부들을 보내온 것일 수도 있었다. 그런 무서운 생각들이 뇌리를 파고들었다.

시위를 해산시키지 못한 책임을 물어서. 청문회 따위로 고전하고 있어서.

뒤를 확인하는 미 대통령의 동작은 느릿했다.

그러나 뒤에는 한 명뿐이었다.

그자가 풍겨 오는 기세가 사무실을 꽉 채울 만큼 강력해서 각성자들이 떼를 지어 난입했다고 오인했던 것이다.

각성자의 얼굴까지 확인하고 나서였다.

미 대통령은 휘둥그레진 두 눈으로 황급히 고개를 숙였다.

진짜 그분은 아니시지만, 그분을 모시듯 해야 한다. 전권을 위임받으셨으니까.

"염마왕을…… 뵙습니다."

*   *   *

자신을 쳐다보고 있던 염마왕의 냉담한 눈길이 화이트보드로 향하던 무렵.

협회 안전국에서 백악관의 안전을 위해 보내 왔었던 팀이 움직였다. 경호실에도 각성자가 고용되어 있긴 하지만 브실골들이 대부분.

그러나 안전국에서 보내져 온 팀의 책임자는 무려 마스터 구간의 각성자였다.

각성자 서열 1295위. 코드명은 우사(雨師).

미 대통령은 그자가 최종장에서 염마왕에 직접 속해 있었던 것을 생각해 냈다.

그래서 인사를 올릴 수 있는 기회를 만들어 준 후 뒤로 빠져 있었는데, 잠깐 느껴진 것만으로도 둘 사이는 각별해 보였다.

최종장에서 각성자 대부분이 그분의 연인 마리를 도모하려던 당시, 염마왕과 그의 군단은 외계 괴물들과의 전투를 지속했다고 들었다.

과연 둘 사이는 선을 딱 그어 상하(上下) 관계가 뚜렷하면서도 최종장 말엽에 형성된 뭔가가 있었던 것이다.

'지시를 내리면 그게 무엇이든 저지르고 말겠지. 설령 그 지시가 이 나라의 전복일지라도…….'

염마왕과 눈앞의 각성자, 둘 사이에서만 해당하는 일이 아니다.

그런 유대 관계가 아니더라도 각성자들은 그분의 힘에

굴종한 상황이다.

쳐라, 그 한마디면 끝이다. 그때부터는 암막에 가려져 있던 그분식 전제주의가 정말로 세상을 통치하는 순간이 올 것이다.

빠르게 확산되고 있는 시위도 그렇고. 기회주의자들로 가득 찬 정계의 상황도 그렇고.

그러니 가정을 아니 해 볼 수가 없었다.

인내심이 바닥나신 것이라면? 그래서 세계를 재편성하기로 하셨다면?

그런 세상이 도래하면 자신이 설 자리가 있겠냐 하는 거다.

각성하지 않은 클럽 회원들에게도 기회가 올까…….

참담한 계산이었다.

자신에게 최선의 방향은 지금 이대로가 유지되는 것이니까. 그건 그분을 공격하고 있는 대중들과 정계의 의원들도 마찬가지니까.

미 대통령은 염마왕과 안전국 각성자를 눈앞에 두고 계속해서 생각했다.

'인생이란 곧 생존하는 것이며 어디서든 가장 중요한 것은 생존이다.'

만일 칼로써 시위를 제압하시고, 그걸 기점으로 통일 전제 정권을 수립하실 계획이시라면 자신은 방향을 확실히 잡아야 한다.

학창 시절이 생각났다. 엿 같은, 뉴욕군사학교(New York Military Academy).

졸업한다고 장교로 임관하는 국가 교육 시설은 아니었지만, 군대보다 살벌하다 확신할 수 있는 곳이었다.

각 잡힌 교복을 입고 광을 낸 벨트 버클을 차고 다녔다. 그렇지 않아도 잘난 집안들의 문제아들을 모아 놓은 곳이었기 때문에, 거기서 생존하기 위해서는 항상 1등이 되어야 했다.

설사 자신감이 없어도 항상 자신감이 넘치는 모습으로 보여야 하고.

한번 결단을 내렸다면 그것이 잘못된 결단이란 걸 깨달았을지라도 끝까지 밀어붙여, 약점을 노출시키지 말아야 한다.

그것이 제일 중요한 생존의 법칙. 미 대통령은 결단이 섰다.

물론 솔직히 말하자면 자신은 대중들을 탄압하고 싶지 않다. 친애하는 대중들의 지지가 있었기에 백악관에 입성할 수 있었기 때문이다. 클럽의 공작에도 불구하고 말이다.

하지만 누군가 대중들의 편에 설 것이냐, 클럽의 일원으로 남아 있을 것이냐 묻는다면 그것만큼 쉬운 질문은 없었다.

미 대통령의 머릿속에선 총으로 무장한 군인들과 시위대가 충돌하고 있는 광경이 펼쳐졌다.

안전국 각성자가 나가고 난 후였다. 미 대통령은 바로 말했다.

"계엄을 선포하겠습니다."

미 대통령의 머릿속엔 이미 계획이 서 있었다.

누구를 계엄사령관으로 임명할 것인지, 이에 반대하는 주지사들을 어떤 방법으로 불러들여 감옥에 처박아 둘 것인지.

또 계엄 해제를 주장하고 나오는 의원들의 목소리는 어떻게 묵살할 것인지.

험난한 과정이 되겠다만 반드시 성공해야만 하는 일이다.

그러나 염마왕에게선 이렇다 할 대답이 없었다. 화이트보드에 적힌 이름들, 그중에서 청문회 개최파에 속하는 일원들의 이름들을 눈에 담고 있었다. 두 눈에 서늘한 빛을 띠면서.

미 대통령은 역시나, 자신이 느낀 게 틀림없다고 확신했다.

그분과 그분의 측근들은 만들어 왔던 질서들을 뒤엎을 만큼 화가 많이 나셨다. 그런데 들려오기 시작한 대답은 그러한 눈빛과는 다른 것이었다.

"고작 이런 사안으로 계엄이라, 국정을 마비시키기에 제격이겠군."

고작이 아니었다.

혁명을 자처하는 무리들이 폭발하고 있었다. 월가를 넘어서 주요 도시 곳곳으로. 그리고 전 세계로 번지고 있었다.

염마왕은 멍해져 버린 미 대통령을 뒤로하고 청문회 계획서를 집어 들었다.

그러고는 계획서에 빗금을 그어 대고 몇 가지 문구를 써넣었다.

그것을 미 대통령이 되돌려 받았다.

「특별조사 청문회 계획서 ~~(존 도)~~ (조나단 헌터)

청문 대상: ~~존 도(John Doe)~~
조나단 헌터(Jonathan hunter)
목적: 특별조사 청문회를 실시함에 있어 대상을 출석하게 하여 질의한 후 답변과 의견을 청하며, 필요한 경우 증인 등으로부터 증언·진술을 청취함으로써 ……. 」

"합의점이 될 것이다. 그대는 더 이상 적을 만들지 않는 게 좋겠어."

미 대통령은 거기에 대고 무슨 대답을 해야 하는지 떠오르지도 않았다.

"그래도 노력은 가상하였다. 기억해 두지."

*　　　*　　　*

수석 보좌관의 사무실에 다시 혼자만 남게 되었을 때.

미 대통령은 무엇이 자신의 진심이었는지 혼란스러웠다.

안도와 아쉬움이 아무렇게나 뒤섞여 있었다.

진이 빠질 대로 빠져 버렸기 때문일까. 청문회를 통과시키라는 지시 덕분에 부담을 넌 셈이나 피로감이 몰려들었다.

미 대통령은 개인 처소로 향하지 않고 대통령 집무실로 돌아갔다.

"그래도 노력은 가상하였다. 기억해 두지."

그건 그분의 대행자가 마지막에 남긴 말씀이었다. 힘없이 한 손으로 얼굴을 쓸어내린 이후로, 미 대통령의 만면에는 쓴 미소가 번져 있었다.

'이게 그분의 뜻이란 말인가. 이런 엿 같은 상황에서
도…….'

그는 오늘 밤은 잠들 수 없다는 사실을 깨닫고는 책상 한
편에 놓여 있는 성경을 끌어당겼다.

백악관에 입성하던 당시, 선서에 사용됐던 에이브러햄
링컨 전 미 대통령의 성경은 물론 아니었다. 하지만 내용물
은 같다.

출애굽기 21장 23절부터 25절까지.

*그러나 어떠한 손해가 뒤따르면 너는 생명은 생명으로,
눈은 눈으로, 이는 이로, 손은 손으로, 발은 발로, 화상은
화상으로, 상처는 상처로, 매는 매로 갚을지니라.*

자신이 제일 좋아하는 구절이었다.

대선에서 이 구절을 인용하며 무슬림 테러분자들을 입
국시키지 말아야 한다고 했던 때에는, 마태복음 5장 39절
'누구든지 네 오른뺨을 치거든 왼뺨을 돌려 대라'는 말씀
으로 반격을 받곤 했었다.

그래서였다.

미 대통령은 과거에 자신을 공격했던 기회주의자들과 지
금까지도 '그분'을 두고 메시아라 주장하는 목회자들에게

오늘 일화를 공개해 버리고 싶은 마음이 굴뚝같아졌다.

도리어 대행자로 하여금 청문회에 자진 출석하겠다는 것.

그것이야말로 마태복음 5장 39절의 말씀과 무엇이 다른가.

가뜩이나 대부분의 종교들이 그분의 이름으로 교단의 정당성을 인정받고 싶어 하는 시국이었다. 금력과 무력뿐만 아니라 신앙까지, 그렇게 삼위일체(三位一體)를 이룰 수 있는 시국……

거기까지 생각이 미쳐 버리고 만 순간.

'무슨 미친 생각을.'

전 인류가 광신자가 돼서 그분만 바라보고 있는 세상을 떠올리니 등줄기가 오싹해졌다.

그러한 세상보다는 차라리 대중을 군홧발로 짓밟는 전제 정권이 낫다. 그리고 그런 전제 정권보다는 지금이 낫다.

이튿날 아침, 미 대통령은 디콜스 의원을 집무실로 불렀다.

시위가 그분의 모국(母國)인 한국과 일본 그리고 프랑스로도 확산된 게 기정사실로 된 아침이었다. 한국 대통령과의 핫라인 통화가 끝날 무렵에 디콜스 의원이 들어왔다.

의원은 전투적인 기세를 감추지 못하고 있었다. 청문회를 같이 추진했던 의원들 중 많은 자가 대통령 쪽으로 빠져나갔기 때문이었다.

"대통령님. 정말 그렇게 하고 싶으신 겁니까? 진심입니까?"

의원은 언성을 높인 그 말로 아침 인사를 대체했다.

"이건 당을 넘어선 국가적 차원의 문제입니다, 의원님."

"국정은 혼자서 이끄실 수 없습니다. 다시 언급해야만 하는 게 참 야속합니다만, 지금에라도 우리 당 지도부의 결정에 동참……."

"그럼 이건 필요 없겠군요. 어디 한번 표결에 부쳐 볼까요?"

말로만이었다. 미 대통령은 심술궂은 표정을 지으며 청문회 계획서를 넘겼다.

의원의 눈초리가 가늘어졌다.

"조나단 헌터?"

미 대통령이 청문회 계획서를 턱짓해 보이며 대답했다.

"그걸로 합의 봅시다, 우리. 이러고도 선거에 참패하면, 그땐……."

"조나단 투자 금융 그룹과 얘기가 끝난 사안입니까?"

"당장 중간 선거만 보지 말고, 20년 재선까지도 좀 보자는 겁니다. 월가에 무작정 등을 돌렸다가 누구 돈으로 선거를 치른답니까. 그렇게들 시야를 좁게 가져가서야 원. 표밭 잃었으면 새로운 표밭 뚫어야 하는 거고, 돈줄 끊겼으면 새로 끌어당겨야 하는 거 아닙니까."

"잠시만요, 대통령님. 조나단 헌터가 정말 나와 준답니까?"

"거부하면 의원님께서 강제로 집행하시죠."

미 대통령은 당황하는 의원의 표정을 만끽하다가 마저 말했다.

"말이 그렇다는 것이고, 조나단 투자 금융 그룹과는 이야기가 잘 끝났습니다."

"그거……."

"다행이죠? 다행일 겁니다. 여러분들이 참 부럽습니다. 나 같은 대통령을 둬서."

"대통령님의 깊은 뜻을 헤아리지 못했군요. 사과드리겠습니다."

"사과는 말로 하는 거 아닙니다. 내가 여러분들을 살려 줬다는 거, 잊지나 마십시오."

*   *   *

갑자기 조용해져 버렸다.

월가의 황소상 앞에서 퍼포먼스를 준비하고 있던 어느 행위 예술가들도, 시위 선을 넘어가 버린 걸 빌미로 체포당하는 시위대와 체포하는 경찰들도.

시위대로 넘쳐나는 거리를 두고 '완벽한 교실'이라며 강연을 해 왔던, 아탁의 학술 자문 교수진들도.

수레에 기부 음식과 생필품을 싣고 돌아다니던 행인들도.

전부 다였다.

그들이 불법적으로 설치된 대형 모니터를 올려다보기 시작하면서 온갖 구호들로 그렇게나 시끄러웠던 거리는 시간이 멈춰 버린 듯했다.

[속보: 하원 특별조사 청문회 타결…… 시작의 날, 금융 방어에 관하여 '조나단 헌터' 특별조사 청문회 개최. 출석 통보 마쳐.]

일순간이었다. 승리의 함성 소리가 하늘을 찔렀다.

"조나단 헌터가 출석을 거부하면 어쩌지?"

문득, 누군가 의문을 제기했지만, 그때만큼은 그것도 함성 소리에 묻혔다.

하지만 흥분이 가라앉은 무렵에는 그 문제가 대두되기 시작했다.

사람들은 불안해졌다.

민중의 목소리가 백악관에 닿아, 월가와 떼려야 뗄 수 없는 정치인들까지도 비로소 한목소리를 내기 시작했는데.

정작 각성자이자 협회원이기도 한 조나단 헌터에게는 세계 각성자 협회 대 유엔 회원국들 간의 협정에 의거, 출석을 거부할 권리가 있었다.

권리를 논하기 전에, 조나단 헌터는 각성자 자체의 힘만으로도 서열 4위.

그가 출석을 완강히 거부하면 무슨 수로 청문회를 진행시킨단 말인가.

그렇게나 높았던 함성 소리는 새로운 구호로 바뀌어져 갔다.

"조나단은— 출석을 해라!"
"조나단은— 출석을 해라!"

그러고 몇 시간이 지나서였다.

아탁 학술 자문 교수들의 강연을 설파하고 있던 대형 모니터가 화면을 전환시켰다.

거기. 흥분을 감추지 못하는 아나운서의 얼굴 아래, 시위대들은 본인들이 그토록 요구했던 것과 부합한 문장을 발견할 수 있었다.

우아아아아—!

모두는 서로를 끌어안았다. 울음을 터트리는 사람들도
있었다.

[속보: 조나단 헌터 "출석하겠다."]

거리의 시위대들은 거기를 바라보면서 본인들이 승리했
다고 생각했다.

그리고 모두가 기다리던 그 날.

전 세계의 이목이 집중된 그 날이 밝았다.

*   *   *

그간 회선 상으로만 연락을 주고받아 왔던 조나단과 김청
수가 처음으로 얼굴을 마주한 자리는 외희의 대기실이었다.

출석 통보를 받은 건 김청수도 마찬가지였다. 증인 신분
이었지만 사실상 본인도 청문 대상에 속한다는 것을 모를
수가 없었다.

하지만 그의 얼굴이 분개에 차 있는 건 꼭 청문회 때문만
이라고는 할 수 없었다. 의회 바깥에서도 벌어지고 있는 일.

김청수는 인사를 생략하고 그 일부터 밝혔다. 그도 의회로 오는 중에 긴급히 전해 듣게 된 일이었다.

"수색 영장 심사가 시작되었습니다."

김청수가 조나단에게 내밀어 보인 핸드폰 안에는 젊은 검사의 얼굴이 박혀 있었다.

"제출자는 피라미 검사입니다만 하원의원과 시민단체가 많이 붙어 있습니다. 현 검사장의 승인 없이 독단적으로 주도하고 있다는 것까지, 확인되었습니다."

따로 그자의 프로필을 준비해 온 게 아니었다. 돌아오는 중간선거에서, 검사장에 출마하는 자들의 이력은 선거 관리 웹사이트나 그자의 캠프 웹사이트를 통해 손쉽게 확인할 수 있는 바였다.

크크거리는 생기 잃은 웃음소리가 그때 조나단의 입술 밖으로 새어 나왔다.

그럼에도 꽉 쥐어진 조나단의 두 주먹은 당장에라도 무슨 일을 저지를 것처럼 보였다. 실제로 조나단이 짓눌러 버린 팔걸이는 산산조각이 나며, 의자에서 일어났을 때에는 의자 전체가 문자 그대로 깨져 있었다.

김청수는 분노를 곱씹는 조나단의 눈동자를 보면서, 시작의 장에서 '염마왕'이 어떤 존재였는지 새삼 알 것 같았다.

그건 조나단이 아이템 대신 정장을 입고 있다 해서 감춰질 수 있는 게 아니었다.

김청수는 화들짝 놀랐던 마음을 추스르고는 마저 말했다.

"당장은 기각될 것입니다."

"반 트러스트 법(Anti—Trust)을 걸고넘어지는 것이겠지?"

독점금지법.

한때 석유왕이라 불렸던 록펠러의 왕국을 해체시켰던 법안이었다.

그런데 김청수는 조나단이 했던 말을 잘 듣지 못했다. 고막에서 통증이 일 정도의 고주파만 느껴졌다. 웅웅거리는 소리 말고는 아무것도 듣지 못했던 것이다.

조나단은 김청수가 통증을 호소하며 귀를 틀어막는 광경을 보며 자신의 분노가 너무 지나쳤음을 깨달았다. 화를 가라앉혀야 한다는 것은 알지만 결코 마음대로 되는 일이 아니었다.

조나단이 미안한 뜻을 전하자 김청수는 두 손을 설레설레 저었다.

"뭐라 하셨습니까."

"반 트러스트 법."

그렇다는 대답이 들려왔을 때.

조나단은 정말로 염마왕의 강림을 시전하고 싶은 충동으

로 심장이 벌렁거렸다.

로트실트에서 썬의 부모님을 도모하려 했던 정황을 포착했던 때보다 더했다. 차라리 로트실트는 그 야욕이 노골적이기라도 했다.

그러나 시위에 편승하고 있는 자들, 세계의 진실을 모르는 그 무지(無知)한 것들이 탐욕을 정의로 포장하려는 모습에서 조나단은 점점 한계에 부딪히고 있음을 깨달았다.

하지만 참아야 한다. 당장에라도 뒤엎어 버릴 수 있는 세상이지만 이 세상은 자신이 만든 것이 아니니까. 세상의 주인은 따로 있었다. 자신은 그 뜻을 이행하고 있을 뿐이고.

김청수는 조나단이 화를 가라앉히길 기다렸다가 말했다.

"의원들 중에는 클럽의 그림자도 보지 못하는 자들이 많습니다. 공세가 거셀 테지요. 이자를 눈여겨봐 주십시오. 검사와 더불어 수색 영장을 주도하고 있는 자입니다."

＊　　　＊　　　＊

「Mr. 조나단 헌터.」

명패가 올려져 있는 중앙 자리에도, 거기까지 가는 진입로에도.

기자들이 벌 떼처럼 운집해 있었다.

조나단이 자리에 착석했어도 카메라 셔터 소리가 끊이지 않았다. 손을 뻗으면 당장 닿는 거리. 조나단의 시야에선 의원들이 빙 둘러앉은 상단의 자리가 그러한 기자들로 한참 동안 가려져 있었다.

조나단은 계속 굳은 얼굴이었다. 그가 마이크를 툭툭 쳐 보이며 준비를 마쳤다는 신호를 보냈다.

그렇게 기자들이 자리를 비키면서 청문회가 시작됐다.

의장의 형식적인 인사가 끝난 다음이었다.

「 공화당 하원의원, 디콜스 도노반 」

첫 번째로 발언할 의원이 선정되었으나 정작 의원은 입술을 떼지 못하고 있었다.

조나단과 눈빛이 부딪치면서, 정계에서 무슨 일을 저질렀는지 새삼 깨닫고 있는 것이었다.

월가의 주인. 더 나아가 세계 경제의 주인. 그것만으로도 실로 굉장한 금권을 행사하는 자인데.

시작의 장에서 돌아오기까지 한 그는 지닌 위력(威力)을 제외하고 봐도 장내 전체를 압도하는 존재감을 뿜어내고 있었다.

당연하겠지만 작금의 상황에 화가 나 있는 듯 보였다.

의원이 생방송으로 현 상황을 송출하는 카메라들에 불이 들어와 있는 것을 발견하고서 첫마디를 떼려 했을 때, 다른 의원이 발언권을 낚아채 갔다.

"스마트폰을 쓰고 계십니까? 그렇다면 어느 기업의 제품을 쓰고 계십니까?"

"베리사요."

"저와 같군요. 오늘 의회로 오시는 길에 차량을 이용하신 것으로 알고 있습니다. 독일 기업의 차량이지요?"

"맞소."

"어제는 어디서 주무셨고, 오늘 아침은 어디서 드셨습니까?"

"뭘 말하는지 알겠으니 더 하지 마시오, 의원. 맞소. 나는 내가 먹고, 자고, 이용하는 모든 기업의 주식을 가지고 있소."

"단지 가지고만 있는 것이라면 오늘 우리는 이렇게 모여 있을 이유가 없었습니다. 또 조나단 씨에게만 해당하는 이야기라도 그렇지요. 많은 미국인들은 조나단 투자 금융 그룹에 의한 독과점적인 경제 구조로 인해, 사회 전반에 악영향이 미칠까 걱정하고 있습니다. 오늘 우리는 그 이야기를 하려 합니다."

조나단은 의원의 얼굴을 확인했다.

「민주당 하원의원, 잭 베네딕트」

명패에 박힌 이름도 김청수가 들려주었던 이름과 일치했다.

그때 첫 번째 발언권을 놓쳤던 의원이 마이크를 툭툭 쳐서 울리는 소리를 냈다. 발언권을 뺏어 가다시피 한 하원의원 잭에게 이런 불편한 눈치를 주면서였다.

이건 사전에 합의했던 것과 다르지 않소? 독과점적인 경제 구조니 뭐니, 대중들을 자극시키는 단어를 왜 쓴단 말이오? 당신 혼자만 튀려 하다가는 재미없을 거요. 잭 베네딕트 의원.

"우리는 시작의 날에 있었던 금융 방어에 관해, 조나단 씨에게 직접 설명을 듣고 싶어졌습니다. 이에 흔쾌히 응해 주신 것에 감사드리며 오늘 이 자리에 조나단 씨를 모시게 되어 기쁘게 생각합니다. 그럼 묻겠습니다. 시작의 날을 기억하실 수 있으십니까? 시작의 장에서 오랜 세월을 보내고 오시지 않으셨습니까?"

"의원님. 그날은 누군들 잊을 수 없는 날일 거요."

"그럼 그날 어디에 계셨는지도 기억하십니까?"

"본사에 있었소."

"직접 그룹을 지휘하셨습니까?"

"그렇소."

"많은 사람들이 의문을 품는 점 중 하나는 시작의 날, 조나단 투자 금융 그룹이 상식과는 다른 투자를 행한 데 있습니다. 대다수의 자본가들이 자산을 처분할 때, 조나단 투자 금융 그룹은 오히려 시장에 나온 것들을 사들였습니다. 외계 문명이 격퇴될 것을 사전에 알고 있었던 것은 아니었습니까?"

"정확히 합시다. 격퇴될 것을 알고 있었던 게 아니라, 침공이 있을 거라고 짐작하고 있었소."

"어떻게 그럴 수가 있었습니까?"

"그건 두 가지 키워드로 설명할 수 있소. 사전 각성자. 특성 탐험자. 의원들이 알고 있는 바대로 오시리스, 조슈아 폰 카르얀. 카르얀 그룹의 총수이자 협회 이사인 조슈아는 사전 각성자요. 특성 탐험자는 게이트가 열리는 시점을 사전에 알 수 있는 특성이오. 명확히 하겠소. 침공이 있을 거라는 걸 알고 있었지만, 격퇴 가능성은 누구도 모르는 일이었소."

"정부에는 그 사실을 알렸습니까?"

"물론이오. 미 합중국 외에도 세계 정부의 수장들은 직접적이든, 간접적이든 알고 있었소. 그래서 시작의 날, 각 정부는 그 나라 국민들을 안전하게 피신시킬 수 있었던 거요."

"그럼 의문이 듭니다. 격퇴 가능성을 알 수 없었던 상황에서 그룹 자산으로 세계 주식들을 적극적으로 매입했던 까닭은 무엇이었습니까?"

"우리가 뭔가를 결정할 때에 한 가지 이유만으로는 결정을 내리지 않소. 금융 세계에서는 더욱 그렇소. 그러나 그날 우리는, 단언컨대 단 하나의 이유만으로 행동하였소."

조나단은 이가 악물렸다. 뜨거운 숨이 그의 콧속을 들락날락했다.

"무너질 경제 시스템을 방어하기 위해서였소. 문명의 근간을."

＊　　　＊　　　＊

한 의원이 화제를 이어받았다.

「 민주당 상원의원, 세라 위스턴 」

"방어에 성공하셨습니다. 우리 모두는 거기에 감사하고 있습니다. 하지만 정말 격퇴 가능성을 알 수 없었던 게 맞습니까?"

"그렇소."

"이상하네요. 당시 조슈아 폰 카르얀 회장이 기자회견에서 '여러분들에게는 우리가 준비되어진 힘으로 찰나에 나타나, 새로운 위협을 해소하는 것처럼 보일 겁니다.' 라고 말했던 바 있습니다."

"그 뒤에 뭐라고 하였소? 당시는 한시가 급했던 상황이었소. 돌이켜 봅시다. 시작의 장은 시작의 날이 있은 지 일주일 후에 발발하였소. 그리고 시작의 날부터 일주일간, 게이트에서 나왔던 몬스터들은 우리 인류의 화력으로 처치할수 있는 수준의 것들이었소. 그러나 시작의 장에 돌입하기한 시간 전부터 나온 것들은 등급이 높은 것들이었소. 핵무기를 사용하지 말아 달라, 우리 각성자가 시작의 장을 겪은이후에 돌아올 테니 그때 기회를 달라, 그런 취지에서 했던 말이었던 거요. 그 기자회견이 없었다면 우리 각성자들이 기회를 얻기도 전에 세계는 핵으로 멸망하고 말았을 테니."

"세계 각 정부에 시작의 날에 대해서, 간접적이든 직접적이든 경고한 바 있다고 했습니다."

"그렇소."

"대중들과 민간의 시장 참여자들에게 알릴 생각은 없었습니까? 이것이 왜 중요하냐면 지금 많은 오해들이 거기서 시작되고 있기 때문입니다. 조나단 투자 금융 그룹에서 인류의 운명과 직결된 정보를 독점하고 그 이득을 누렸다, 라고 말입니다. 대중들도 시작의 날이 있을 거라 알고 있었다면 준비가 되어 있었을 것입니다. 그날 자산을 처분하고 피해를 본 미국인들이 많습니다."

조나단의 콧등이 실룩였다. 그는 테이블 밑으로 가려져 있는 허벅지를 자신의 양 주먹으로 지그시 누르며 대답을 시작했다.

"지금의 결과를 견딜 수 없는 사람들이 있다는 걸 알고 있소. 그 심정도…… 이해가 갑니다. 그렇다고 이득을 누렸다는 데에는 어폐가 있소."

"예."

"우리가 정보를 독점하지 않고 각 정부와 대응책을 마련했다는 부분은 다시 언급하지 않겠소. 대중들에게 시작의 날을 왜 공표하지 않았냐에 대해선, 우리가 아니라 정부가 대답해야 할 사안이오."

"그렇게 말씀하신다면……."

"끝까지 들으시오, 의원."

"말씀하세요."

"시작의 날에 세계 증시는 두 개의 입장으로 나뉘어져 있었소. '팔자' 측과, '사자' 측. '팔자' 측이 대다수였고 '사자' 측은 지금 말하는 소위 '시작의 날 방어자'들이었소."

"그랬었지요."

"다시 말하자면 대중들의 공포가 진정될 거라고 보는 측이 '사자' 측, 대중들의 공포로 인해 시장이 붕괴될 거라고 보는 게 '팔자' 측이었소. 하지만 의원이 잊고 있는 게 있소. 당시는 세계 곳곳에 출몰하고 있던 몬스터들은 우리 인류의 화력에 소탕당하고 있던 때였소. 그렇게 소탕당하고 있는 상황에서도, 대중들의 공포는 극에 치달았던 거요."

"……."

"시작의 장에서 가장 혼란스러웠던 시기는 최초인, 1막 1장이었소. 인류라면 누구든 시작의 장에 진입할 수 있다는 것을 공표했음에도 준비된 자는 없었소. 이제 대답이 되었소? 사전에 공표했다면 준비가 되었을 거라, 그렇게 확신하지 마시오. 의원. 그렇게 힘줘서 말하면 대중들은 믿고 말 테니."

다음으로 발언권이 넘어가는 과정은 자연스럽지 않았다.

민주당 하원의원인 잭 베테딕트가 조나단의 대답이 끝나자마자 마이크에 음성을 뱉었기 때문이었다. 잠깐 소란이 이는가 싶더니, 의장은 마지 못해서 그에게 발언권을 허락했다.

「민주당 하원의원, 잭 베네딕트」

카메라는 의원과 의원의 명패를 다시금 한 화면에 담았다.

"조나단 씨가 밝힌 내용들은 대외비로 취급되는 내용들이라 당장 그 진위를 확인하기가 어렵습니다. 20년 후에는 사실이 밝혀지겠지요. 그러니 현재를 봅시다. 시작의 날 이후로 세계 경제에는 큰 지각 변동이 있었고, 지금 사회 전반에 걸쳐 조나단 투자 금융 그룹의 입김이 미치지 않는 곳이 없습니다. 대다수 기업을 장악하여 주주총회를 주도하니, 기업 경영진들은 조나단 투자 금융 그룹의 입만 바라볼 수밖에 없습니다. 조나단 투자 금융 그룹의 결정은 곧바로 우리에게도 체감이 오지요. 한 개의 시장이 아니라, 전 분야에 걸친 조나단 투자 금융 그룹의 장악력은 여러 지표에서도 확인할 수 있는 사실입니다. 저는 이걸 독점력(獨占力)이라 부르겠습니다. 맞습니다. 그런 단어가 명시되어 있는 법문이 있습니다."

하원의원, 잭 베네딕트는 카메라에 초점을 맞추며 목소리에 힘을 주었다. 눈알도 부라리면서.

"반 트러스트 법. 독과점 금지법입니다."

"앞서 조나단 씨께서도 말씀하신 바 있습니다. 확인되지 않은 사안을, 본인의 의견을 사실처럼 말해선 안 됩니다. 잭 베네딕트 의원."

의장이 황급히 무마시키려고 했으나 잭 베네딕트는 발언을 그치지 않았다.

"그러니 지금부터 그걸 알아 가자는 겁니다. 조나단 투자 금융 그룹으로선 법 위에 있지 않다는 걸 스스로 증명할 수 있는 기회가 될 수도 있습니다. 하지만 만일 독과점 금지법 위반을 했다면, 해체되어 시장 경제의 자유 경쟁이 침해받아서는 안 될 것입니다."

잭 베네딕트는 카메라를 의식한 제스처를 크게 가져갔다.

"우리 훌륭한 미국 시민들의 목소리는 시작의 날의 방어 과정에만 국한되어 있지 않습니다. 더 큰 목소리들이 있습니다. 조나단 투자 금융 그룹이 현시점에서 독과점법을 위반하고 있는지에 대한 문제부터 따져야 할 것입니다. 장악력을 기반으로 그 위력을 남용하고 있는 것은 아닌지. 추가로 지금 이상의 독점력을 취득하려는 작업이 진행 중인 것은 아닌지."

의원들과 참석자들 그리고 기자들까지도 술렁거리기 시작했다.

그때 조나단은 두 눈을 지그시 감고 있었다. 스스로를 달래는 목소리를 뇌리로 퍼트리며, 폭발하기 일보 직전의 근육들을 통제하고 있었다.

시작의 장에서 지배자로 보내 왔던 세월이 길었던 것일까. 아니다.

썬의 숭고한 업적들. 그리고 수십 년을 다 바친 자신의 일조가 어느 기회주의자의 혓바닥 위에서 놀아나고 있기 때문이다.

그리고 대중들이 저것을 영웅처럼 떠받들 것을 생각하면…….

"의장님. 친애하는 의원님. 그리고 훌륭한 미국 시민 여러분들 앞에서 저는, 본 청문회의 휴정을 제안합니다. 조나단 투자 금융 그룹의 수색 영장 심사가 지금 진행되고 있습니다. 허나 그 결과와는 관계없이 의회 자체적으로 '조나단 투자 금융 그룹의 독과점에 대한 특별조사 위원회'를 설립하고 이에 예산과 기한을 정함 없이, 엄정한 조사가 시작되어야 할 것입니다. 그것이 민중의 바람이며 이 시대의 정의입니다."

조나단의 미간이 사정없이 꿈틀거리던 그때였다.

콰아아앙—!

반투명한 푸른 거체가 의회 벽을 터트리며 난입했다. 푸른 거체를 소환물로 부리는 여자 각성자는 분개하다 못해 눈물을 흘리고 있었다.

"이런 수모를 어찌 견디십니까!"

여자 각성자가 조나단에게 뱉은 말이 다 끝나기도 전, 하원의원 잭 베네딕트 의원은 어느새 푸른 거체의 손아귀에 잡혀 비명을 지르고 있었다

그러나 여자 각성자, 올리비아가 절규하듯이 외친 소리야말로 비명이라 할 수 있었다.

"제가 망쳤습니다. 주인의 노고를 이 하찮은 종이 망치고 말았습니다. 저를…… 저를…… 용서하지 마십시오! 저는 참지 못하겠습니다!"

올리비아는 허공으로 뛰어오르며 더 큰 비명 같은 소리를 터트렸다.

"다 죽여라아아앗. 진!"

Chapter 2.

올리비아의 명령은 즉각 이행되었다.

바로 직전까지 울려 댔던 하원의원 잭의 비명 소리는 그쳐 있었고, 이제 그는 줄이 끊긴 꼭두각시처럼 푸른 거체의 손아귀 안에서 늘어져 있었다.

푸른 거체는 힘으로만 하원의원 잭을 짓눌러 죽이고서 다음 사냥감을 찾아 시선을 돌렸다. 한밤을 뚫고 나오는 서치라이트처럼 강렬한 빛을 달고 나온 것이었다.

사고가 멎어 버린 듯.

하원의원 잭의 바로 옆자리에 앉아 있던 한 여성 의원은 본인의 책상 위로 잭의 시체가 내동댕이쳐졌음에도 불구하고 눈만 껌벅거렸다. 그녀의 몸은 공포로 딱딱해져 있었다.

거기로 푸른 거체의 주먹이 내리꽂혔다.

콰직!

거체가 주먹을 회수했을 때에는 움푹 파인 바닥으로 형체를 알아볼 수 없게 짓뭉개져 버린 핏덩어리가 달라붙어 있었다.

그때가 기점이었다.

멈춰 있던 시간이 갑자기 흐르기 시작하기라도 한 것처럼.

꺄아아악—!

모든 이들이 도망치기 시작했다.

올리비아가 그들의 목숨을 수거하러 다니고, 거체의 눈에서 뻗쳐 나온 푸른 광선 또한 닿는 모든 것을 양단하고 있었다.

온전한 구석이라곤 조나단이 앉아 있는 자리뿐이었다.

그는 사방이 아수라장으로 돌변한 때에도 처음의 제물, 하원의원 잭의 사체만 응시하고 있었다. 그러다 바득바득 이를 갈면서 올리비아를 향해 외쳤다.

"이게 나를 돕는 거라 생각하나? 썬이 경고해 줬을 텐데!"

그러자 올리비아가 의원들의 피로 범벅이 된 얼굴을 돌렸다.

"어떻게 알아챈 거야? 벌써……."

감탄으로 반문하는 올리비아의 얼굴이 빠르게 변하기 시작했다.

그제야 조나단은 자리에서 일어났다.

"나의 올리비아는 이렇게 어리석지 않다."

"분이 좀 풀렸어야 할 텐데."

"분풀이는 네가 한 게 아닌가."

"분이 안 풀렸다면…… 배경을 조금 바꿔 볼까?"

"그런다고 무엇이 달라지지? 이건 다 환상 아니던가."

"그러니까 너무 빨리 깼어. 뒹굴거리고만 있다 보니 나, 녹슬었나 봐. 그래도 한결 낫지 않아? 네 표정 계속 엄청나게 무시무시했었어."

"내 표정까지 신경 써 주시고. 황송하다는 대답을 듣고 싶은 거냐?"

"조나단, 너 정말…… 무슨 일을 저지를 것 같았다고. 아니라고 할 수 있어? 그럼 이건 어때? 정치인들이 망발을 지껄이지 못하게 만들어 줄까?"

"경고하건대 두 번 다신 선을 넘지 마라. 그땐 아무리 너라도……."

조나단은 뒷말을 삼키며 마지막으로 일갈했다.

"이건 내 일이다, 마리. 그만 내 머릿속에서 꺼져라. 당장."

눈을 깜박이고 났을 때, 조나단의 시야 속에는 모든 게 정상으로 돌아와 있었다. 너저분하게 죽어 있던 시체들은 다시 생명을 얻었다.

"그것이 민중의 바람이며 이 시대의 정의입니다."

조나단은 자신을 질타하고 있는 하원의원 잭 베네딕트에게서 시선을 거두고 좌측으로 고개를 돌렸다. 거기엔 기자들이 바글거리고 있었다.

그런데 언제 마리의 영향권에 노출되었던 것일까? 청문회 시작 무렵, 아마도 기자들이 떼를 지어 자신의 테이블 앞에 몰려들었을 때였을까.

당시 눈이 마주쳤던 기자들 중 하나가 마리였던 모양이다.

하지만 저 중에 마리가 있을 거라는 걸 알면서도 누가 마리인지는 당장 특정할 수 없었다.

한편 의원들을 향해 끓어올랐던 분노는 어느새 진정되어 있었다. 비록 환상일지라도 효과가 있었다. 그것은 자신이 보고 싶었던 광경이 맞았으니까.

마리에게 화를 냈긴 하지만, 마리가 끼어들지 않았더라면 분노가 어떤 식으로든 표출되었을 거란 걸 인정할 수밖에 없었다.

꼭 실력 행사가 아니더라도 표정에서만큼은 고스란히 드러나 버렸을 것이다.

그건 좋지 않다. 청문회는 대중들의 마음을 풀어 주는 자리지, 그들의 화를 더욱 돋우는 자리가 아니기 때문이다.

꿈틀거리다 못해 주름이 박혀 버렸던 그의 콧잔등이 느슨하게 펴졌다.

조나단은 웅성거리는 단상을 향해 말했다.

"휴정을 원한다면…… 나 역시 받아들이겠소."

＊　　＊　　＊

조나단은 대기실로 돌아와서 마리가 했던 제안을 떠올려 보았다.

그러나 한 명의 생각에 통제를 가한다고 되는 일이 아니었다. 또 정치인들 모두가 조나단 투자 금융 그룹에 편향적인 모습을 보여 줬다간 되려 역풍만 거세질 수도 있는 일이다.

하원의원 잭 베네딕트 같은 인사가 튀어나올 거란 걸 예상 못 했던 것도 아니었다.

사실 마리에게 그렇게 화가 난 것도 아니었다. 그런 반응을 보인 건 자책이 컸기 때문이다. 자신이 얼마나 아슬아슬하게 보였으면 마리가 개입을 했을까.

녹화 영상을 검토해 보니 정말로 그랬다. 하원의원 잭 베네딕트가 '조나단 투자 금융 그룹의 독과점에 대한 특별 조사 위원회'를 주장하고 나왔을 때, 그러니까 마리가 개입하기 직전이었던 그때, 자신의 얼굴에선 분노가 극으로 치닫고 있었다.

지금에야 환상으로 종결이 났지만, 처음에는 정말 구분할 수 없었다. 자신은 그 얼굴 그대로, 올리비아의 난입을 용인했던 거였다.

절대 그러면 안 됐는데 감정이 이성을 앞서 버렸다.

하지만 그 일이 환상이 아니라 정말 현실이었다면 썬의 대의(大義)를 망쳐 버린 건 자신이었을 것이다.

'바로 내가 내 손으로……'

올리비아를 막지 않았던 것. 마리가 구태여 자신의 최측근인 올리비아를 각성제로 쓴 까닭은 그걸 깨닫게 해 주기 위해서가 아니었을까.

거기까지 생각이 치닫자 가슴이 서늘해졌다. 그리고 안도했다. 환상으로 끝난 일이란 것에 말이다.

깨달은 바는 실로 컸다.

이윽고 문이 열리며 김청수의 목소리가 먼저 들어왔다.

"압수 수색은 예정대로 기각되었습니다. 하지만 그들은 멈추지 않을 것입니다. 추가로 증거를 확보하려 할 텐데, 청문회를 그런 자리로 만들려 할 것입니다. 이쯤에서 그만 두시면 어떻겠습니까. 제 생각만이 아니라, 의장도 잭 베네 딕트 의원의 일을 사과드리며 의향을 여쭈어 왔습니다."

"계속 진행한다."

김청수는 생각이 깊어진 얼굴을 보이며 바로 대답하지 못했다.

그러다 곧 정신을 차리고는 고개를 숙였다.

＊　　　＊　　　＊

청문회가 재개된 건 늦은 오후였다. 조나단은 무덤덤한 표정으로 입장했다.

기자들을 둘러보는 그의 눈빛에 흥미가 돌던 것도 잠깐, 이번만큼은 마리를 특정해 낼 수 있었다.

지금도 자신의 시선에는 그녀가 평범한 미국 여성 기자 로 보이지만 생방송으로 찍혔던 영상 속에서는 아시안, 마 리의 모습 그대로였다.

복장으로 구분할 수 있었다.

『거기 있었나.』

『마음이 바뀌면 언제든 신호 줘. 난 여기서 상시 대기 중이야.』

『고맙다고는 하지 않겠다. 넌 선을 넘어 버렸다. 우리는 오늘 일을 다시 얘기해야 하겠지.』

『생각은 변함없어? 주둥아리만 나불대는 것들. 당장에라도 그 입들을 꿰매 버릴 수 있어.』

『그거참, 힘이 되는군.』

『빈말이 아니야. 너만 참고 있는 게 아니거든. 무엇이든지 간에 도움이 되고 싶어서 그래.』

『도움…… 은 이미 충분했다. 더 이상은 훼방만 될 뿐이란 걸 알아줬으면 좋겠군.』

『알겠어. 어쨌든 내가 여기 있다는 걸 잊지 마. 힘들어지면 신호만 줘.』

조나단은 자리에 앉으며 마리에 대한 걱정을 뿌리쳤다. 그녀도 자신 못지않게 격분해 있지만 스스로를 통제하는 건 몇 수 위인 여자였다.

그런 여자가 아니었다면 자신에게 환상을 밀어 넣기 전

에, 제멋대로 정치가들의 머릿속을 휘저어 놨을 것이다.

그때 의장이 마이크에 얼굴을 가까이 가져갔다.

"특별 조사 위원회를 설립해야 한다는 잭 베네딕트 의원의 제안에 대해서 심도 있게 고려해 봤습니다. 우리 의회의 의견도 법원의 기각된 수색 영장 판결 이유와 일치 합니다. 의원님들께서는 오늘 우리가 조나단 씨를 이 자리에 왜 모셨는지를, 잊지 말아 주셨으면 합니다."

그러나 의원들의 눈빛이 사뭇 달라져 있었다.

방청객으로 들어온 몇몇 시민들에게서도 탄식이 흘러나왔다.

야유로 봐도 무방했다. 조나단은 뒤로는 방청객의 목소리를 듣고 앞으로는 의원들의 눈빛을 담으며 입술을 열었다.

"나는 오해를 바로잡고, 의문을 해소하기 위해서 최선을 다할 거요."

담담한 표정만큼 보다 묵직해진 목소리였다. 그때를 기점으로 의장이 방청객에게 강력한 경고를 남긴 뒤 첫 번째 발언자에게 발언권을 넘겼다.

시작의 날 방어 과정이 자세히 다뤄졌다. 프로그램 매수 방법의 일환으로 어떤 프로그램을 썼고, 또 누가 개발한 것이었으며, 몇 명의 직원으로 이를 운용했는지에 대한 것들이었다.

조나단은 문제가 되지 않는 선에서 성심껏 대답해 나갔다.

그리고 문제의 하원의원이 발원권을 잡았을 때였다.

「민주당 하원의원, 잭 베네딕트」

"조나단 씨는 미국을 포함해 대주주 지분을 확보한 기업 전체에, 그 권한을 직접 행사한 적이 있습니까?"

"조나단 투자 금융 그룹의 경영인으로서 당연한 일이오, 의원."

"시작의 장에서 돌아오고 난 후에는 어떤 권한을 행사하였습니까?"

"시작의 장이 끝난 후에는 없소."

조나단의 눈빛에선 날카롭게 서 있던 그것이 확실히 가라앉아 있었다.

"누가 이를 담당해 왔습니까?"

"브라이언 김, 본사의 최고 재무 책임자요."

김청수가 증언대에 올려졌다. 청문회가 다시 시작되었던 때부터 조나단의 옆에는 빈 테이블 하나가 놓여져 있었다.

사실상 김청수를 염두에 둔 것으로, 공동으로 청문을 진행하겠다는 뜻이 내포되어 있었다. 김청수가 입장해서 그

자리에 앉자 처음 조나단을 향해 터졌던 셔터 소리가 다시 들끓었다.

김청수는 이상한 기분이 들었다. 들어오기 전에는 대기실에서, 회의가 시작된 짧은 동안에는 텔레비전으로, 그리고 본인에게 마련된 청문회 테이블에 앉으면서는 바로 옆에 조나단을 두면서였다.

분노로 채워져 있던 조나단의 두 눈이 이제는 어떤 다짐으로만 가득 차 있는 것 같았다. 김청수는 조나단에게서 느껴지는 단단한 분위기로 인해 본인 또한 마음이 진정되는 듯했다.

그래서 공격적인 질문을 어렵지 않게 넘겨 갈 수 있었다.

그러던 문득 의원들이 눈빛을 주고받던 시점에서였다. 잭 베네딕트 하원의원이 첫 마디를 그렇게 꺼냈다.

"조나단 투자 금융 그룹의 도덕성을 평가하는 자리가 아닌 것은 맞습니다. 하지만 그 부가 놀랍도록 빠르게 증식한 데에는, 지금에라도 엄중한 검증과 평가가 필요할 것입니다. 사실 지금까지 검증이 이뤄지지 않은 게 실로 놀라운 일입니다."

의원이 의장에게 신호를 보내자 증인석으로 새로운 인물이 불려 나왔다. 구골과 지금의 SNS 시장을 이끌고 있는 경영진들이었다.

"브라이언 김."

이번 의원의 질문은 정확히, 김청수에게 향했다.

"에단을 아십니까? 우리는 조나단 투자 금융 그룹의 핵심 인물인, 에단이라는 자를 청문회로 모시고 싶었습니다. 하지만 무슨 까닭에선지 그자는…… 흔히 말하는 대로 유령과 같은 자더군요. 에단을 아십니까? 혹 존 도의 또 다른 이름은 아닌지요? 대답해 주십시오. 브라이언."

*　　　*　　　*

김청수는 자칫 조나단을 향해 고개를 돌릴 뻔했다. 찰나에 간신히 고개를 틀어 버린 방향은 구골과 페이스노트의 창립자들 쪽이었다.

김청수는 그들 셋이 증언 테이블에 나란히 앉아 있는 모습에서 하원의원 잭의 의중을 깨달았다.

"에단은 사외(社外), 프리랜서입니다. 본사의 중요 계약들에 관해 자문을 구해 왔고, 우리 조나단 투자 금융 그룹은 그 자문을 많이 참고해 왔습니다."

"존 도가 아니라는 말씀입니까?"

"존 도는 본사가 조나단 인베스트먼트로 출범하던 97년 당시, 초기 자금을 투자해 주었던 엔젤 투자자……"

"예, 아니오로만 대답하십시오. 그렇게 답하는 게 힘듭니까?"

"제가 알기론 존 도는 에단이 아닙니다."

"알겠습니다. 그럼……."

"그렇게 끝나서는 오해의 소지가 다분합니다. 의원님께서 에단을 '유령 같은 자'라고 표현하셨던 골자가 어디에 있습니까? 에단은 비록 본사 소속으로 근무만 하지 않을 뿐, 우리 조나단 투자 금융 그룹과 오랜 시간 많은 일을 해 온 동료입니다. 우리에게는 에단 같이 자유로운 동료들이 많습니다."

"알겠습니다. 그럼 주크버그 씨에게 묻겠습니다."

의원은 페이스노트의 창립자에게 시선을 돌렸다.

"에단이라는 자를 만난 적이 있습니까? 그렇다면 언제 어디서 어떤 관계로였습니까?"

"08년도 라스베가스에서였습니다, 의원님. 에단은 조나단 투자 금융 그룹의 법무 대리인이었고, 저는 계약 당사자 신분이었습니다."

"법무 대리인이라 하면 조나단 투자 금융 그룹의 모든 법무적 사항을 다룰 권리가 에단이라는 자에게 있었다, 라고 해석하는 게 잘못된 것은 아니지요?"

"우리 페이스노트에 투자를 진행했던 부분에 있어서는…… 맞습니다."

"그 후로 에단을 만난 적이 있습니까?"

"없습니다."

"그럼 래리 씨에게도 똑같은 걸 묻겠습니다. 첫 만남을 기억하십니까?"

구골의 창립자 중 한 명 쪽으로 질문이 넘어갔다.

"예, 의원님. 에단은 조나단 투자 금융 그룹에서 제일 먼저 제게 연락을 취해 왔던 남자입니다."

"당시 자신을 어떻게 소개하던가요?"

"사외에서 조나단 투자 금융 그룹의 업무를 보조하고 있다고 밝혔던 바를, 기억합니다. 우리는 조나단 투자 금융 그룹의 본사에서 처음 만났고 구체적인 투자 계약은 여기에 계신, 염마왕…… 조나단 헌터 씨와 진행하였습니다."

"그 후로 에단을 만난 적이 있었습니까?"

"03년도, IPO(기업공개)가 성공리에 끝난 이후에 다시 만났습니다."

"어떤 만남이었습니까?"

"우리는 조용히 자축연을 벌였었습니다."

"왜였죠?"

"현재 우리들의 모습만 보고 당시를 기억하지 못하시는 분들이 많습니다. 하지만 그때는 IPO를 부정적으로 바라보는 시각들이 많았습니다."

"그럼 그 자축연에서 많은 사람들이 에단을 목격했겠군요."

"아닙니다. 조나단 헌터 씨와 저 그리고 제 동업자와 에단. 그렇게 넷이서만 조촐하게 벌인 자축연이었습니다."

"당시 조나단 헌터와 에단의 관계는 어때 보이던가요?"

"그날 우리는 많이 취했었습니다, 의원님. 같은 기쁨을 누리고 있었죠. 그날만큼은 우리 모두 친구나 다를 바 없었습니다."

"질문을 바꿔 보겠습니다, 래리."

"예. 의원님."

의원은 본인의 핸드폰을 들면서 말했다.

"이 에이폰을 가지고 자리를 옮겼다고 칩시다. 구골에서는 제가 어디로 움직이는지 알 수 있습니까? 그러니까 구골에서 제 위치를 추적할 수 있냐, 하는 겁니다."

갑자기 방향이 바뀌어 버린 질문에 구골 창립자는 당황하는 모습을 보였다.

"구체적인 상황을 배제한 채, 그렇게만 물으신다면 답변을 드릴 수 없습니다. 왜냐하면 의원님께서 사용하시는 서비스 중……."

"베리의 에이폰이든, 일성의 갤럭시든. 무엇을 사용하든지 간에, 저를 비롯한 많은 미국 시민들은 구골의 서비스를 이용합니다."

의원은 그 자리에서 본인의 메일 계정을 열어 보였다.

"구골의 G메일입니다."

또한 스마트폰에 설치된 어플들, 예컨대 세계 최대 동영상 플랫폼 등을 비롯해 하나하나를 가리켜 나갔다.

"제가 사용하는 어플들은 구골의 G메일과 연동되어 있습니다. 래리, 다시 묻겠습니다. 구골에서는 제 위치를 추적할 수 있습니까?"

"의원님께서 일부 서비스에서 위치 사용 동의를 하셨다면……."

"그러니까 구골 계정을 연동시킬 때 뜨는 창을 말하는 것이지요?"

"그렇습니다, 의원님."

"거기에 체크하지 않는 사람을 찾는 게 더 힘들 겁니다. 저도 아마 체크했을 겁니다. 그게 일반적입니다, 래리."

"죄송합니다, 의원님. 구체적인……."

"저는 지금 일반적인 경우를 말하고 있는 겁니다. 일반적으로 구골은 사용자의 위치를 추적할 수 있습니다. 각성자들처럼 피하에 마이크로칩을 이식하지 않더라도 말이지요. 그럼 다음 질문으로 넘어가지요. 구골에 '영웅'을 검색하면 구골 이미지에 조나단 투자 금융 그룹의 로고가 제일 먼저 뜹니다. 그건 지금도 확인할 수 있습니다. 세계 각 성자 협회나 어느 각성자도 아닌, 조나단 투자 금융 그룹의 로고가 말입니다."

"우리가 특정 검색 결과에 개입하냐고 묻는 것이라면, 그렇지 않습니다. 검색 결과는 사용자들이 만들어 내는 정보들이 합계되어 우선순위에 따라 만들어지는 것입니다. 하지만 지금 말하는 우선순위도 사용자들의 편의성, 화제성, 연계성들을 말하는 것이지 특정 인물이나 기업들에 해당하는 게 아닙니다."

"그렇다면 '영웅'을 검색하면 왜 조나단 투자 금융 그룹의 로고가 뜬다고 생각합니까."

"그건……."

"검색 결과가 제대로 이뤄지고 있는지에 대한 검증 체계는 있습니까? 예, 아니오로만 대답하십시오."

"예."

"어떤 식입니까?"

"외부 평가단을 통해 진행됩니다. 이 자리에서 검증 체계를 자세히 말씀드리기에는 많은 시간이 소요될 것으로 생각됩니다."

"인적 요인이 개입한다는 말씀이시군요?"

"그렇게 축약해서 말씀……."

"예, 아니오로만 대답하십시오."

"예."

"구골은 사용자들의 정보를 수집합니까? 이름, 주소, 이메일, 기록 문서, 검색 기록, IP 주소, 모바일 식별 코드, GPS 시그널, 와이파이 시그널."

"구골의 계정을 만드신다면……."

"래리."

"예. 수집되는 경우가 있습니다. 하지만 저희들은 이를 다루는 정확한 체계를 갖추고 있습니다, 의원님."

"구골은 조나단 투자 금융 그룹으로부터 자유롭습니까? 이렇게 물을 수 있겠습니다. 조나단 투자 금융 그룹은 지금의 CEO를 비롯해 경영진들을, 다음번 주주 회의에서 교체할 수 있습니까?"

"……예."

질문은 다시 페이스노트의 젊은 창립자에게 향했다.

"주크버그씨."

페이스노트의 창립자는 본인이 호명되자 목을 축이고 있던 생수병을 급히 내려놓았다.

"예, 의원님."

"현(現) 대통령은 페이스노트에 대한 조사를 중단하였지만, 그 일을 다시 언급하지 않을 수 없게 되었습니다. 대선이 진행 동안, 페이스노트에 올라간 클린턴 전 국무장관의 선거 광고는 560만 건에 달했었습니다. 그에 비해 현 대통령의 선거 광고는 6만 건에도 미치지 못했습니다. 그래서 훌륭한 미국인들은 페이스 노트가 정치적 편향성을 가지고 있다고, 지금까지도 우려가 많습니다."

"아닙니다, 의원님. 절대 저희는 차등을 두지 않았습니다."

"하지만 지표에서는 90배에 달하는 차이를 보여 주고 있습니다. 당시 많은 공화당 지지자들도 페이스노트의 광고로 인해, 전 국무장관의 얼굴과 슬로건을 접하곤 했습니다. 페이스노트가 정치적 수단으로 사용되고 있다, 그건 합리적인 의심이 아닐까요? 해서 또 묻는 것입니다."

"예. 의원님."

"페이스노트는 조나단 투자 금융 그룹으로부터 자유롭습니까?"

젊은 창립자의 얼굴이 힘없이 무너졌다. 그렇지는 않다는 대답이 나왔다.

"조나단 투자 금융 그룹은 어떤 기업에게 최대주주고 또 어떤 기업에게는 대주주입니다. 그러나 그 많은 기업들 중 구골과 페이스노트에 참석 통보를 한 까닭은, 두 기업 간에 가지고 있는 공통점 때문이었습니다.

첫째로 우리 사회에 가지고 있는 파급력. 둘째로 조나단 투자 금융 그룹이 직접 투자를 했던 두 곳이라는 점에서였습니다.

구글이 숱한 벤처 기업 중 하나로 있을 때 과감한 투자를 진행하였고. 페이스노트가 상장하기 전, 지금에 비하면 적은 금액이지만 당시로서는 기존 밸류보다 훨씬 높은 가치로 평가하여 인수하다시피 하였습니다.

마치 지금의 구글과 페이스노트를 내다보기라도 한 것 같은 투자였습니다. 이를 진행했던 인물이 에단이고 조나단 투자 금융 그룹에 있어서는 공로가 큰 핵심 인물입니다.

에단이 조나단 투자 금융 그룹에 벌어다 준 금액 자체만 봐도 일반인으로서는 범접할 수 없는 금액임에 틀림없습니다만, 저는 에단이 돈 이상의 무엇을 조나단 투자 금융 그룹에 선사했다고 생각합니다.

한데 에단은 아직도 사외(社外) 신분이죠. 그렇지 않습니까?"

이번에는 김청수를 향해서였다.

"그렇습니다."

"에단의 세무 기록을 살펴봤습니다. 조나단 투자 금융 그룹에선 그에게 지급한 금액이 전혀 없더군요. 출입국 기록만 봐도 그는 조나단 투자 금융 그룹을 위해 열심히 일했던, 브라이언의 말마따나 조나단 투자 금융 그룹의 동료였는데도 말이지요. 놀랍게도 주거지부터 자산까지 하나 갖추고 있는 게 없었습니다. 직접 확인하고도 믿을 수가 없었습니다. 에단은 조나단 투자 금융 그룹의 공로자이자 동료 아니었습니까?"

"다시 말씀드리지만."

"아니면 조나단 투자 금융 그룹으로부터 따로 성과금을 지급받지 않아도 되는 위치에 있었던 것은 아니었습니까? 저는 그런 사람으로 여전히 한 사람만 떠오릅니다."

의원은 마침표를 찍듯이 마저 말을 던졌다.

"맞습니다. 존 도."

*　　　*　　　*

『이 새끼, 계속 두고 볼 거야?』

연희의 전음이 조나단의 머릿속에서 울렸다. 조나단은 대답하지 않았다.

'에단이니 존 도니 떠들어 대고 있지만…….'

조나단은 의원의 진짜 목적이 눈에 보였다.

분노를 삼키지 못했다면. 마리로부터 깨달은 게 없었다면 거기에 넘어가 버려서 일찍이 주먹으로 테이블을 내리쳤을지도 모를 일이었다.

의원에게 있어서 에단과 존 도는 단지 장치일 뿐이다. 의원이 하고 싶어 하는 말은 앞에서 다 나왔다.

조나단 투자 금융 그룹은 위험하다, 구골과 페이스노트는 빙산의 일각이다, 구골과 페이스노트로만으로도 그런 일들을 할 수 있는데 전체 금력(金力)의 위력으론 또 어디까지 진행시킬 수 있을까?

은연중에 그런 말들을 대중들에게 던지고 있는 것이었다. 대중들이 듣고 싶어 하는 대로.

그렇게 대중들의 지지를 끌어올리고, 조나단 투자 금융 그룹의 폐쇄성을 부각시켜서.

종국적인 목표는 압수 수색을 통과시키는 데 있는 것이다. 거기까지만 성공해도 차기 대선 주자로 각광 받을 테니까.

만일 그게 성공해서 정말로 백악관에 입성하게 되고, 클럽의 초대까지 받게 된다면 또 어떤 표정을 보일까? 조나단은 우스운 생각이 들었다.

'어쨌든 밑밥은 깔렸으니. 이제 우리들의 도덕성을 검증하려 들겠군.'

조나단 투자 금융 그룹의 도덕성을 깎아내리기에는 08년도 서브프라임 때만큼 좋은 것도 없었다.

비록 로트실트가 그 책임을 뒤집어썼다고는 하나, 조나단 투자 금융 그룹이 서브프라임 악종(惡種)들을 주도해서 만들었다는 사실만큼은 변하는 게 아니니까.

조나단은 거기까지 넘어가기 전에 청문회의 끝을 맺어야겠다고 생각했다. 그리고 그 때가 지금임을 직감했다.

오물을 덮어쓸 때가 왔다고 말이다.

존 도로 향했던 목소리들을 자신에게 집중시키고, 조나단 투자 금융 그룹의 해체를 언급하기 시작한 것들에게도 더 큰 화젯거리를 던져 주기 위해서.

미 대통령으로 하여금 청문회를 통과시키라 지시했던 건 바로 지금 이 순간을 위해서가 아니었던가!

"존 도는 에단일 수가 없소."

조나단의 목소리가 장내 전체를 묵직하게 울렸다.

재개된 청문회로 들어오면서 보였던 그 얼굴 그대로였다.

"에단은 내 오랜 친구로서, 우리는 서로에게 물심양면을 다했다 자부할 수 있소. 전산에 기록되지 않았다고 해서 그 일이 없어지는 것은 아니오."

특종을 직감한 기자들의 카메라는 조나단의 얼굴을 크게 잡아당겼다.

"이 자리에서 분명히 하리다. 존 도는 내 차명 계좌 이름이오."

마침내 셔터 소리가 터져 폭발하고 말았다. 생방송 중임에도 의원들 또한 경악한 표정을 감추지 못했다. 정말로 신음 소리라 할 만한 것들이 튀어나왔다.

그건 청문회를 주도하고 있던 하원의원 잭이라고 해도 마찬가지였다.

『미쳤어? 제정신이니? 지금 무슨 소릴 하고 있는 거야!』

"나 조나단 헌터가 바로 존 도요."

조나단은 목소리에 힘을 줬다. 그가 자리에서 일어났을 때에는 어느새 홍염의 불길이 전신에서 타오르고 있었다.

"그러니 이제 의원님들에게 묻겠소. 나를 어떻게 잡아갈 거요?"

*　　　*　　　*

조나단은 자신이 솟구쳐 올린 화염 속에 있었다.

염마왕이 강림했다.

불길은 한 번의 들숨에 사방 모든 것을 불살라 버릴 듯한 잠재력으로 꿈틀거렸다. 그리고 이어진 날숨에서 그것들 전부는 굵직한 육체의 선 안으로 갈무리되었다.

이제 조나단의 몸 전체에서는 아지랑이 같은 불길이 피어오르고 있었다.

"어떤 공권력으로 나를 재판정에 세울 것이냐 물었다. 잭 베네딕트."

조나단이 의원을 다그쳐 물었을 때.

의원은 꼴사납게 떨기 시작했다. 얼굴은 경직되었다. 계속 추궁하고 있던 대상이 붉은 화염으로 물든 초자연적인 존재로 변해 버린 것이었다.

그가 줄곧 앉아 있던 테이블까지도 불길이 번졌다. 그 자리에서 주저앉으며 덩달아 시꺼먼 재로 변해 버리는 건 금방이었다.

"내게 명령할 수 있는가? 그대들에겐 그걸 이행할 힘이 있는가?"

조나단의 목소리는 분노에 차 있지 않았다. 시종일관 담담했다.

"없을 테지. 현실은 또 다른 문제니까. 그대들은 내가 용인해야만 나를 재판정에 세울 수 있다. 오늘 내가 청문회를 수락한 것처럼."

그럼에도 그에서부터 시작된 열기는 무서웠고, 더욱이나 공포스러운 건 전 세계가 지켜보는 공식 석상에서 본연의 가공할 능력을 드러낸 정황에 있었다.

의원들은 조나단이 마음먹기에 따라 장내가 언제라도 지옥으로 변할 수 있다는 사실을 깨달았다. 그리고 그를 막을 수 있는 수단이 없다는 것도.

조금만 건드려도 폭발할 것 같은 위급한 상황까지 치달아 버린 까닭은 무엇일까. 무엇이 금융인 조나단 헌터를 각성자 염마왕으로 각성시켜 버린 것일까.

간단했다.

의원들은 공포와 추궁이 섞인 눈빛으로 하원의원 잭 베네딕트를 쳐다보았다.

그러나 그 하원의원은 차마 일어나지도 못했고, 어떤 말도 내뱉지 못했다.

모두는 숨소리마저 죽였다. 도망치는 소리를 냈다간, 그런 움직임이라도 보였다간 정말로 뇌관이 터지고 말 것이라는 공포심 때문이었다.

그래서 장내는 끔찍하게 조용했고 덕분에 조나단의 목소리가 도드라졌다.

"지금으로부터 두 달 전. RMC 그룹의 점령지, 포클리엔 공국성에서 각성자들과 민간의 진입자들이 불타 죽었다. 협회에서는 그들을 공격한 드라고린의 생물체를 초월체로 규정하였다. 그대들은 지금 내게서 두려움을 느끼고 있지만 나는 그것이 두렵다. 그것의 불길은 나보다 거셀 것이며, 어떤 자비심도 없이 공격성으로만 가득 차 있으니까."

조나단의 전신에서 타오르는 불길은 꾸준히 그의 음성에 반응하고 있었다.

"우리의 적들 중에는 그런 초월체들이 존재한다. 그것들 중 무엇이 우리를 습격해 오지 않을 것이라고, 누가 자신할 수 있는가? 그건…… 우리 각성자들 중 최고인 오딘께서도 장담하지 못한다."

조나단이 앞쪽으로 걸음을 옮겼다.

장내에서 파괴된 구석이라곤 조나단이 서 있던 인근과 발걸음을 옮겨 온 그 정도 거리뿐이나, 카메라에 담긴 그의 모습은 전장의 한 중심에 서 있는 듯했다.

그의 발길에 차인 잿더미가 다시금 불씨로 타올라 자욱하게 퍼지면서였다.

"초월체를 언급한 지금, 오딘의 행방에 대해 의문을 품어 왔던 이들에게 설명이 되었을 거라고 본다. 협회에서는 평화와 번영을 약속했고 우리는 그걸 지키도록 노력해 왔다."

조나단은 의원과 청중들을 돌아본 후 말을 이어 나갔다.

"결실은 모두가 아는 바대로다. 외계의 습격을 극히 사소한 문제로 취급하고 있으며, 내가 이룩한 부는 새로운 적으로 규정되어 버렸다. 이 모두는 평화가 지속되고 있기에 가능한 일일 것이다.

그래서 나를 비롯한 협회 이사진 전원은 더욱 조심스러울 수밖에 없었다. 그래서 우리는 초월체에 대한 언급을 삼가 왔던 거였다. 겨우 되찾은 평화에 위기감을 조장하고 싶지 않아서였다."

조나단의 음성은 계속 나지막해서 청중들을 어루만지는 듯했다.

"현재 우리가 평화롭다는 것을 부정하려는 게 아니다. 이 내가 왜 그러겠는가. 내가 간절히 바라는 것이 바로 인류 전체의 평화인 것을.

그렇다고 아직 일어나지 않은 일을 가지고, 시선을 돌리려는 것도 아니다. 지금 나는 모두가 직면한 현실을 이야기하고 있는 것이다."

화르륵―!

"모두가 외면하고 싶어 했던, 그 불편한 진실에 대해서."

　　　　*　　　*　　　*

　순간 조나단은 썬이 짊어지고 있는 무게가 떠올라서 마음이 무거워졌다. 그 마음은 표정에도 고스란히 드러났다.

　"초월체는 당장은 우리 인류의 위협 거리가 아니다. 오딘이 직접적으로, 각성자들이 간접적으로. 그것의 습격을 막고 있기 때문이다. 하지만 그들이 실패해서 우리 세상이 전장으로 변한다면, 그 날의 파장이 어떨지 예상되는가."

　그 말을 끝으로 그는 오랫동안 말이 없었다. 꽤 시간이 지난 후였다.

　"잭 베네딕트."

　의원은 여전히 압도되어 있었다. 정신을 차렸을 때는 본인도 모르게 공손한 대답을 하고 있는 중이었다.

　"예⋯⋯."

　"현재 세계 증시 상황이 어떻지?"

　의원은 스마트폰을 확인하면서 말했다.

　"하⋯⋯ 하향세입니다."

　청문회가 시작되었던 시각에는 활황 중이었던 것이 어느새 반전되어져 있었다.

　"내 입에서 초월체가 언급되었기 때문이고, 내가 어떤 방향으로 치달을지도 예상되지 않기 때문이다. 오늘을 기점으로 세계가 나쁘게 바뀔 거라는 공포에 의해서다. 거기에는 그대들의 죽음까지도 계산되어 있겠지. 정말로 내가 이 불길로 그대들을 불살라 버리기 시작한다면……."

조나단이 움켜쥔 주먹에선 불씨들이 뭉쳐 나왔다.

물론 썬이 지키고자 하는 질서를 공감하는 게 아니라, 이해하고만 있는 입장에선 작은 충동이 드는 것도 사실이었다.

의원을 응시하고 있는 조나단의 두 눈에선 불길 이상의 살의(殺意)가, 한순간 스치고 지나갔다.

그때야말로 의원은 눈이 질끈 감겼다. 의원과 조나단 사이에 거리가 꽤 있었어도, 조나단의 불길은 금방에라도 그를 향해 날아들 것처럼 위험한 움직임을 보이고 있었다.

그러나 사방으로 퍼지는 것은 조나단의 목소리로 끝이었다.

"시장에선 공포가 폭발할 것이다. 제동이 걸리고, 금융 시장은 일시적으로 마비가 될 것이다. 하지만."

화염은 조나단의 주먹 속으로 다시 갈무리되었다.

"빠르게 안정세를 찾을 것이다. 내가 우리 그룹의 자산을 처분하지 않는 이상, '시작의 날 방어자' 들로 불리는 자본 세력들이 그 대열에 합류하지 않는 이상에는."

조나단의 이야기는 거기서 그치지 않았다.

"초월체든, 혹 그보다 더 큰 위협이 있다 해도 나는 언제나 인류의 안전에 베팅할 것이다."

그러면서 그는 의원들을 향해 있던 시선을 방청객 쪽으로 돌렸다.

*　　　*　　　*

"시위가 미국에서. 그것도 그룹 본사 앞에서 촉발했다는 게 무슨 의미인지는 알고 있다. 하지만 의문도 들었다. 왜 나를 위해 목소리를 내 주는 사람은 없을까, 시위대는 정녕 미국인들의 목소리가 맞단 말인가?

미국인들은 부의 불평등만 부르짖을 뿐이었다. 정작 조나단 투자 금융 그룹이 미국을 어떻게 부강하게 만들고 있는지에 대해선 왜 아무 말도 없단 말인가."

불편한 진실에 대한 두 번째 이야기가 시작되고 있었다.

"지난 대선에 현 대통령이 당선되었던 까닭은 강한 미국을 보고 싶어 했던 미국인들의 열망에 의해서였다."

조나단은 계속 말했다.

"우리 그룹이 시작의 날을 방어하면서 전 세계 그룹들의 지분을 대량 확보할 수밖에 없었고, 그 양이 전 세계 증시의 22.3%를 구성하고 있다는 것쯤은 익히 알려진 사실이다.

조나단 투자 금융 그룹은 다른 금융 그룹들처럼 역외에 본사를 두고 있지 않음을 상기해라. 조나단 투자 금융그룹은 미국 기업이며, 세금을 성실히 납부해 왔다고 자부할 수 있다.

그렇다면 조나단 투자 금융 그룹이 전 세계 증시의 22.3%를 구성하고 있다는 사실은 무엇을 뜻하는가. 올해 전 세계 기업들의 배당금에 그 지분량만큼 배당을 받을 권리가 있다는 것이고, 거기서 미 정부는 35%에 해당하는 법인세입을 확보했다는 것이 된다.

이계로 시장이 확대되면서, 세계 기업들의 영업 이익이 증대하면 증대할수록 미 정부의 국가 예산 또한 매년 증가하게 되는 것이다.

하지만 이것은 어디까지나 배당금에 관한 것일 뿐, 조나단 투자 금융 그룹이 중국에서 벌어들이고 있는 금액까지 보탠다면 미 정부의 국가 예산은 어디까지 상승하겠는가.

그로 말미암아 미국은 어떻게 부강해질 것이며, 그 수혜는 누가 입을 것인가. 지금도 내가 가진 부를 규탄하고 있는 그대들, 미국인들이다."

조나단은 다시 고개를 들이밀려는 억한 심정을 짓눌렀다.

"각성자들은 지금도 국가 개념이 희미하다. 한 공대장의 이름하에, 어느 강력한 군단장의 이름하에 속했던 세월들이 여전히 익숙한 것이다.

그건 나도 마찬가지다. 그런데도 지금 내가 미국의 부강함에 대해서 역설할 수밖에 없는 이유가 어디에 있겠는가.

적어도 미국인들만큼은 내가 가진 부를 규탄하기 이전에 한 번 더 현실을 돌이켜 봤어야 했던 것은 아니었나, 묻는 것이다."

청중들은 침묵을 지켰다. 감히 조나단의 바로 앞에서 반문을 내뱉을 만큼 용기가 남아 있는 자는, 거기에 있을 수가 없었다.

처음에 가지고 들어왔던 용기는 조나단이 내뿜는 열기 속에서 사그라져 버렸다.

"크시포스 군단 중에는 제 종족의 시체를 먹고 크는 몬스터가 있다. 내가 지금의 부를 이룩하게 된 과정도 그와 같다. 내가 삼켜 온 것들은 거대 금융 세력들로, 그들의 자본이 주를 이루었다.

미국인들은 극심한 부의 편중(偏重)을 이야기하고 있지만, 그건 비단 오늘만의 일이 아니다. 정말 내게 자신의 주머니를 빼앗겼다 생각할 사람들은 그대들이라 할 수 없는 것이다.

그대들, 평범한 미국인들의 삶에서 무엇이 변했는가. 전과 달라진 게 없음이다."

그쯤에서 조나단은 어느새 끓어올랐던 열기를 스스로 달랬다. 이야기가 길어지다 보니, 감정이 점점 중첩되고 있던 거였다.

더 나아가 미국인들뿐만 아니라 세계 전체를 질타하고 싶었지만 그치기로 했다. 지금까지만으로도 충분했기 때문이다.

"공식 석상에서 각성자의 힘을 끌어낸 것에 대해선 정중히 사과하겠다. 앞으로 이런 일은 없을 것이다."

'썬이라면 이렇게 말하고 감히 고개까지⋯⋯.'

조나단은 속으로만 얼굴을 구긴 채 방청객들을 향해서 고개를 숙였다 들었다. 그러고 난 다음에는 의원들을 향해서, 마지막으로는 카메라를 향해서였다.

그의 목소리는 한층 더 가라앉아 있었다.

"하지만 현실이 그런 것이다. 초월체가 존재하고 미국이 부강해진 현실 그대로 그대들에게는 나를 재판장에 세울 수 있는 힘이 없는 것이다. 무슨 수단으로 내게 명령할 수 있는가.

유엔 협정에 의거해서도 나는 미국 법에 영향을 받지 않는 사람이다.

그러나 재판정에 서겠다.

많은 미국인들이 존 도를 부르짖기에 오늘 이 자리에 섰다. 비실명 거래를 한 데에 대해서 사법부가 내리는 판결을 수용하겠다.

그대들이 내 진의를 의심해도, 시작의 날에 내 일념은 전 인류에 있었듯이. 그대들이 내가 가진 부만 노려보며 그렇게 나를 공격하고 있는 지금에도.

나와 조나단 투자 금융 그룹이 법 위에 서지 않고 있음을 몸소 보여 주겠다는 것이다. 그것이 우리가 지켜 낸 질서를 유지하는 방법이라면 기꺼이 받아들이겠다. 왜 아니겠는가."

WHY NOT?

스르르—

조나단의 몸에서 피어오르고 있던 붉은 아지랑이들이 그때 자취를 감췄다. 조나단은 의장을 향해 마침표를 찍었다.

"일자를 통보해 주시오. 법정에 출석하겠소."

국면을 일거에 전환시키는 한마디였다.

Chapter 3.

　기철이는 가슴 속 깊은 곳에서부터 벅차오르는 감정에 휩싸여 있었다.

　모니터 바깥으로도 뚫고 나올 것 같은 화염부터, 그에 적격한 위엄과 진중한 목소리까지. 조나단 헌터는 코드명대로 염마왕 그 자체였다.

　'아빠가 이런 굉장한…… 사람들 속에 있다고? 말도 안 돼.'

　기철이는 액자로 시선을 돌렸다. 모니터와 같이 컴퓨터 책상 위에 놓여 있었는데 최근에 아빠와 함께 찍은 사진이 담겨 있었다.

아직도 엄마를 노땅에게서 되찾지 못했으면서 뭐가 좋다고.

그렇게 바보처럼 웃고 있는 아빠 얼굴을 들여다보자니 새삼 더욱 실감이 들지 않는 것이었다.

거기선 염마왕이 보였던 대단한 것들 중 무엇 하나도 느낄 수 없었다.

팬티 속으로 엉덩이나 긁어 댈 줄이나 알지, 각성자들이 아무리 아빠에 대해서 무서운 사람이라고 떠들어 댄다 한들 정작 곁에서 봐 왔던 아빠는 예전 그대로의 평범한 아저씨였다.

높은 건물 위로 뛰어오르는 미친 점프력이나 헐크 같은 괴력을 직접 봤을 때에도 그때뿐이었다.

뭐 구태여, 아빠가 다른 각성자들처럼 사람이 달라져서 나왔다는 부분을 찾자면 한 달 전의 일이다.

자그마치 신의 아이템.

풍사(風師)의 반지를 판 엄청난 돈을 시작의 장에서 친분이 있었던 각성자의 유가족에게 전부 줘 버렸던 그 일 정도였다.

2천억이 넘었다. 아빠는 그걸 한 푼도 남김없이 다 줘 버렸다. 허구한 날 엄마하고 돈 때문에 싸웠던 사람이 말이다.

물론 그 사건 때문에 엄마가 여기까지 쫓아왔고, 아빠와 엄마는 또 싸웠다.

기철이는 그날의 안 좋은 기억을 떨쳐 내며 마우스를 계속 움직였다.

청문회 전체 영상을 찾아냈고 한 장면에서 정지시켰다. 계속해서 교체되던 하단부의 통역 자막 또한 그때 고정되었다.

「나 조나단 헌터가 바로 존 도요. 그러니 이제 의원님들에게 묻겠소. 나를 어떻게 잡아갈 거요?」

레벨당 힘의 격차가 뚜렷하다고는 하나, 어쨌거나 아빠도 염마왕의 바로 밑, 같은 첼린저 구간에 속하지 않는가?

능력으로만 따진다면 염마왕은 서열 4위, 아빠는 서열 5위.

그런데 사람이 어쩜 이렇게 다를까?

기철이는 바깥에 대고 외쳤다. 한 달 전에 엄마와 아빠가 큰소리를 내고 싸웠던 바로 거기, 오피스텔 거실을 향해서였다.

"아저씨! 우리 아빠도 미국 전체가 달려들어도 못 잡아가나요? 그렇겠죠?"

거실에선 여전히 텔레비전 소리가 나오고 있었다.

"안녕하세요. 뉴스 속보를 전해 드립니다. 조금 전염마왕, 조나단 헌터가 비실명거래에 대해서 미 사법부의 판단을 받아들이겠다는 입장을 밝히며 청문회가 폐회되었습니다. 지금 상황이 빠르게 전개되고 있는 것 같은데요. 월가 집회에 나가 있는 특파원을 연결해 보겠습니다. 김찬솔 특파원. 시위대들 역시 이 소식을 접했을 텐데요. 지금 어떤 반응들이 나오고 있습니까?"

"예. 본인의 일념은 인류 평화를 위한 데 있다는, 조나단 헌터의 한결같은 진심이 시위대들에게 전해진 것 같습니다.

시위를 이끌고 있는 아탁 지도부에서는 조나단 헌터가 미 정부뿐만 아니라 세계 사회를 향해, 대담하고 노골적인 위협을 가했다는 목소리를 높이는 동시에 시위자들의 단단한 결집을 촉구하고 있습니다.

그렇지만 지금 보이다시피, 일상으로 복귀하려는 시위자들이 적지 않습니다. 조나단 헌터 대 미 정부의 분쟁으로 확대될 경우 미 정부가 잃을 게 많다는 게 현실입니다. 조나단 헌터가 청문회에 출석한다는 소식이 전해졌을 때만 해도……."

거주 경호원인 각성자는 상기된 표정으로 기철이에게 다가갔다.

"뭐라 하셨습니까?"

그런데 평상시에는 볼 수 없었던 표정이었다. 기철이는 어쩐지 무서운 느낌을 받고는 좁아지는 문틈 사이로 빠르게 내뱉었다.

"아녜요. 방해 안 할게요."

＊　　　＊　　　＊

기철이는 방문을 닫고 나서, 으레 하던 버릇대로 광고 수익을 확인했다.

영상 업데이트는 5월 말로 중단된 상태였여도 청문회의 여파 때문에 지난 영상들에 조회수가 빠르게 붙고 있었다. 수익도 가파르게 상승 중이다.

조회수를 끌어올리고 있는 일등 공신은 아빠의 첼린저 구간 능력을 조금이나마 선보였던 영상이었다.

「 추정 수익: 252,925 $
지난 30일 (2018.6.26.— 2018.7.25.) 」

영상을 더 올리지 않고 있는 데에는 몇 가지 이유가 있었다.

챌린저 수저다. 아무리 아들이라도 세계적 자원인 칼리버 권성일을 컨텐츠로 써먹어도 되냐는 등 악플에 시달린 것도 있었지만.

그건 무적 칼리버 TV를 아껴 주시는 칼돌이들을 생각하면 어떻게든 넘길 수 있었다.

그러나 청문회에서도 언급됐던 '포클리엔 참사'가 터졌던 때에는 새삼 느낀 바가 컸다. 이계는 마냥 판타지가 아니었다. 각성자라도 끔찍하게 죽어 버릴 수 있는 곳이었다.

당시에 죽은 각성자들 중에는 최종장에서 레볼루치온(12)에 속했던 사람도 있었다.

그냥 속한 것에 그친 게 아니라 아빠의 명령을 직접적으로 받아 활동한 각성자였다는 게, 당시에 아빠가 굳은 얼굴로 했던 설명이었다.

당시에 아빠는 이계에 진입할 계획을 가지고 있었다.

그래서였다. 아빠도 위험할 수 있는 전쟁터를 두고 컨텐츠로 쓰고 싶지 않은 마음이 컸다.

그리고 지금, 그건 사실로 밝혀졌다.

염마왕도 그 초월체를 두고 두렵다는 표현을 했으니까.

영상 업데이트를 중단한 마지막 이유는 광고 수익이 커

지면서 많은 일들이 한 번에 몰아닥쳤기 때문이었다.

돈이 그렇게 많이 벌릴지를 예상하지 못했다면 거짓말이다. 하지만 막상 현실이 되고 나니 문제는 한두 가지가 아니었다.

어른들이 세금 때문에 죽겠다 뭐다 했을 때는 그냥 그런가 보다 했었다. 돈을 벌면 나라에 세금을 내야 한다는 것도 몰랐다. 또 나라에서 그렇게 세금을 무지막지하게 뜯어 가는지도 몰랐다.

버는 돈에 따라서 내야 하는 세금이 달라지는 것은 물론.

그래서 5억 원 이상의 돈을 벌면 그중 42%가 넘는 돈을 전부 나라에 세금으로 내야 한다는 게, 가히 충격적인 사실이었다.

기가 막히고 코가 막힐 일.

구독자가 많은 크리에이터들이 왜 대기업 매니지먼트사에 들어가는지도 그때 알았다.

세금을 조금 내게 도와준단다. 컨텐츠 방향을 같이 상의해 주고 연계되는 여러 행사 참여를 도와줄 뿐 아니라, 무적 칼리버 TV 같은 셀럽은 다른 나라의 유명 크리에이터와의 합동 방송들을 포함해 공중파와도 연결시켜 준단다.

하지만 인터넷 방송을 시작하면서 아빠와 했던 약속이 있었다.

용주하고 죽이 되든 밥이 되든, 둘이서만 알아서 하라는 것이었다.

아빠가 했던 말을 그대로 가져오면 '돈일랑 아빠가 다 벌어 올 텡게. 니는 그냥 니가 좋아하는 거 하믄서, 또 그러면서 배워야 하는 게 있으믄 알아서 공부하란 말이여. 안 되겠으믄 때리치우고.', 바로 그것이었다.

그때는 페이스노트를 통해 접근하는 어른들이 많았던 시기였다.

무적 칼리버 TV만 보고 접근하는 사람들도 있겠지만, 아빠의 명성 때문에 접근하는 사람들도 많았을 것이다.

세금 문제로 크게 고민하게 될 시기가 올 거라면서 회계사라는 어른들도 접근했었다. 그중에는 변호사도 있었다.

돈. 돈. 돈.

전부 다 돈 때문이었다. 어른들은 돈 냄새 하나는 기가 막히게 잘 맡았다.

*　　　*　　　*

본격적으로 경제 공부를 해 왔던 건 억울하고 이해가 되지 않아서였다.

대체 나라가 하는 일이 뭐라고, 반절에 가깝게 뜯어 가는 거야?

아빠를 설득해서 컨텐츠를 만든 것도 자신이고, 웹사이트를 돌며 홍보한 것도 자신이고, 악플을 감당했던 것도 자신이었다.

경제 공부는 어려웠지만, 학교 공부보다는 재밌었다. 몰랐던 것을 조금씩 깨달을 때마다 성취감도 있었다.

나라에 왜 세금을 내야 하고 자신이 낸 세금이 어떻게 쓰이는지도 알게 되었다. 그래도 여전히 열 받는 건 마찬가지지만.

세금을 최대한 덜 뜯기려면 법인이라는 것을 설립해야 하는데, 거기서 번 돈이 또 법적으로 자신의 돈이 아니라는 것도 알게 되었다. 내 돈이지만 내 돈이 아니라고?

그래서 함부로 사용하다 걸리면 감옥에 가거나 벌금을 내야 하고, 가끔씩 재벌들의 비자금이 어쩌고저쩌고 그러면서 나라 전체가 시끄러워졌던 게 그 때문이란 것도 이해할 수 있었다.

그러니까 법인에 있는 돈은 내 돈이 아니라서, 그걸 몰래 꿍쳐 두면 도둑질에 해당한다는 것이다. 이거 웃기잖아!

꿍쳐 둔 돈을 통칭해 비자금이라 부르는 것이고. 그리고 보통은 비자금을 꿍쳐 둘 때 그 돈을 다른 사람 통장 안에 집어넣는단다.

그런 걸 또 통칭해, 남의 이름을 빌려 쓴다고 해서 '차명(借名) 거래'라고 하고 그 통장을 차명 계좌라 하는 것이었다.

　"이 자리에서 분명히 하리다. 존 도는 내 차명 계
　좌 이름이오."

'그런데 비자금을 꿍쳐 둔 거하고는 다른 문제 같은데. 아 답답해.'

기철이는 염마왕이 직접 재판을 받겠다고 선포한 이상, 결과가 불안해졌다. 염마왕이 겪고 있는 일이지만 넓게 보면 아빠한테도 영향이 갈 수밖에 없는 일이기 때문이다.

한참 동안 인터넷을 검색하던 도중.

문득 궁금하거나 조언이 필요한 사안이 있으면 언제든 연락하라던 어른들이 생각났다.

그중에는 전일 그룹의 총수 제이미 아줌마도 있었지만, 경제 공부를 하면서 얼마나 대단한 사람인지 깨달았기 때문에라도, 일단 제외하였다.

더불어 페이스노트에 친추 요청을 해 온 숱한 어른들도 전부 제외하였다.

칼리버의 아들이 하는 말은 아주 사소한 것도 논란거리가 된다. 그건 악플과 거기서 생산된 다른 기사 그리고 다른 컨텐츠 영상들을 통해 익히 배운 바였다.

그래서 선택한 사람은 아빠와 함께 일하는 젊은 아줌마였다.

〈 안녕하세요. 〉

〈 기철이니? 〉

〈 예. 아줌마. 〉

〈 아줌마 아니라니까 그러네. 그래…… 너한테는 다 아줌마처럼 보이겠지. 칼리버 님은 들어가셨니? 〉

〈 예? 돌아오셨어요? 〉

〈 미안. 내가 좀 더 일찍 전해 줬어야 했는데. 〉

〈 전해 줘도 아빠가 직접 하셔야죠. 그런데 언제 귀환하셨어요? 아니, 아빠는 괜찮으세요? 다치지 않았죠?〉

〈 칼리버 님이시잖니. 칼리버 님이 안 괜찮으시면 그건 정말 큰 문제란다. 귀환하신 지는 얼마 안 됐어. 곧 들어가실 거야. 〉

〈 아…… 예……. 〉

〈 왜? 〉

〈 청문회 보셨어요? 〉

〈 봤지, 그럼. 〉

핸드폰 너머에서도 흥분된 감정이 떨려 나왔다.

〈 염마왕이…… 아니, 아니. 염마왕 님이 존도가 그분의 차명 계좌라고 밝히셨잖아요. 그래서 법정에 서시겠다는데 그게 궁금해서요. 잠깐 통화 가능하시다면 설명 좀 들을 수 있을까요? 잠깐이면 되요. 조금만 알려 주시면 나머진 인터넷에서……. 〉

〈 기철이 말하는 게 점점 어른스러워진다, 얘. 괜찮아. 차명 계좌가 뭐냐면, 음 어떻게 설명해야 할까. 다른 사람 이름으로……. 〉

〈 차명 계좌가 뭔지는 알고 있어요. 보통 비자금을 다룰 때 차명 계좌를 이용한다는 것도 알고 있고요. 〉

〈 기철이 대단하네. 요즘 중학교에서는 그런 것도 가르쳐 줘? 〉

〈 제가 따로 공부한 거죠. 그런데 비자금 때문에 저렇게 시끄러운 건 아니잖아요. 〉

〈 차명 계좌를 사용했다고 해서 전부 비자금인 건 아니야. 어디까지 공부했는지는 모르겠는데, 정확히 뭐가 궁금한 거야? 〉

〈 염마왕 님께서 감옥에 가실 수도 있어요? 염마왕 님께서 직접 그러셨잖아요. 법정에 서겠다고요. 그건 만약 징역

형이든 벌금형이든 판결이 나는 대로 전부 받아들이겠다는 말씀 아녜요? 징역형이 떨어지면 어떡해요?〉

여자의 짧은 웃음소리가 흘러나온 후였다.

〈그게 말도 안 되게 대단하신 점이지. 기철아.〉
〈네.〉
〈누나도 미국에서 어떤 판결이 나올지 정말 궁금해. 기철이가 더 공부해 보고, 누나 좀 가르쳐 줄래?〉

그때.
거실 밖에서 도어락이 풀리는 알림 소리가 들렸다.
"오셨습니까. 칼리버 님."
거주 각성자의 목소리 다음으로 성일의 큰 목소리가 터져 나왔다.
"기철아! 아빠 왔으! 아빠가 말이여. 아빠가. 으허허허허 — 제국성 먹어 부렀어. 오늘만큼은 쇠주 좀 까야 쓰겄다. 우리 아들이랑 같이!"
그것도 잠시, 성일의 시선이 거실 텔레비전으로 고정되었다.
"쓰벌…… 뭔 지랄이냐……."

＊　　　＊　　　＊

　기철이는 성일이 이계로 떠난 이후부터 아빠가 돌아오길
계속 기다려 왔다.

　그러나 정작 돌아온 아빠에게 말을 걸 수가 없었다. 멈춰
서 있는 그 자리에서 텔레비전을 향해 있는 아빠의 뒷모습
이 어쩐지 위험해 보였기 때문이었다. 오피스텔에 같이 거
주하는 각성자 아저씨가 보였던 무서운 표정과는 달랐다.

　거기서 느껴지는 건 더 크고 더 진했다. 눈에 보이지는
않는 뭔가가 아빠의 등짝에서 불어 나와 거실 전체를 채우
고 있는 듯했다.

　얼굴이 조금도 보이지 않는 뒷모습뿐이라도, 아빠가 화
가 나 있는 게 느껴졌다. 자신 같이 긴장해 버린 건 각성자
아저씨도 마찬가지였다.

　그때 성일이 아예 그 자리에서 엉덩이를 깔고 앉아 버렸
다. 뒤로 두툼한 손을 뻗치면서 '리모콘.' 한마디만 뱉어져
나왔을 때.

　기철이와 거주 각성자는 같이 움찔거렸다.

　기철이는 침을 꼴깍 삼켜 넘기며 자신이 품어 왔던 의문
의 답을 얻었다.

　아빠도 염마왕과 같이 첼린저 구간의 각성자였다. 시작

의 장에서 수많은 전투를 치르고, 압도적인 강함으로 각성자들을 지배해 왔던 이들 중의 한 명.

아빠도 화가 나면 누구보다도 무서워질 수 있는 사람이었다.

*   *   *

성일이 기철이 방으로 들어온 건 한참이 지난 후였다.

그때 기철이는 모니터에 웹 문서를 띄워 놓고는 거기에 꽤 빠져들어 있었는데.

'차명 계좌를 사용하는 게 나쁜 점은 불법적으로 사용되기 때문이구나. 높은 사람들에게 뇌물 뿌리고, 비자금 꿍쳐 두고, 세금 안 내려고. 그래서 법으로 그것들을 못 하게 막아 둔 거였……!'

갑자기 문이 열리는 큰 소리와 함께 커다란 시선이 머리맡으로 떨어지는 것이었다.

흡!

기철이는 놀라 고개를 번쩍 들었다. 그때도 아빠는 평소처럼 헤실거리고 있지 않았다. 거실에서 달고 나온 굳은 얼굴 그대로였다.

전에는 뒷모습뿐이었지만, 이제 올려다볼 수 있게 된 아빠의 얼굴은 정말이지 다른 사람의 것 같았다.

얼굴이 무섭게 굳어 있었고 눈에는 분노가 머금어져 있었다. 눈앞의 사람이 영 아빠 같지가 않았다. 그래서 벌벌 떨리는 것이었다.

아빠와 똑같은 모습을 한 그 무엇이 방에 들어왔다고 느껴졌다. 인터넷에서 각성자들을 향해 퍼붓던 악담대로의 존재가…….

성일의 눈동자가 그때 흔들렸다. 성일은 기철이를 향해 웃어 보였다.

그러나 어색하게 굳어 버린 미소여서 더한 위화감만 생겼다.

"사람이 살다 보믄 화도 나고 그러는 거여. 니는 맨날 엄마랑 나한테 화내믄서, 아빠도 화 좀 나면 안 되냐? 아빠도 사람이여. 짜식아."

성일은 기철이의 머리를 헝클어 대며 마저 말했다. 기철이는 온순하게 있었다.

"콤퓨타 좀 쓰자."

기철이는 황급히 자리를 비키며 거실을 쳐다보았다. 거실에는 아빠가 남기고 온 분위기가 아직도 영향을 미치고 있었다. 잔뜩 긴장한 채로 각 잡고 서 있는 각성자 아저씨를 보자니 거실로 나가는 것도 꺼려졌다.

기철이는 성일이 앉은 자리 뒤로 우두커니 섰고, 성일은 청문회 전체 영상을 찾아 띄웠다.

성일이 영상을 정지시킨 지점은 염마왕이 막 청문회에 입장해 테이블에 앉은 부분이었다. 정확히는 기자들이 겁대가리를 상실하고, 염마왕의 안전에 온갖 카메라들을 들이대는 장면이다.

성일은 거기를 꽤 오랫동안 들여다보더니 거실에 나갔다 돌아왔다.

핸드폰 전원을 켜면서였다. 자리에 앉은 후에는 기자들 중에서 한 아시안 여자 기자에게서 시선을 떼지 않았다. 다른 사람들은 그냥 지나칠 수밖에 없었겠지만, 그 여자 기자는 틀림없이 마리 누님이었다.

'누님도 저 지랄들을 내비 둔 거여? 미치고 환장하겠네, 쓰벌.'

하지만 연락이 닿지 않았다.

성일이 모니터 너머를 턱짓하며 말했다.

"기철아. 아빠, 저기 갔다 올 테니께. 니는 엄마한테 가 있으."

"거긴 싫다고 했잖아…… 요."

기철이는 차마 엄마하고 다시 합치면 안 되냐고 물을 수 없었다. 그럴 때가 아니었기 때문이다.

"뭔 일 터질지 몰러. 그럼 기철이가 엄마 곁에 있어야 하지 않겠어?"

기철이가 마지못해서 알겠다고 대답하려던 때, 성일이 쥐고 있는 핸드폰에서 벨 소리가 울렸다.

〈 발신자: 태한 동생 〉

성일은 기철이에게 거실을 턱짓해 보였다. 기철이가 쭈뼛쭈뼛 나간 후였다.

〈 동상. 그렇지 않아도 딱 맞춰 걸었구만. 비행기 대기시켜 놔 줘. 내가 갈 거구만. 뭔 일인지는 알지? 〉
〈 고정하십시오. 형님. 〉
〈 고정은 무슨 얼어 죽을 고정. 나도 뭔 상황인지는 감 잡았으. 근디 사람들이 이러면 안 되는 거여. 염마왕한테 그르믄 안 되는 거여. 검은 머리 짐승들은 시작의 장이나 여기나 다른 게 없네. 〉
〈 염마왕이 다 생각이 있어서 그런 겁니다. 〉
〈 누구는 홀리나이트 하고 치고받고 지럴 염병을 떨고 있었는디, 그새를 못 참고 데모를 혀? 데모쟁이 새끼들도 그렇고 의원 나부랭이 새끼들도 그렇다 다 뚝배기 깨 불 텡

게…… 이것들이 오냐오냐해 줬더니 진짜 기어오르는 거 아녀. 배 뜨뜻하고 살 만한 게 저 지랄들이지. 누구 덕분인지도 모르고. 저런 것들은 꼭 피 맛을 봐야 그때서야 깨닫지. 〉

〈 댁이십니까? 제가 가서 차근히 설명드리겠습니다. 〉

〈 1막 최종장, 준비 기간. 동상도 기억 날 그여. 그때 오딘 님 만났응게. 너무 오래된 얘기여? 〉

〈 아닙니다, 형님. 〉

〈 그때 어쨌으? 동상이야 얘기만 들었으니까 그렇다 쳐도, 지금이랑 별반 다를 게 없었으. 나랑 오딘 님하고 소대가리들 본토에서 겁나게 뺑이 치고 왔단 말여. 천공 길드, 주판석이. 노친네 이름도 기억하는구만. 오딘께서 지들 잘 살라고 세력도 만들어 주고 힘도 실어 줬는디. 기껏 돌아온 우리한테 뭐라고 했는지 알어? 잔챙이들 겁나게 끌고 와서 한다는 소리가 '내 뒤에 이만 명이 있네.' 그따구로 꼴깝을 떨었었으. 오딘께서 지들 권력을 뺏어 갈까 봐 그 지랄병을 떨었던 거였으. 지도부뿐이었으믄 말도 안 혀. 잔챙이들까지 다 한통속이 되어 가지고는……. 〉

〈 형님도 대단하십니다. 그걸 다 기억하십니까. 〉

〈 그걸 어찌 잊어. 그때 천공 길드는 싹 갈려 나갔으. 알지? 동상이 있던 일성 길드가 흡수했고. 다른 사람은 잊어도 동상은 잊으면 안 돼. 〉

〈 예. 〉

〈 잔챙이들은 떼로 뭉쳐 있으믄 지들이 뭐라도 되는 줄 알으. 그때 천공 길드를 안 갈아엎고 가만 놔 뒀으믄? 지들이 잘나서 그런 줄 알고 더 지랄병을 떨었을 것이여. 〉

〈 그랬겠습니다. 〉

〈 입으로 겁나게 명분을 갖다 붙여도 결국엔 그거여. 데모쟁이 새끼들은 배알 꼴려서 그렇고, 거기에 동조하는 의원 나부랭이 잡것들은 지들 권력 챙기려고 그렇고. 시작의 장에서 한두 번 겪은 게 아니잖어. 안 그려? 〉

〈 네. 〉

〈 오딘 님께서 오랫동안 봉인되셨을 때는 어땠어? 나하고 동상하고, 아래 군단장부터 시작해서 일반 잔챙이들 때문에 한두 번 고생했냐고. 여기서 아가리 털면 하루 종일도 부족하지. 〉

〈 네. 〉

〈 검은 머리 새끼들은, 아니 검은 머리든 노랑 머리든 하여튼지 간에 사람으로 태어난 말종 새끼들은 지들 잇속만 챙기려 드는 것들이여. 떼로 뭉치면 더 그런 거고. 막말로 지들이 염마왕처럼 부자면 데모하겠냐고. 막말로 전일 그룹에 발 하나 걸치고 있으믄 그러겠냐고. 서울도 지랄 난장판 났드만. 〉

성일은 한참을 퍼부어 댔다. 그때마다 이태한은 짧은 대답으로만 호응해 주면서 성일의 흥분이 가라앉길 기다리고 있었다.

그러나 성일의 격분한 목소리는 좀처럼 누그러지지 않았다.

〈 마리 누님하고 연락해 봤으? 미국에 계신 것 같던디. 〉

〈 시도해 보지 않았습니다. 〉

〈 마리 누님은 됐고…… 오딘 님은? 재가만 떨어지든 내가 선봉에 설 것이여. 선봉이랄 것도 없네, 니미랄 것. 오딘께서 무엇을 제일 중히 여기는지 동상도 알고 있지? 두말하면 잔소리일 것이여. 지금 드라고린이 문제가 아녀. 〉

〈 그래서입니다. 〉

〈 뭐가 그래서여? 〉

〈 염마왕은 오딘 님의 뜻을 받들고 있는 겁니다. 그만 고정하십시오, 형님. 형님께서 알고 계신 것보다 더 큰 세계가 있습니다. 〉

〈 클럽?, 그걸 왜 모르겄어. 오딘 님과 함께한 세월이 수십 년이여. 〉

〈 아니요, 형님. 형님께선 이름만 알고 계신 겁니다. 지금 찾아뵙고 차근히 설명드릴 테니 좀 쉬고 계십시오. 얼마 안 걸립니다. 〉

〈 환장하겠네, 증말. 알겠어. 〉

성일은 정말로 술 생각이 간절해졌다.

〈 쐬주, 짝으로 가져오는 게 좋을 거여. 오늘은 안 들이붓고 못 버티겠구만. 〉

*　　　*　　　*

헬기를 이용한 이태한은 그가 했던 말처럼 그렇게 오래 걸리지 않았다.

그때는 성일이 욕조에 몸을 담그고 있던 때라서 이태한을 맞은 이는 거주 각성자와 기철이, 두 사람이었다.

예전에도 한번 이태한과 마주해 본 적이 있던 기철이었지만, 이태한의 위상은 당시보다 더 높아져 있었다.

이태한 앞에서 기철이의 머릿속은 커다란 종소리로 가득했다. 이내 기철이는 정신을 차리고 깍듯하게 인사했다.

이태한이 기철이의 어깨를 툭툭 치고 지나가자, 기철이는 그의 손길이 닿았던 어깨에 손을 가져가며 희미한 미소를 지었다. 역시 아빠는 이 대단한 사람들 속에 있었던 것이다.

"쐬주는 어따 팔아먹고 맨손이여?"

성일이 아랫도리만 가리고 나왔다. 가슴에는 제국성의 마지막 전투에서 달고 나온 흔적이 큼지막하게 자리해 있었다.

쭉 그어져 있는 얕은 검상 주변으로 피부 조직이 얼어붙어 있는 모습.

혈액 공급이 끊겨서 거무튀튀한 것이었다.

기철이의 놀란 시선과 이태한의 부릅떠진 눈에 대고, 성일은 대수롭지 않다는 듯이 말했다.

"별거 아녀. 자체 재생력으로 끝나. 오시리스가 상대했던 것보단 약한 놈이었던가 벼."

"그래도, 형님."

"그 새끼들은 뚝배기가 깨졌으. 이제 제국성은 내 것이구만."

성일은 제국 황제이기도 한 홀리 나이트와 그 일당들을 떠올리며 혀를 찼다.

"축하드립니다."

"권기철. 태한 아저씨는 아빠하고 형제나 다름 없으. 인사 잘혔어?"

"인사드렸어요."

"그럼 싸게 들어가 봐. 아빠하고 태한 아저씨는 긴히 할 말이 있응게."

성일은 거주 각성자도 기철이와 함께 방으로 보냈다.

"요즘 아새끼들은 싸가지가 없는데, 내 아들한테선 그 꼴 못 봐. 증말 인사 잘한 거 맞으? 다른 건 몰라도 인사성 하나는 밝아야 하는 거여. 그거면 돼."

"인사 잘 받았습니다."

"그럼 됐고. 헬기 타고 왔으?"

"예."

"근방에 있겠네?"

순간 성일의 근육이 부풀었다.

이태한이 그 모습을 보며 전음으로 대화 방법을 바꿨다. 성일을 직접 찾아와야만 했던 본론으로 바로 들어갔다.

『염마왕이 본인을 존 도라 밝혔지만, 존 도는 오딘 님이 십니다.』

『그걸 짐작 못 할까.』

『오딘 님의 자산은 조나단 투자 금융 그룹만이 아닙니 다. 드러난 자산도 빙산의 일각이지요. 글로벌 메이저, 모 든 영역에 걸쳐서 그분의 것이 아닌 게 없습니다.』

『그러니까 데모쟁이들은 그분의 티끌만 보고 난리 법석 이다? 더 드러나면 더하겠네?』

『예. 그것만으로도 사회를 위해서, 조나단 투자 금융 그

룹은 해체되어야 한다는 소리가 있었던 겁니다. 존 도를 시
작점으로 잡고 본인들의 궁극적인 목적까지 이루려 했겠
죠. 하지만 그것도 넓은 관점에선 작은 시작에 불과한 것입
니다.」

「그건 알겠으. 그럼 클럽은 얼마나 쎈 곳이여?」

「전 세계의 현안들을 주도합니다. 정치, 경제, 문화 모든
면에 있어서 굵직한 줄기들은 클럽에서 파생된 것으로 세
계 유력의 정치가, 기업가, 군 관계자 등이 클럽의 회원입
니다. 염마왕과 오시리스도 시작의 날, 이전부터 수년 동안
클럽의 회원으로 오딘 님을 보좌해 왔었습니다.」

「동상은?」

「아시다시피, 저는 1막 최종장 준비 기간에서 오딘 님을
처음 뵈었죠.」

「일성 회장이었잖어?」

「일성은 그들에 비하면 아무것도 아닙니다.」

「전일…… 제이미…… 그 여자도 오딘 님과 친분이 깊던
디?」

「클럽 회원입니다.」

「난다 긴다 하는 인간들이 다 뭉쳐 있는 곳이 클럽이
다?」

「다 뭉쳐 있다고 하기엔, 그들은 백 명 언저리의 소수밖

에 안 됩니다. 엘리트들 중에서도 최상위층 엘리트들만 모여서 세계를 통치하는 곳이죠. 형님께서 알고 계셔야 할 건 클럽이 오딘 님의 지배 기구란 사실입니다. 거기서 오딘 님의 명령은 절대적입니다. 각성자의 힘을 논하기 이전에, 시작의 장이 있기 이전부터 오딘 님께선 세계를 지배하고 계셨습니다. 이번 청문회에서 염마왕이…….』

『그럼 미국 대통령은? 그자도 오딘 님 꼬붕이란 말이여?』

『그렇습니다.』

성일의 두 눈이 빠르게 깜박거려졌다.

『우리나라 양반은?』

『아닙니다. 낄 수 있는 위치가 아닙니다.』

『러시아는?』

『그자는 클럽 회원은 아니지만, 러시아를 대표하는 회원을 통해 클럽의 입김이 바로 미칩니다.』

『중국은?』

『클럽의 아성에 도전했다가 어떻게 되었는지는, 지금도 텔레비전을 보면 매일 같이 확인할 수 있습니다.』

『일본은?』

『거기도 낄 수 있는 위치가 아닙니다.』

어쩐지 성일은 홀리나이트가 죽어 가던 광경이 떠올랐다.

입과 코로 피를 벌컥벌컥 끓어 올리며 최후를 맞이했었는데, 그자의 두 눈은 경악으로 가득 차 있었었다. 본인의 죽음을 믿을 수 없다는 듯한 눈이었다. 그러는 동시에 더 큰 힘이 존재하고 있음을 깨달아 버린 눈이기도 했었다.

성일은 지금 자신도 그와 똑같은 눈을 하고 있을 것 같다고 생각했다.

클럽의 존재에 대해서 알고는 있었지만 그렇게까지나……

『근디 왜 오딘께서도 그렇고 클럽도 가만히 있는 거여?』

『오딘께선 지금이 좋다고 생각하십니다.』

『별 떨거지들이 다 들고 일어나는디?』

『그건 안타까운 일이지만, 그들에게 철퇴를 가하는 건 오딘 님께서 바라시지 않는 일일 겁니다. 저도 그분의 의중을 다 알 수는 없습니다. 하지만.』

『하지만 뭐여?』

이태한은 평소보다 격해져 있는 성일을 위해 더욱 차분한 어투로 일관했다.

『염마왕에게 클럽의 전권을 일임했던 데에는, 염마왕이 누구보다도 그분의 바람을 잘 이행할 거라 믿었기 때문이 아니었을까요?』

『클럽의 전권을 일임하셨으?』

『예. 형님도 그렇고 저도 그렇고. 우리는 염마왕에 대해선 잘 모릅니다. 그래도 염마왕이 최종장까지 어떤 통치를 해 왔는지는 들었지 않습니까. 그는 공포의 군주였습니다. 그런 이가 왜 분노를 참고 있겠습니까.』

『나 같은 것이…… 낄 일이 아니구만. 그래서 이제 어떻게 될 것 같어? 잡것들이 떼로 뭉치면 지들이 잘난 줄 안단 말여. 그건 쉽게 달래지는 게 아닌 것인디. 뚝배기 깨 불지 않는 이상은.』

『염마왕은 재판으로 모든 시선을 본인에게 집중시켰습니다. 다른 사안들에 대해서 더 이상 말이 나오지 않도록 말입니다.』

『어그로 제대로 끌었다는 거지?』

『예. 이제 우호 언론들을 편성해 놓고 대중들의 피로감이 극에 달할 때까지, 재판을 오래 가져가지 않을까 합니다. 저라면 그럴 겁니다. 그때쯤 되면 대중의 열기는 전 같지 않을 테니.』

『……솔직히 나는 모르겄으. 데모쟁이 새끼들을 이렇게까지 신경 써야 하나. 말 들어 보니까 각성자까지 갈 것도 없겠구만. 미국 대통령이 꼬붕이람서? 우리나라야 말 다했고. 그래서 동상은 어뗘?』

『어떤?』

『그냥 생각 말여. 솔직한 말로다. 각성자를 쓰기 그렇다믄 경찰들로 싹 다 밀어 버렸으믄 하는디. 아니믄 나 혼자로도 충분혀.』

『저는 오딘 님의 지시하에서만…….』

『그걸 누가 몰러? 나도 그려. 나도 시키는 대로만 하지.』

『저는 지금이 낫습니다. 세계를 무력으로 깔고 누르지 않아도 오딘 님께선 이미 세계의 지배자이십니다. 표면적으로만 드러나지 않았을 뿐이죠. 그래서 세계를 무력으로 통일하자면 구태여 왜?, 라는 생각이 듭니다.』

『아니, 세계를 잡아먹겠다는 것이 아니라 데모쟁이들을 두고 하는 말인디?』

『한번 대중들을 압살시킨 다음부터는 자연히 그 수순을 밟기 마련입니다. 저항자들이 계속 생겨날 겁니다. 그리고 그들은 더 과격해지겠죠. 그럼 더 큰 힘으로 짓눌러야 합니다. 그 과정이 반복되다 보면 세계 각국의 깃발을 하나로 통일시키는 게 낫겠다 싶은 순간이 오고 말 겁니다.』

『그 정도여?』

『이번에 촉발된 시위는 궐기(蹶起)로 폭발할 잠재력이 있습니다. 그렇게 대중이 뭉치면 오딘 님께서도 결단을 내리실 수밖에 없게 됩니다. 대중의 목소리를 수렴하시든지, 칼로 묵살하시든지. 오딘 님께선 그런 상황까지 치닫지 않길 바라시는 것입니다. 그걸 염마왕이 이행하고 있는 것이고요. 여기까지가 제가 내린 결론입니다. 감히 그분의 뜻을.』

『쩝. 세계를 다스리는 건 보통 일이 아니 구만. 고충이 많으셔.』

『이제 미국으로 가시겠다는 말씀은 안 하시는 겁니다, 형님.』

성일은 염마왕이 처한 상황이 남 일 같지가 않았다. 가뜩이나 염마왕은 시작의 날 이전부터 그분과 함께 오랫동안 그날을 준비해 온 사람이라, 억하심정은 자신보다 더욱 크고 깊었을 일.

『뭘 들었으? 나야 시키는 대로만 하지. 어쨌거나 염마왕체면이 말이 아니겠어. 잔챙이들 앞에서 재판받아야 한다니.

자존심이 오시리스 못지않아 보이던 양반이던디. 쯧쯧. 그 마음이 오죽하겠냐고. 뚝배기들을 확 깨 불 수도 없…….』

성일이 문득 전음을 중단하고서 뒤로 고개를 돌렸다. 이태한의 시선이 갑자기 또렷하게 꽂혀 버리는 거기, 텔레비전을 향해서였다.

음량은 최대한도로 줄여져 있어서 나오는 소리는 딱히 없었다.

외신의 녹화 영상을 한국 뉴스 채널에서 사용하고 있었는데, 청문회가 끝나면서 많은 인파들이 쏟아져 나오는 장면이었다.

찰나에 지나가 버렸지만 성일도 거기서 낯익은 두 모습을 포착했다. 청문회를 지켜보고 있던 건 마리 누님만이 아니었던 것이다.

마리 누님과 함께 군중 속으로 사라져 버린 또 한 명.

"……오딘께서도 참관하고 계셨었습니다."

이태한이 말했다. 그런데 둠 엔테과스토의 핏빛 공능과 그분의 공능으로 뒤섞여 있던 기운이 카메라에 포착되지 않은 걸 보면, 뼈 반지는 완전히 그분의 소유가 된 것 같았다.

오딘께서 돌아오신 것이다. 드라고린 사냥을 마치시고.

　　　　　　*　　　　*　　　　*

　　의회를 마주하고 있는 거리는 세계 각국에서 보내져 온 특파원들과 중계 차량 그리고 시민들과 경찰들이 엉켜 있었다.

　　경찰들은 금방에라도 무슨 일이 일어날 것만 같은 무질서에 날이 서 있었고, 그래서인지 그들 간에 무전을 주고받으며 만일의 사태에 대비하는 광경들을 어디서든 흔히 볼 수 있었다.

　　시민들에게 삿대질하며 가까이 접근하지 말라고 외친 한 경관만 해도 그의 한 손은 권총집에 올려져 있었다. 의회에 진입을 시도하려는 시위대의 움직임 또한 쉽게 발견할 수 있는 일이었으니, 경찰들이 예민해진 것은 당연한 일이었다.

　　사태는 예상했던 것만큼 나빴다. 대중들의 집단적인 궐기(蹶起).

　　아마도 조나단은 그것이 더 최악으로 치닫기 전에, 청문회를 자청했던 게 아닐까.

　　물론 대중들이 느끼는 불합리함 그리고 두려움 및 불안감은 지극히 당연한 일이었다.

　　극소수의 몇 명에게.

아니, 단 한 명에게 세계의 부가 집중되어 있는 지금은 자본주의의 폐단이 극(極)에 치달은 세계가 분명하니까.

여기에 전체주의 사상만 결합되면 조지 오웰의 [1984]와 헉슬리의 [멋진 신세계]가 보여 줬던 무서운 미래로 나아가기에 충분할 터.

청문회에서 의원들이 구골과 페이스노트의 창립자를 두고 닦달했던 것도, 그들 같은 기업들이 [1984]의 텔레스크린과 [멋진 신세계]의 소마 같은 약물을 대체할 수 있음을 알고 있기 때문이리라.

그러니 왜 아니겠는가.

대중들이 존 도를 겨냥하고 종국에는 조나단 투자 금융 그룹의 해체를 주장하는 사안에 대해서 백분 공감한다.

세계는 내 결정 한 번에 의해서 얼마든지 진짜 디스토피아적 세계로 추락할 수 있었다.

감히 내게 대척한 것들에게 징벌을 가하는 것을 시작으로.

금번의 시위와 끝나지 않은 전쟁을 명분 삼아, 개인보다는 집단의 이익을 강조하고 인류 전체에 직접적인 통제를 가해 나간다면?

그렇게 완성된 세상만큼 끔찍한 것은 다신 없을 것이다. 본 시대에서 칠마제 군단에 의해 멸망해 버린 세상과는 다른 방향의 끔찍함이다.

어쨌거나 우리가 지금의 부를 이룩한 것은 조나단도 말했던 것처럼 오로지 단 하나의 생각에 의해서였다.

지금 같이 모든 부가 내게로 집중된 세계는 시작의 날을 방어한 이후의 결과물인 것이지, 지금의 결과를 따로 생각해 왔던 것이 아니라는 말이다.

그렇다고 지금의 부를 포기할까? 대중들이 바라는 대로?

천만에.

그들의 요구대로 조나단 투자 금융 그룹을 해체하고 내가 가진 금권(金權)을 분배한들, 수혜자는 대중들이 아니다.

본인들이 수혜를 입었다고 느끼게끔 여러 장치들을 설정해 줄 수는 있겠으나 진실은, 세상이 지금보다 크게 달라지지 않는 데 있다.

그렇게 힘을 분배받은 소수 엘리트들은 오로지 본인들의 이익을 위해서만 그 힘을 사용하려 들 것이다. 본 시대에서 그것들이 어떤 파국을 만들어 냈는지는 두말하면 잔소리.

설령 세계의 진실을 깨달은 누군가가 나타나 나를 지독한 독선(獨善)이라 손가락질할지라도.

그때에도 나는 분명하게 말해 줄 수 있다.

그렇다. 지구는 지금 이대로 내 지배하에 있는 게 낫다고. 선한 독재자가 되겠노라고. 아직은 그래야만 되는 세상이라고.

인류의 멸망을 직접적으로 목격했던 사람은 온 세상을 통틀어 나밖에 존재하지 않는다고.

모두가 평등한 세상을 만들 수 없고, 또 가능한 일도 아니며, 그게 과연 옳은 세상인지도 대답을 내릴 수 없겠으나.

적어도 내가 통치하는 세계는 안전할 것이며 달라진 게 없어 보일 것이라고 말이다.

청문회가 막 끝난 시각이었다.

"일자를 통보해 주시오. 법정에 출석하겠소."

내 손에 쥐어진 핸드폰에서도, 시위대와 일반 시민을 구별 짓기 힘든 무리의 핸드폰들에서도.

조나단의 엄격한 목소리가 흘러나오고 있었다.

*　　　*　　　*

미안한 마음이 들었던 건, 조나단이 내가 지키려는 질서를 위해서 본인을 어디까지 절제하는 중인지 짧은 눈빛 하나, 말 음절 하나마다 느낄 수 있었기 때문이었다.

안도했던 건, 그가 혹 내 의중을 잘못 파악해서 조나단 투자 금융 그룹의 해체를 선언해 버릴까 염려하고 있었는데 그런 모습은 조금도 보이지 않았기 때문이었다.

시간을 역행한 이후로 해 온 모든 결정 중에서, 제일 완벽했던 결정은 조나단을 파트너로 삼았던 것이 아닐까 싶었다.

조나단의 발언과 자세는 의회 안뿐만 아니라 여기 거리에도 충격을 선사했다. 나는 사람들의 태도가 달라지기 시작한 것을 느낄 수 있었다.

조나단을 규탄하는 소리가 여전히 높지만, 그 사이사이에는 조나단을 응원하는 목소리도 끼어들기 시작한 것이다.

조나단을 응원하는 소수와 그렇지 않은 다수의 사람들 사이에 미묘한 긴장감이 형성되기 시작했던 때.

의회 입구에서 의원들과 기자진들이 쏟아져 나왔다. 그때 거리에 운집해 있던 흐름 또한 그쪽으로 쏠리기 시작했다.

시위대는 물론, 세계 각국의 특파원들도 포화를 뚫고 달리는 종군 기자처럼 제 팀을 이끌고 의원들에게 달려 나갔다. 경찰들의 언성은 더 높아졌다.

『여기다.』

연희는 목에 차고 있던 기자 신분증을 떼어 내며 나타났다.

내 뼈 반지를 보면서는 살짝 웃음을 띠었지만, 주위를 향해서는 그녀답지 않은 분개한 감정이 묻어 나오는 얼굴이었다.

"도착했으면 왜, 들어오지 않고?"

연희는 그 말로 인사를 대신했다. 그러고는 여전히 플래카드를 흔들며 조나단을 규탄하는 자들을 향해 날카로운 시선을 던졌다.

그런 자들은 어디에서나 쉽게 볼 수 있었기 때문에, 연희는 사방을 둘러보는 식이었다.

그러다 시민들 속에 스며들어 있는 다른 각성자들을 눈치챌 수밖에 없었기 때문인지 그들에게로 시선이 고정되었다.

연희는 내가 왜 의회 안으로 들어가 직접 참관하지 않았는지, 그때 깨달았던 것 같았다.

맞다. 나는 행여나 다른 각성자들이 의회로 쳐들어갈까 봐 그걸 주시하고 있었다.

누가 보더라도 무시무시한 표정과 그런 기세를 감추지

못하는 자들, 그들은 최종장에서 조나단과 함께 몬스터들을 상대했던 자들일 공산이 높았다. 실제로 그들은 조나단이 홍염의 불길을 일으키던 순간 의회로 난입하려는 모습을 보이기까지 했다. 가까스로 본인들 스스로를 자제하긴 했지만.

일단 우리는 각성자들의 시선을 피해 자리를 옮겼다. 소란이 미치지 않는 곳.

거리에서 몇 블록만 아래로 내려가면 벚꽃 나무들이 왕성한 바로 거기에, 세계 각성자 협회가 미 정부로부터 공여받은 영역이 시작되지만, 거기도 각성자들의 시선이 미치긴 매한가지.

우리는 반대 방향으로 몸을 틀어 한 호텔을 찾아 들어갔다.

*　　　*　　　*

아직 미(美) 중간 선거까지는 석 달가량이 남았는데, 호텔은 벌써부터 선거를 겨냥한 특수 마케팅 전략을 펼치고 있었다.

'의회를 향한 경주(Race to the Congress)'라는 1박에 600달러짜리 테마 패키지를 이용하면 각종 편의 서비스를 제공함과 동시에 워싱턴 DC의 명소들이 담겨 있는 관광 정보지를 준다는 설명이 잇따랐다.

특히 언론 관계자에게는 할인까지 해 준다는 설명과 함께.

"여기 호텔리어는 안목을 갖추지 못했네."

연희는 짧은 평을 내뱉은 뒤 가장 비싼 패키지에 대해 물었다.

이어 들려온 대답은 최고급 스위트룸, 호텔 수석 주방장이 직접 요리하는 저녁 식사, 호텔 내 스파에서 받을 수 있는 마사지 종류 등.

1박에 2만 달러가량 하는 디럭스 패키지에 대한 것이었다.

그렇게 불필요한 설명이 길어지면서 연희의 얼굴에서는 미소가 사라졌다.

평소답지 않게 호텔리어에게도 틱틱거리고, 이번 청문회 때문에 투숙객으로 들어온 다른 손님들을 향해서도 살갑지 않은 시선을 던지는 걸 보면.

조나단이 청문회 안팎으로 당했던 질타가 그녀에게도 꽤 분통하게 느껴졌던 모양이었다.

연희가 수속을 밟는 동안 나는 로비의 다른 손님들의 대화에 귀를 기울이고 있었다. 말했지만 청문회 때문에 투숙하고 있는 손님들이 많았다.

대부분이 언론계 종사자들로 현장에 나가 있는 특파원들과는 별개로 워싱턴에서 자체 보도를 기획하고 있는 자들로 보였다.

그들 사이에는 이미 어떤 교류가 진행되어 있었고, 손님들 다수가 그런 자들이라 호텔 측에서 우리를 두고 아시아에서 온 기자로 착각한 것도 무리는 아니었다.

어쨌거나 기자들이 하는 얘기의 골자는 그들의 보도 방향을 조나단과 조나단 투자 금융 그룹에 우호적인 시선으로 설정한 것에 있었다.

상부에서 내려온 보도 지침이 동일한 것을 두고 경악함과 함께 조나단 투자 금융 그룹이 벌써 압력을 행사하고 있는 것이 아니냐, 하는 한탄들도 물론 자글거렸다.

그러나 그런 이야기들을 눈치 없이 큰 목소리로 떠드는 이는 아무도 없었다.

마치 중상모략을 꾸미듯 속닥거리며 은밀하게.

눈알을 굴리면서 본인들 간에 어떤 결정을 내릴지 조용히 의견을 주고받는 모습들이었다.

때마침 로비 밖 전면 창으로는 시위대가 지나가고 있었다.

기자들이 시위대들을 보면서 어떤 생각을 가질지 모르겠다만, 그들이 언론계에서 승승장구하려면 상부에서 내려온 보도 지침을 따르는 수밖에 없을 것이다.

아무리 인터넷으로 개방된 세상이라지만 그래도 세계의 메이저 언론들이 똑같은 목소리를 내기 시작하면 민심은 그쪽으로 유도되기 마련이다.

조나단이 대중들을 향해서 벌이는 싸움은 이미 시작되고 있는 것이었다.

호텔 앞 거리를 시위대가 한바탕 휩쓸며 지나갈 무렵.

연희는 본인의 카드로 숙박 대금을 결제하고서 돌아왔다.

『조나단이 그렇게까지 했는데, 아직도 저러고 있는 거야?』

시위대의 기세는 분명히 줄어들었다. 정확하게 말하자면 이제는 조나단을 응원하는 쪽으로 전환된 소리들을 들을 수 있다.

그리고 앞으로 언론이 가세하면 그렇게 전환된 소리들에 힘이 실릴 터.

시야를 넓게 가져가야 하는 일인 것이다. 연희라고 이걸 몰라서 툴툴거리는 게 아니겠지만, 어쨌거나 우리에게는 따로 할 일이 있었다.

『넌 화가 나지 않아? 아니면 자제하고 있는 거야? 솔직히.』

연희가 객실로 올라가는 승강기 안에서 물었다.

『솔직히?』
『그래, 솔직히.』
『조나단에게 미안할 뿐이지. 내가 짊어져야 할 짐을 대신 떠안고 있으니까.』
『난 모르겠어.』
『대중들이 우리를 규탄한다고 해서 우리가 잘못된 것도 그들이 잘못된 것도 아니다. 그들도 우리도 정당하다고 생각한다. 사실, 진실을 모르는 상황에서는 대중들에게 정의(正義)가 있다고도 할 수 있지.』
『그렇게 남 일 말하듯 해 버리면 성낸 쪽만 억울해지는데?』

그러면서 연희는 핸드폰을 흔들어 보였다. 부재중으로 찍힌 한국발 전화번호를 두고, 성일에게서 걸려 온 전화라 했다.

『우리 생각은 다 같아. 너와 조나단이 이런 취급을 받아선 안 돼. 그게 우리를 많이 힘들게 하고 있다는 거, 이해는 하고 있지? 법정에 서는 건 조나단이라지만, 사실 네가 법정에 서는 것과 뭐가 다르냐는 말이야.』

『그렇다고 인류를 박살 낼 순 없는 것이지.』

『하지만.』

『하지만이 아니다. 그것이야말로 주객이 전도된 거다, 우연희. 시작의 장을 거쳐 왔다고 해서 우리가 무엇을 지키려 해 왔는지 잊으면 안 되는 거야. 행여나 조나단이 하는 일에 개입하려는 마음이 있거든, 지금 이 순간 이후로 완전히 잊어버리도록 해.』

목소리에 살짝 공격성이 실렸던 것일까, 연희의 눈동자가 흔들거렸다.

『여기 일은 조나단에게 맡기자고. 우리는 우리 일에 전념하고.』

나는 뼈 반지를 그녀 앞에 내밀어 보이며 말했다. 뼈 반지는 일찍부터 그녀의 안에 품어진 라이프 베슬에 반응하고 있었다.

[죽은 자들도 경외하는 둠 맨의 뼈 반지가 라이프 베슬을 감지 하였습니다.]

[라이프 베슬을 재설정 하시겠습니까?]

Chapter 4.

객실로 들어가자마자 시작했다.

연희의 뜻을 재차 확인했기 때문에 머뭇거릴 까닭이 없었다.

연희 안에 담겨 있던 라이프 베슬이 거무튀튀한 기운으로 빠져나와 뼈 반지로 흡수되던 순간에, 그녀에게서 짧은 탄성이 토해져 나왔다.

속박 아닌 속박으로서, 그간 라이프 베슬에 발이 묶여 있던 연희로선 일종의 해방감을 느낄 수 있는 일이었다.

끝난 거야?

연희는 그렇게 눈빛으로 물어 왔다. 거기에 대고 고개를 끄덕여 주자 그녀는 복잡한 심경이 담긴 눈빛으로 질문했다.

"이제 조나단이야?"

본인 다음으로 조나단에게 라이프 베슬을 인계할 생각이냐고 묻는 거였다.

하지만 라이프 베슬을 가지고 있는 것만으로도 적들의 목표물이 될 수 있다. 성(星) 드라고린에서 어떤 경로로 본토에 습격을 가해 오는지는 아직 파악하지 못했고, 그 횟수가 현저히 적더라도 진행 중에 있지 않은가.

조나단은 나를 대신해서 질서를 지켜 나가고 있는 상황.

감히 라이프 베슬로 인해 방해받아서는 안 된다고 생각해 왔었다.

청문회를 지켜보고 난 후에는 그 생각이 더욱 공고해졌다.

해서 라이프 베슬을 지켜야 할 제격은 따로 있었다.

"오르까."

귀환 직전에 오르까를 찾아서 데려온 것은 바로 그 때문이었다.

거기까지만 대답해 주고 나서 욕실로 이동했다. 연희는 남은 이야기를 나누고 싶어 했지만 나는 귀환하자마자 씻을 사이도 없이 옷만 갈아입은 채 워싱턴으로 들어온 상태였다.

성 드라고린에서 머물렀던 칠 일간, 한숨도 자지 않고 떠돌아다녔던 데다가 마지막에 치렀던 전투의 피로감까지 보태졌던 것 같다.

"얼마나 피곤했던 거야. 제대로 침대에 가서 자는 게 좋겠어⋯⋯."

아련히 들려오는 연희의 목소리에 눈이 떠졌다.

시간이 꽤 지나가 있었다.

욕조에서는 온수가 계속 넘쳐흐르고 있었고 욕실 전반은 증기로 가득 차 있었다. 시간을 확인해 보니, 대충 세 시간 정도 잠들었던 것 같다.

가운을 걸치고 나와 소파에 앉자 연희가 딱하다는 듯이 물었다. 최종 강화를 마친 광대의 단검이 그녀의 손아귀에서 재주를 부리고 있던 때였다.

"더 안 자도 되겠어?"

그러면서도 연희는 내가 당기는 대로 순순히 몸을 맡겨왔다.

기다렸다는 듯이 흘흘 눈웃음을 흘리며 나를 올려다보는데, 청문회 건으로 격해져 있던 눈빛은 더 이상 보이지 않았다.

거기에서 자연스러운 본능이 엄습해 오는 게 느껴졌다.

"잠깐. 잠깐."

연희가 나를 살짝 밀쳐 내며 주위를 두리번거렸다. 그런 후에 내게 다시 안겨 왔던 때는 탁상 위, 피임 도구가 들어 있는 비닐 백을 확인한 후였다.

그래. 아직은 우리 사이에 아기가 생겨서는 안 되는 세상이다.

*　　*　　*

"첫 번째 소식입니다. 시작의 장에서 각성자들이 귀환한 이후 자취를 감췄던 조나단 헌터가, 어제 청문회 석상에 나타나 본인의 일념이 오로지 전 인류에 있음을 밝혔습니다.

지난 6월 2일경에 그 존재가 알려진 초월체에 대해서도 경각심을 일깨운 가운데, 조나단 투자 금융 그룹은 어떠한 위기 상황에서도 '방어자'로 있을 것이라는 뜻을 공고히 한 것인데요.

본인의 진심을 증명하기 위해서 그간 소문만 무성했던 조나단 투자 금융 그룹의 최대 주주 '존도'가 본인임을 밝히는 동시에, 비실명 거래를 한 점에 대해서는 사법부의 판결을 수용하겠다고도 밝혔습니다.

이와 같은 조나단 헌터의 한결같은 목소리에 의해서, 월가를 시작으로 세계 각국에 확산되고 있던 시위는 주춤해진 기색이 완연합니다.

두 번째 소식입니다. 영국 맨체스터에서 또다시 외계의 습격이 발생해 각성자 열다섯 및 민간 요원 서른 명 외에도, TMC 그룹의 많은 직원들이 목숨을 잃었습니다.

갑자기 건물과 그 일대가 푸른 막에 휩싸이면서 도로상에 위치해 있던 차들이 일제히 속도를 높여 도망칩니다. 군사 기업 TMC의 그룹 본부와 훈련장에 초자연적인 습격 현상, 블루 베일(Blue Veil)이 발생한 건데요.

그룹의 각성자 대부분이 이계에 진입한 상태에서 받은 습격이라서 희생이 컸습니다. 맨체스터에서 커리 브라운 특파원의 보도입니다."

"현지 시각 25일 낮, TMC 그룹 본부에서 이계 진입을 준비하고 있던 각성자들과 민간 요원들이 외계의 습격자들과 전투를 치렀습니다.

전투는 두 시간가량 지속되었으며 블루 베일이 사라지기 직전까지, 내부에서 터져 나오는 굉음은 멈추지 않았습니다. 목격자들은 차량과 행인들이 굉음에 놀라 대피하는 등 공포 분위기가 이어졌다고 말했습니다.

이번 습격으로 TMC 그룹의 전략 본부와 훈련장 등 그룹 시설들이 파괴되었으며 각성자를 포함해 100여 명의 사상자가 발생했다고 TMC 그룹은 밝혔습니다.

이날 TMC 그룹과 세계 각성자 협회, 런던 지부가 함께한 현장 발표에서는 현장에서 외계의 습격자들을 전부 격퇴하였음을 알리며, 이와 같은 습격이 전 세계에 걸쳐 꾸준히 발생하고 있는 이상, 인류가 아직 완전히 안전하지는 않음을 상기해야 한다고 설명했습니다. 또한 습격의 횟수와 정도가 언제 갑자기 높아질지 모른다는 점에서도 인류 전체는……."

연희가 먼저 일어나 있었다.

그녀가 틀어 놓은 텔레비전 소리가 점점 분명해지면서, 내 가슴에 얼굴을 기대고 있는 연희의 무게감 또한 선명해지고 있었다.

나는 지금이 좋아서 눈을 뜨지 않았다. 잠시 후 그녀가 잠깐 뒤척거리는 움직임 다음으로 텔레비전 소리가 멎었다.

"미안. 나 때문에 깬 거야?"

눈을 감고 있는 채로 대답했다.

"몇 시야?"

"8시 조금 넘었어."

"조금만 더 이러고 있자."

텔레비전 소리에 이미 잠에서 깼지만, 이것도 나쁘지 않았다. 오랜만에 나누었던 지난 밤의 사랑이 그녀와 맞닿아 있는 피부를 통해 아직도 남겨져 있기 때문이었다.

한 손에 다 들어오는 그녀의 작은 어깨가 특히 그랬다.

그녀의 어깨를 어루만지며 누워 있기만 한 지 한 시간 정도가 지난 후 즈음, 슬슬 하루를 시작해야겠다고 느꼈다.

같이 씻고 옷을 입으면서 나는 어제 미뤄 두고 있었던 이야기들을 풀어 나갔다. 연희도 기다리고 있었던 이야기였다.

드라고린 두 놈을 찾기 위해 그린우드 대륙의 홀리 나이트들을 하나하나 찾아갔던 이야기. 그것들 태반은 내가 본인 주변에 나타났다가 사라졌던 것을 알지도 못했다.

더 그레이트의 혈맥들에는 둠을 향한 각성제가 깃들어 있어서 구태여 서로 얼굴을 마주하지 않더라도, 내가 주변에 들어온 것만으로도 바로 각성해 버리기 마련이었다.

드라고린 블루와 드라고린 그린, 두 놈은 정말로 내가 그 주변에 접근했을 때 바로 각성하는 모습을 보였었다.

연희는 내가 그 두 놈을 잡은 장소가 그것들이 전쟁을 치르고 있는 전장이라는 이야기까지 듣고는 실소를 참지 못했다.

그린우드 대륙 전체는 지금도 강대국 위주의 점령전이 한창이다.

마왕군에 대적하기 위해서. 즉, 마왕군이 본인들의 영토를 습격하기 전에 군비를 강화한다는 명분 아래에서였다. 그리고 그것은 단지 명분이 아니라 진심으로도 느껴졌다.

그린우드의 강대국들은 이웃국들을 제 깃발 속으로 통일시켜 버리는 편이 그들과 연합을 구축하는 것보다 합리적이라 여기는 것이다.

동서남북, 광활한 그 땅에서 서로 연락을 주고받기 힘든 강대국들이 모두 같은 결론에 치달은 것은 그것들 전부가 지능이 덜떨어졌기 때문은 아닐 것이다.

블라우스 단추를 여미고 있던 연희는 여전히 실소를 지은 채 말했다.

"그것들의 사고방식은 인류와 너무나 흡사해. 빼다 박았어."

우리는 옷을 갖춰 입은 후 협회 총본부로 떠났다. 연희의 귀환석도 내 귀환석도 모두 협회 총본부로 설정되어 있었기 때문에 이동은 즉각 이뤄졌다.

공간 너머로 던지는 힘이 흩어졌을 때, 배경이 빠르게 바뀌었다.

아침 햇살이 들어오던 워싱턴의 호텔 객실에서 밤에 잠겨 있는 본부의 집무실로.

창 너머, 조도를 높인 불빛들 사이로 오르까의 별동이 보이는 자리였다. 거기에선 주인을 잃고 축 늘어져 있던 촉수들은 다시 생명력을 갖춘 왕성한 모습으로 스스로 꿈틀거리고 있었다.

밤중에도 그 별동 앞에선 협회 요원들이 출입을 통제하고 있었다.

연희가 크시포스를 찾아서 품 안에 안고 들어온 이후, 우리는 오르까에게 향했다.

오르까의 왕좌는 별동 최상층에 위치해 있다. 녀석은 촉수와 마루카 종족 특유의 점토로 만들어진 왕좌에서 내려와 우리를 맞이했다.

라이프 베슬을 지키지 못했던 과거의 그 오르까는 거기에 없었다.

연희도 녀석이 전보다 더 강력해진 것을 금방 알아차렸다.

비록 부상을 다 떨치지 못한 모습이었어도 인섹툼의 졸개로 있었던 원종을 집어삼키며 더 커져 버린 위력(偉力)은, 숨기려야 숨길 수가 없는 것이었다.

나와 인섹툼이 군주들의 회의에 소집되며 사라졌던 당시, 오르까는 인섹툼의 졸개였던 원종과 사생결단의 전투를 벌였었다.

그리고 그 자리에서 나를 기다리고 있었고.

"굉장하네, 오르까!"

연희의 목소리가 높아졌다. 경계심보다는 기쁨이 큰 목소리였다. 한 손으로는 잔뜩 긴장해서 이빨을 드러내고 있는 크시포스를 진정시키면서였다.

오르까가 어느 정도까지 강해졌냐면 사생아들의 본능까지 짓누를 수 있는 경지에 이른 정도였다. 연희는 거기에 더 놀라 했다.

본시 저급한 마루카 종족들은 이종족에 대한 원시적인 적개감 때문에 우리를 발견하는 즉시 달려들기 마련이었다.

하지만 지금은 고요하기 짝이 없었다. 오르까가 탄생시킨 저급한 마루카들이 오르까의 왕좌 주위에서 바글거리고 있으나 그뿐이다.

그것들은 우리를 의식하고 있는 그 자리에서 꼼짝도 하지 않고 있었다.

그때 나는 한편에서 큼직한 알을 발견했다.

알의 반투명한 막 안에는 이족 보행의 마루카가 탄생 직전에 있었다. 저급한 사생아들을 넘어서, 본인처럼 사고를 할 수 있는 진짜 자식을 탄생시키고 있는 것이었다.

그놈을 시작으로 제 계파의 완벽한 영역을 구축하려는 것이다.

연희와 나는 피임에 철두철미한데, 녀석은 아주 살판이 났다.

진짜 자식도 까고.

"비좁다 느낀다면 새로운 영토를 내려 주마, 오르까."

오르까를 라이프 베슬의 지킴으로 둔다면 녀석이 있을 곳이 꼭 협회 안일 필요는 없었다. 무인도를 비롯해 광활한 황무지 등, 녀석이 제 계파의 군왕으로 군림하기에 충분한 땅은 얼마든지 있었다.

하지만 아직은 본토의 구조물만으로도 충분하다 여기는 것일까.

곧 녀석이 어설픈 우리나라 말로 거부의 뜻을 밝혔다.

띄엄띄엄.

하기야 녀석이 차지하고 있는 별동은 전체 면적으로 치면 잠실 종합운동장과 야구장 주변을 수십 번 덮을 수 있는 크기였다.

이 별동 하나를 짓는 데 투입된 레미콘 수만 따져도 근 십만 대.

총본부로 이용되고 있는 동과 쌍둥이 타워로 지어진 건물이었으니, 면적을 떠나서도 각성자들을 지휘하고 있는 총본부를 건너편으로 바라보면서 여기에 어떤 의미를 부여하고 있을지도 모를 일이었다.

"좋다, 오르까."

뼈 반지에 서려 있는 기운을 느끼며 마저 뱉었다.

"네가 지켜야 할 게 있다."

순간 오르까는 그게 뭔지 직감했던 것 같다. 녀석은 한때 제 창조주뻘인 원종과 함께 라이프 베슬을 지켜 본 적이 있었다.

[라이프 베슬이 재설정 되었습니다.]
[대상: 오르까]

"그건 곧, 네 목숨을 지키는 일이기도 하지."

*　　　*　　　*

유적 발굴, 군주들의 회의, 드라고린 사냥.

마나 탐구를 채 끝내지 못한 상태에서 여러 일들이 연쇄적으로 일어났었다.

결과만 놓고 보면 군주 서열이 5위로 한 계단 상승하고 뼈 반지를 입수하였으며 권능 수치를 500 이상으로 끌어올릴 수 있었다.

권능 저항력은 라의 태양 망토와 뼈 반지를 모두 착용했을 때 60%까지 상승. 거기에 역경자로 강화된 특성 열정자가 8단계 이상으로 돌입할 경우 더 높은 수치를 기대할 수 있지만…….

역시나 지금에서 일약 강해지기 위해선 몇 가지 방법이 동시에 이뤄져야 한다.

첫째로 마나를 탐구하고 그걸 발판으로 권능 수치를 올려야 하는데, 이는 단지 수치가 아닌 자유자재로 다룰 수 있는 경지까지 도달해야 할 것이고.

둘째로 뼈 반지에 담겨 있는 둠 엔테과스토의 고유 권능 '죽은 자들의 제왕'과 더 그레이트 레드의 심장 반쪽이 가진 능력을 개방시켜야 할 것이고.

셋째로 옛 신마전쟁에서 남겨진 힘들을 계속해서 수거해 나가야 할 것이다.

문제는 루네아의 존재다. 그것이 둠 카오스의 전령으로 들어온 이후부터 내 행동에 제약을 가하려 하고 있었다.

어떤 물리적인 압력으로서는 아니다. 물론 둠 카오스의 뜻을 대신하고 있는 것이겠지만.

[다시 말씀 드리죠. 드라고린 두 마리를 처치한 점은 높게 삽니다만 자칫 지령이 망가질 수도 있었어요. 드라고린 블루와 그린이라서 망정이었지, 여왕의 실체를 파악하지도 않은 채 드라고린 레드를 먼저 처치 하는 것은 매우 위험한 짓입니다. 왜 위험 하냐고는 묻지 마세요. 그건 저 루—네아도 모르는 일이니까요. 들려 주면 들려준 대로 아 그렇구나 하고 아시면 됩니다. 어렵지 않잖아요.]

지금도 그랬다.

발견했던 두 놈 중에 드라고린 레드가 있었다면 전투를 피했을 거라고 쏘아붙여 주고 싶어도, 이 잡것의 메시지는 일방적이다.

[그런데 본토에는 언제까지 머물러 있으실 건가요? 벌써 하루나 지났잖아요. 그 정도면 충분히 쉬지 않았나요? (ʻд˙) 게으름쟁이⋯⋯ 아앗! 죄송해요. 속으로만 말한다는 게, 지금 방식이 익숙지가 않아서 벌어진

실수랍니다. 어디까지나 실수. 이해해 주실 거죠?]

정신 공격이 따로 없다.

시위가 광범위하게 일어나고 있는 지금에도 화가 나지 않았지만, 그것의 메시지가 난입해 들어올 때는 나도 모르게 얼굴이 굳어지고 만다.

오르까에게 라이프 베슬을 인계한 이후, 개인 정비를 위해 나갔던 연희가 들어오고 있었다. 오피스룩에서 편한 복장으로 갈아입은 채였다.

그녀가 굳어진 내 얼굴에 대고 말했다.

"역시 시위가 맘에 걸리는 거지? 내 앞에서만큼은 짓누르고 있을 것 없어."

"아니, 루네아 때문이다."

사정을 간략하게 설명하자 그녀의 표정도 짐짓 심각해졌다.

그러나 연희라고 해결책을 내놓을 수는 없었다. 조나단이 내 뜻을 이행하고 있듯이 루네아는 둠 카오스의 뜻을 제경박한 해석대로 보내오는 것이다.

그걸 차단해 버리고 싶다면 루네아를 제거하면 될 일이겠다만 그때는 군주들의 회의에서 또 어떤 집행이 이뤄질지 모르는 일이다.

루네아는 카소처럼 접근할 수 없다.

"내 생각은 그래. 듐…… 카오스의 지령을 더는 미루지 않는 게 좋겠어. 나는 거기까지 도울게."

연희가 그렇게 말하기 전에도 이미 그쪽으로 가닥을 잡고 있었다. 듐 카오스의 휘하로 편입되어 있는 이상, 어쨌거나 듐 카오스의 인내심을 시험해 볼 생각은 없었다.

듐 엔테과스토가 인섹툼을 처형한 것은 내게도 시사하는 바가 있었다.

그것들에게 맞설 수 있을 때까지는 발톱을 숨겨야 한다.

태블릿 PC 쪽으로 시선을 돌렸다. 거기에는 협회 종합 상황실에서 사용하는 프로그램이 작동 중이었는데, 각성자들이 수집해 온 정보들로 만들어진 성 드라고린의 세계 전도가 띄워져 있었다.

우리와 같은 모습을 한 것들이 운집해 있는 그린우드 대륙.

엘프 종의 서식처이자 락리마 교단의 총체인 엘슬란드 대륙.

그 외에도 오크와 드워프 그리고 죽음의 대륙으로 불리우는 칠마제 군단의 대륙들도 바다를 경계로 벌어져 있었다.

연희가 그린우드 대륙을 터치하자 상세 지도로 확대되며 점령이 끝난 지역이 붉은 색채로 물들었다. 그 위로 [그린우드 점령률: 9.2%] 라는 문구가 나타났다.

"엘슬란드 여왕에게 직접 서임을 받은 신관을 찾을 거지?"

연희는 락리마 교단의 대신전이 위치한 곳들을 눈여겨보고 있었다. 그것들은 각성자들이 수집해 온 정보에 의해 홀리 나이트 가문의 위치, 각 던전이 이어질 거라 추정되는 위치 등 주요 지점들과 함께 따로 표시되어 있었다.

"지령에는 단서가 걸려 있다. 엘슬란드 여왕이 '더 그레이트'라고 판명이 나면 그것을 처치해야 한다는 괴악한 지령이지만 둠 카오스는 엘슬란드 여왕이 더 그레이트가 아닐 거라는 쪽에 비중을 두고 있다. 그래도 안전하게 접근하려면 여왕에게 직접 서임을 받았던 그린우드 대륙의 신관들을 찾는 것이 되겠고. 좀 더 공격적으로 접근하려면 엘슬란드 땅에서 궁정 생활을 했었던 엘프 종(種)을 찾는 것이 되겠지."

그렇게 말하면서 엘슬란드 쪽으로 화면을 전환시켰다.

온갖 표시들로 빼곡했던 그린우드와는 달랐다. 알려진 정보가 극히 적었다. 더욱이나 눈에 띄는 점은 엘슬란드 쪽으로 직결되는 던전이 단 하나도 존재하지 않는 데 있었다.

엘슬란드만큼은 올드 원의 보호가 강력히 미칠 거라는 의심은 상황실 프로그램이 완성되었을 때부터 품어 왔었다.

연희에게 거리를 벌려 두라고 말한 뒤에 바로 감행해보았다.

[게이트 생성을 시전 하였습니다.]

목표는 엘슬란드 남부, 궁정과는 최대한 멀리 떨어진 지역이었다.

공간이 바로 쭉 찢어지며 그 자리에 검은 공백이 생성되어야 한다.

그러나 공간이 이지러지는 약간의 움직임으로 그치며 그 뒤에 위치한 집무실 집기들이 흔들려 보이는 것에서 멈춰 있었다.

[게이트 생성 까지: 6일 23시간 59분 59초]
[* 엘슬란드 전역에 깃든 올드 원의 권능이 시전을 방해 하고 있습니다.]

역시…….

[경고: 엘슬란드의 홀리 나이트 중, 게이트 생성을 포착한 존재가 있습니다. 진입할 시에는 이를 염두에 둬야 할 것입니다.]

선택지가 사라졌다.

그린우드 내에서 여왕에게 직접 서임을 받았던 신관을 찾는 쪽으로 자연히 결정되었다.

그렇다면 남은 건 어디로 게이트를 뚫을까 하는 것인데 이왕이면 각성자들이 진행 중인 전장, 그린우드 대륙의 중부 쪽에 힘을 보태 주는 편이 맞을 거라 판단됐다.

바리엔 제국은 황제 직할령만 우리 수중에 떨어진 상황이었다.

제후국들의 군대가 본인들의 영토로 돌아가는 중이든 황제의 땅을 수복하기 위해 계속 진격 중이든, 각성자들이 치러야 할 전투는 산재해 있다.

그것들을 해치운 다음엔 중부의 또 다른 강대국인 아트레스의 왕국까지 먹어 치워야 비로소 그린우드 대륙의 중부를 차지했다고 말할 수 있는 것이다.

중부를 차지하고 나면?

그때부턴 사방 어디로든 진격할 준비가 끝났다 할 수 있다.

[게이트 생성을 취소하였습니다.]

내선 전화기를 들면서였다. 이태한에게 물어볼 것은 다른 게 아니었다.

협회에서 파악하기로, 제후국의 군단들 중 락리마 교단과 함께 움직이고 있는 것이 있냐고.

* * *

거기도 밤이었다. 게이트가 열렸다 닫힌 시간은 짧아서 연희와 내가 진입해 왔다는 사실을 알아차린 자들은 없었다.

새삼 가라앉아 있는 연희의 눈동자에는 전방의 광경이 맺혀 있었다.

광활한 초원에서 제후국의 군단이 숙영 중이었다. 이태한의 보고대로 제후국의 깃발 외에 락리마 교단의 깃발도 함께 발견할 수 있었다.

또한 밤하늘 속에 드론이 숨겨져 있는 걸 보면 각성자들도 그리 멀지 않은 곳에서 이것들을 주시하고 있는 듯했다.

전방으로 향해 있던 연희의 시선도 그때 내 시선을 쫓아서 잠깐 하늘로 올라갔다가 돌아왔다. 그녀가 드론을 의식하며 물었다.

"부를 필요 없지 않아?"

밤하늘에 드론이 숨겨져 있는 것을 알아차리지 못하는 것들뿐이다.

[* 보관함]

[서왕모의 만년지주가 제거 되었습니다.]

 거대한 형체와 붉은 눈알들이 우리를 내려다보며 나타났
다. 연희는 강해진 오르까를 봤을 때와 동일한 시선으로 만
년지주를 올려다보더니 크시포스를 땅에 내려놓았다.

 내가 고개를 끄덕여 보이자, 연희는 광대의 단검을 끄집
어내며 그것을 한 손에 말아 감았다. 그런데 우리보다도 먼
저 신전을 향해 달려든 것은 연희의 품에 조용히 안겨만 있
던 크시포스였다.

 크시포스는 드라고린으로 각성하는 홀리 나이트처럼 빠
르게 변했다. 붉은 광기에 물든 안광으로 궤적을 그리면서
였고 이에 질세라 만년지주도 지하 속으로 자취를 감췄다.

 그때 우리는 눈빛을 교환한 것을 끝으로 각자 다른 방향
으로 향했다.

 크시포스가 터트려 낸 괴성이나 발 구름 외에도, 만년지
주의 지하 속 움직임에 따라서 진동하는 기세가 적막했던
밤을 일시에 깨트려 놓았다.

 군단 전체에서 파열음 같은 게 들렸다.

 밤을 한낮처럼 밝히는 마법구들이 곳곳에서 치솟아 오른
것도 그때였다.

"크, 크시포스으으— 크시포스다!"

천만에.

너희들이 말해 왔던 마왕군의 그 마왕이 직접 납시셨다.

[오딘의 신수를 시전 하였습니다.]

불씨를 흩날리며 상공으로 날아올랐다. 그러고는 총지휘
관의 막사로 추정되는 것을 특정해 진행 방향을 비틀었다.

막사 지붕을 불사르며 그 안으로 들어갈 때까지 내게 미
치는 공격이 없었다.

연희나 나나 크시포스처럼 피 냄새 자체를 즐기는 게 아
니다.

이것들은 단지 적군일 뿐이다. 내게 굴종하는 모습을 보
이며 우리 인간 군단으로 전향할 뜻을 보인다면 나는 언제
라도 중단할 용의가 있었다.

신관도 있고 마법사들도 있지만, 그것들의 어떤 투사체
도 내가 막사로 날아가는 속도에 미치지 못했다.

먼 바깥에서는 벌써부터 온갖 소리가 뒤섞여 나오기 시
작했다. 연희의 단검이 긋고 지나가는 바람 소리. 크시포
스가 발을 구르는 소리. 만년지주가 화염을 토해 내는 소
리.

당연히 그 속에는 수많은 비명이 동반되어져 있었다. 그리고 내 앞에서도 사아악—

지휘관은 막 무장을 갖춘 채로 나를 맞닥뜨렸다가 목이 잘려 나갔다. 녀석의 나약한 배리어는 유리처럼 깨졌다.

그것의 수급을 챙겼던 순간에는 막사 전체가 다 타서 바깥으로 내부가 개방되어져 있었다.

내가 비록 마왕이라는 칭호를 달고 있지만 이것들이 생각하는 것만큼 피에 굶주린 악의 결정체가 아니라는 것을 깨닫길 바라면서였다.

지휘권을 가진 또 다른 자의 발밑을 향해 수급을 던졌다. 그 정도면 내 뜻을 밝혔다고 본다. 하지만 맞다. 지휘관 한 명의 수급 따위로 군단 전체가 무릎 꿇을 리 없는 것이지.

겁에 질린 채로 날아오는 마법체들이며, 더 많은 병사와 더 많은 검사들을 불러 대는 소리들이며.

통제 불능의 현상들이 나를 향해 비산해 오기 시작했다.

초월체는 초월체가 상대해야 한다. 그에 준하는 대비책을 갖추지 못했다면 목숨을 구걸하는 게 현명한 것이다.

이것들에게 그 자명한 사실을 가르쳐 줄 때였다.

[데비의 칼날을 시전 하였습니다.]

온갖 목들을 수거해 오는 궤적을 던지며 나도 그 속으로 뛰어들었다. 또 피로 흠뻑 젖고 말 테지만. 어제오늘만의 일이 아닌 것이다.

그런데 그때였다. 루네아의 목소리가 눈앞에서 번졌다.

또였다. 또.

[오오. 복귀하시길 계속 기다리고 있었습니다. 저 루―네아는 열일한 보람을 느끼네요.]

알겠으니까, 좀 닥쳐라. 내가 둠 카오스의 인내심을 시험하지 않듯, 네놈 또한 내 인내심을 더 이상 시험해서는 안 될 것이다.

미친 척하고 네놈의 본토로 찾아가기 전에.

[그런데 그거 아시나요? 미처 말씀 못 드렸는데, 더 미룰 수가 없겠네요. 사실 죽음의 서 1권. 그때 제가 수거해 놓았었어요. 허락해 주신다면 요긴하게 쓰겠습니다. 둠 맨 님은 제 빛을 가져갔으니 쌤쌤 아니겠어요?]

울컥 치밀어 오른 감정이 눈앞까지 뜨겁게 만들었다.

[우리 주인께서도 그러길 바라고 계세요. 그럼 허락한 것으로 알고 감사히 받겠습니다~ ٩(๑⊙∪⊙)۶]

정말이지 이 새끼는…… 미친 게 아닐까?

[설마 화나신 건 아닐 거예요. 아무튼 감사의 보답으로 저도 그동안 알아낸 것을 가르쳐 드릴게요. 이거 정말 가르쳐 드려야 하나 말아야 하나 고민 했는데, 좋아요. 저 루―네아는 받은 게 있으면 꼭 보답합니다. 잘 들으세요. 둠 맨 님. 올드 원의 졸병들 중…… 둠 맨 님의 본토에 스며드는 데 성공한 것이 있는 것 같아요.]

*　　*　　*

그가 처음에 빼앗은 마왕군의 몸은 그렇게 강한 자의 것이 아니었다.

이왕이면 더 강한 자의 몸을 첫 전이체(轉移體)로 삼고 싶었으나 그게 최선이었다. 그 이상으로 강한 자를 찾을 수 없었기 때문이다.

전이체에 남겨져 있던 부상 때문에 몸을 가누기가 어려웠지만, 반드시 해야 하는 게 있었다. 주 락리마의 성물, 소울 링을 회수하는 일이었다.

그것은 본래 자신의 육신, 그 손가락에 끼워져 있었다.

죽어 있는 자신의 육신이 바로 발밑에 쓰러져 있었으나 어떤 감상에 젖기에는 상황이 시급했다. 그는 자신의 옛 육신에서 소울 링을 회수한 그대로 쓰러졌다.

그때는 전이체의 기억들이 홍수처럼 밀려들고 있던 때이기도 했다.

"사무엘 님, 이제 정신이 좀 드십니까?"

들려오는 목소리에 사무엘의 미간이 꿈틀거렸다. 과연 마왕군의 언어가 이해되는 것도 그렇고, 목소리의 주인이 누구인지도 전이체의 기억을 통해 알 수 있는 것이었다.

거기에 대한 대답으로 내뱉을 말도 마왕군의 언어로 떠올랐다.

또 자신과 함께 진입했었던 교단의 용사들을 어떻게 지칭해야 하는지도, 사고가 자연스럽게 연결되고 있었다.

마왕군의 본토에서 교단의 용사들은 '외계의 습격자'라고 불린다.

사무엘이 물었다.

"습격자들은 어떻게 되었지? 살아남은 것들은…… 없겠

지?"

"그렇습니다."

"알겠다, 혼자 있고 싶군."

"이번 습격으로 인해 TMC 그룹의 상황이 복잡해졌습니다. 그 건으로 긴히 드릴 말씀이……."

"나중에."

"옛."

방문이 닫히는 순간 사무엘은 다시 눈을 감았다. 전이체의 기억을 되짚어 나갔다. 꿈틀거리는 그의 미간 위로 놀란 감정이 뚜렷해지기 시작했다.

전이체의 기억은 크게 세 가지 시간대로 나눌 수 있었다.

시작의 장에 돌입하기 전의 기억, 시작의 장, 그리고 시작의 장에서 귀환한 이후. 그렇게 셋.

특히 시작의 장에서 있었던 기억들은 이해할 수 없는 사실들로 가득했다.

바클란과 데클란 등 악의 무리들과 수십 년 동안 싸워 왔던 투쟁의 기억들이었는데, 도대체 어떻게 된 상황인가 싶었다.

여긴 마왕 둠 맨의 차원이 아니던가.

그런데 정작 마왕 둠 맨의 병사들은 시작의 장이란 수십 년의 전장 속에서 다른 마왕의 병사들과 싸워 왔던 것이다.

그리고 지금까지도 전이체의 기억 속에선 다른 마왕의 병사들 즉, 데클란이나 바클란 같은 몬스터들에 대해서 마주치면 반드시 죽여 놓을 적으로 규정하고 있었다.

자신을 비롯한 주(主) 락리마의 피조물들과 함께 말이다.

게다가 다른 마왕들의 병사들이 둠 맨의 차원을 습격한 날을 여기에선 '시작의 날'이라고 부르는데, 거기까지만 봐도 온갖 정황들이 괴리로 가득 차 있었다.

한편 최종장 말엽에 있었던 사건이 얼마나 인상 깊었는지, 그 날에 대한 전이체의 기억은 실로 뚜렷했다.

모든 각성자들이 운집해 있어도 오딘에게는 대적될 수가 없었다.

오딘은 전 각성자를 통틀어 유일무이한 엔더 구간의 존재이면서 마신, 둠 카오스의 악의(惡意)를 제 몸으로 받아들였다고 알려진 자였다. 각성자 서열 1위.

전 세계의 부를 움켜쥐고 있는 염마왕 조나단 헌터조차도 각성자들의 세계에서는 아래로 취급되고 있었다.

그렇게 각성자들을 다스리고 있는 세계 각성자 협회의 정점에는 오딘이 있었다.

하지만 그것도 어디까지나 소수에 불과한 각성자들의 세계에서 뿐이지, 민간에서 오딘은 명성만 알려져 있는 게 전부였다.

'대체 뭐냐, 이 세상은?'

사무엘은 너무나 혼란스러웠다. 전이체의 기억에서 벗어나서 본 마왕 둠 맨의 세계는 그간 그가 머릿속으로 그려왔던 세계와는 전혀 딴판이었기 때문이다.

마왕군이 하나의 문명체로서 집단을 구성하고 있다는 사실은 익히 알고 있었지만, 그것과 별개로 그들의 세계는 절대적인 악의 힘으로 지배되어 있을 줄 알았다.

만일 거기에 지배를 받는 천민 계급층이 존재한다면 헐벗은 노예로서 오로지 마왕군만을 위한 생산 활동에 종사하고 있을 거라 생각했었다.

그러나 여기는 염마왕 조나단 헌터가 스스로 재판정에 서겠다고 밝히는 세상이었다. 이유 같지도 않은 이유 때문에…….

사무엘은 눈을 뜬 즉시 리모컨을 찾아서 두리번거렸다.

텔레비전을 켰다. 역시나 텔레비전은 염마왕이 법정에 서는 일로 시끄러웠고, 시위대의 행렬을 수없이 비추고 있었다.

그가 가진 무력과 금력, 이에 깔고 앉아 있을 권력을 그린우드 대륙의 통치자들과 감히 견주자면 어떤 통치자도 그에 준할 수가 없었다.

그런 자가 천민 계급층 때문에 스스로 재판정에 선다니?

그 이전에도.

민주주의니 공산주의니 하는 천민 계급층 위주의 정치사상이 탄생된 세상이라고는 하나, 시작의 장에서 각성자들이 돌아온 순간부터는 전제주의로 회귀했어야 할 일이었다.

사무엘은 그로 인한 충격이 대단해서 텔레비전에서 눈을 뗄 수가 없었다.

그 충격은 마왕 둠 맨의 차원으로 진입해 온 본 목적을 순간 잊어버릴 만큼이었다.

그가 고개를 세차게 저었다.

*　　　*　　　*

이윽고 사무엘은 한 가지 결론에 이르렀다.

여기가 시작의 날을 전후로 크게 달라지지 않은 까닭은, 염마왕이 청문회에서 보였던 모습대로 그들 지휘부의 단결이 있었기 때문이다.

오딘과 그의 측근들인 세계 각성자 협회의 이사진들이 한통속으로 지금의 세계를 만들고 있었다.

세계 각성자 협회는 여기의 대다수를 차지하고 있는 천민 계급층에게 지금의 삶을 유지시킨 채, 각성자들과 훈련받은 요원들만 성(星) 드라고린으로 진출시키고 있었다.

주(主) 락리마께서 만들어 내신 모두의 소중한 세계로 말이다.

본시 마신의 군단과 맞섰던 둠 맨의 각성자들이 어떤 과정을 통해 마신의 진영으로 편입되었는지, 그건 부차적인 문제다.

염마왕도 청문회에서 말했었지만 중요한 건 현재, 현실이었다.

각성자들이 꾸준히 성 드라고린으로 유입되고 있는 현실!

그러니까 각성자들의 야욕이 성 드라고린이 아니라 그네들의 본토에 머물러 있게끔 한다면, 그렇게 마왕의 차원 전체가 내전에 돌입하게 만들거나 세계의 질서를 헝클어 놓을 수만 있다면?

마왕군에 입힐 수 있는 최고의 타격이 되지 않겠냐는 거다.

그렇다면 다음 전이체의 대상을 꼭 각성자로 삼을 필요가 없었다. 각성자들은 권력 구도에서 소외되고 있는 세계이기 때문이다.

실제로 돈을 가진 자들의 힘이 각성자를 능가하는 경우가 적지 않았다. 많은 각성자들이 자본 세력들의 이름하에 움직이고 있었다.

지금 사용하고 있는 전이체만 해도 자본 세력의 이름 속에 묶인 몸 아니던가.

거기까지 가닥이 잡힌 후, 사무엘은 부하를 통해 노트북을 입수했다.

다음 전이체를 물색할 때였다. 염마왕의 몸을 빼앗을 수 있으면 더할 나위 없겠지만 그건 아직 요원한 일이었다.

*　　　*　　　*

사무엘은 대상을 물색하던 도중 음모론 하나를 접했다.

시작의 날 이전에도 존재했던 음모론 중에 하나였다. 소수의 엘리트들이 세계를 통치하기 위해 모인 그림자 정부에 대한 것으로, 그 이름은 빌더버그 클럽이었다.

UFO나 오컬트적 도시 괴담 혹은 달 착륙 음모론처럼 민간의 가십거리로 다뤄지고 있었으나 그렇다고 거짓이라고 하기에도 애매했다.

빌더버그 클럽이 개최되는 날과 장소에는 비록 소수일지언정 시위대가 진을 쳤고, 실제로 유명 자본가와 몇몇 정상들이 그 장소로 은밀히 모여들었던 일이 포착된 경우가 꽤 있었다.

사무엘은 흥미가 동했다. 빌더버그 클럽이 실존한다면 거기에 스며드는 것을 단기 목표로 잡아야 했다.

설령 빌더버그 클럽이 음모론으로 그친다 할지라도, 이 세계에 영향력이 있는 자의 몸을 차지한다면 운신할 수 있는 폭이 넓어지는 것이었다.

게릴라식으로 어떤 무력 행위를 저지르고 다니다가는 비등록 각성자로 찍혀 협회 안전국의 추격을 받기에 마땅한 일 아닌가.

어쨌든 클럽의 회원이라고 추정되는 인사들은 영향력이 대단한 사람들이었다.

조나단 헌터나 조슈아 폰 카르얀처럼 지금은 각성자가 된 인사들도 있었으나, 소드 마스터급인 그들에게 바로 접근하기보다는 비각성자인 인사들을 통해 접근하는 게 수월할 것이다.

사무엘은 대상 하나를 특정하기 위해서 그날 밤을 지새웠다.

그리고 이튿날이었다.

자본가든, 정치가든. 영향력 높은 인사들은 각성자를 경호로 달고 있기 때문에 사무엘은 적어도 다이아 구간까지 육신을 갈아타고 실행에 옮길 생각이었다.

더욱이 각성자 서열이야 민간에 전부 다 공개되어 있어서 강함의 척도를 살피기에 알맞았다.

다음 전이체를 지금 사용하고 있는 몸보다 많이 강한 대상으로 설정하기에는 위험이 따르기 마련이다. 마치 계단을 밟듯 육신을 갈아타야 한다.

사무엘은 병실에서 나왔다. 그를 부르는 소리가 따라붙었지만, 그는 거리까지 나와 군중 속으로 들어가기까지 빠른 속도를 유지했다.

멀지 않은 곳에 다른 자본 그룹의 본부가 위치해 있었다.

거기에는 시작의 장에서 지금 사용하는 육신과 교류가 깊었던 각성자가 다음 진입을 기다리고 있었다. 지금 육신보다 레벨이 한 자릿수 정도밖에 높지 않은 자. 다음 계단으로 밟기에는 안성맞춤인 자였다.

"마크를 찾아왔다. 사무엘이 찾아왔다고 하면 두말하지 않을 것이다."

사무엘은 로비의 안내원에게 말을 툭 내뱉고선 소파에서 기다렸다.

손님들 모두가 볼 수 있는 공간의 대형 모니터들에는 금일 자 아이템 시세와 협회 사무국에서 알려 온 최신 뉴스들이 떠 있었다.

거기에선 자신이 진입했었던, TMC 그룹의 피해에 관해서도 다뤄지고 있었다.

사무엘이 거기를 바라보고 있는 시간이 길어지고 있던 때.

복도 너머에서 거구의 사내가 건들거리면서 나왔다. 사무엘을 바라보는 사내의 얼굴이 곧 놀라움으로 번져 나갔다.

"TMC 쪽 힐러들이 능력이 좋긴 좋군. 벌써 돌아다닐 수 있나?"

"병문안을 오지는 못할망정."

"됐고, 무슨 일이야?"

"외부인의 감정이 필요한 게 있어서 말이지. 알다시피 우리 그룹 쪽 상황이 말이 아니거든."

사무엘은 자신의 손가락에 끼워져 있는 소울 링을 눈짓해 보였다.

"웬 거야?"

"드랍 아이템이다. 습격자들의 리더가 가지고 있었지."

"엘프? 드워프? 아니면 그린우드 종?"

"……네가 필요하다. 따라와."

사무엘은 그쯤에서 몸을 일으켰다. 인적이 없는 곳이라면 전이체의 기억 상에도 여러 군데 존재하고 있었다. 건물과 건물 사이에 한때 맨체스터 비행 청소년들이 일탈 공간으로 사용하던 곳이 있었다. 이제는 그 거리에 각성자 그룹의 본부가 들어오면서 그들도 사라졌지만.

그곳에 도착해서였다. 사무엘은 별말 없이 반지 낀 손을 들어 보였다.

"더미(Dummy)가 되어 줄 수는 있지. 그런데 맨입으로는 좀 그렇지 않아?"

사내가 어깨를 으쓱했다. 거기에 대고 사무엘이 한마디 뇌까렸다.

"그렇지 않아도 대가를 준비해 놓았다."

"그래?"

"시작의 장에서 고생 많았잖아, 마크. 이젠 안식을 취할 때가 됐지."

"무슨 뜻으로 하는 말이냐?"

"영혼이 소멸되면 아마 아무런 고통도 느끼지 못할 거다."

"그게 무슨……?"

사무엘의 눈동자에서는 서늘한 눈빛이, 그의 소울 링에서는 음산한 기운이 동시에 발산됐다.

그때부터가 시작이었다. 이후 사무엘에서 마크가 된 그는 또 다른 대상을 찾아가기 위해 골목에서 빠져나왔다. 어차피 지금 갈아탄 육신은 중간에 거쳐 가는 몸뚱이에 불과한 것이다.

최종 목표는 클럽의 구성원으로 추측되고 있는 자 중 하나.

빌더버그 클럽을 향해서였다.

Chapter 5.

　각성자들이 귀환한 이래 근 석 달 반 동안 있었던 외계의 습격은 모두 합쳐서 스물세 차례였다. 이틀에 한 번꼴로 있었던 것이고 평균적으로 열 개체 안팎으로 구성된 습격이었다.

　그리고 습격이 가해진 곳은 어김없이 각성자들의 본부였는데, 한 번도 그 조건에서 벗어난 적이 없었다.

　지난 25일경 맨체스터에 있었던 습격 또한 마찬가지.

　그러나 이번엔 뉴저지주 럼슨(Rumson)의 부호촌 안, 조나단의 저택에서였다.

　조나단은 습격을 감지했을 때 선후에게 받았던 전갈부터 떠올랐다.

습격자들의 다음 목표가 자신의 저택으로 설정된 일은 언제 어떻게 일어난 일인지는 모르겠지만 본토에 올드 원의 졸병이 스며들었다던 일과 무관하지 않은 것 같았다.

우연이라기에는 전갈을 받은 바로 이튿날인 이날, 습격의 행태가 달라졌기 때문이었다.

다른 곳도 아닌 자신의 저택이라니.

조나단은 창 너머에 걸려 있는 푸른 막을 확인하는 동시에 총 일곱으로 구성된 습격자들의 기척 또한 느낄 수 있었다.

그러고는 즉시였다.

다닥. 다닥. 다다닥—

저택 보안 요원들의 총소리. 그리고 그것들의 화약 냄새가 금세 끌어올려진 감각선 내부를 비집고 들어오기 시작했다.

"마침 잘됐군."

조나단은 전투가 시작된 방향을 향해 붉어진 눈알을 번뜩였다.

그렇지 않아도 시위 때문에 올라온 격분을 내내 짓눌러 오던 차였다.

조나단이 시작한 반격에는 사감(私感)이 잔뜩 담겨 있었다.

이미 전투 불능에 빠진 것들의 대가리를 밟아 터트릴 때마다, 그의 입에선 신경질적인 웃음이 뱃속을 긁고 나오기 일쑤였다.

이윽고 습격자 하나만 남은 때였다. 그런데 그것은 처음부터 전투에 합류하지 않고, 본인이 데리고 온 부하들이 죽어 나가는 광경을 지켜보고만 있었다.

사실 나머지 습격자들이 그것의 부하라고 보기에는 어폐가 있긴 했다. 죽어 나간 종들은 모두 그린우드 종이었던 반면에 그것만 귀가 뾰족했으니까.

다만 습격자들을 한 묶음으로 볼 수 있는 까닭은 그것들의 복장에 있었다. 지금껏 있어 왔던 습격들을 돌아보면 습격자 전부는 락리마 교단의 전투복을 방어구 안에 입고 있었다.

남성 엘프 또한 그 경우에서 어긋나지 않았다. 엘프가 바깥으로 방향을 틀어 버리자 방어구 밑으로 빠져나와 있던 전투복 자락도 함께 펄럭였다. 그런데 거기에서 눈 부신 빛이 번뜩이는 것이었다.

파앗—!

다른 저급한 것들과는 다르게, 엘프의 전투복에는 어떤 효과가 깃들어 있었던 게 틀림없다.

썬은 여전히 메시지를 볼 수 있다고 들었지만, 자신은 아니었다.

그래도 무엇인지는 대강 짐작할 수 있었다.

부정 효과, 빙결(氷結).

그것도 S급 인장처럼 강력한 속박의 힘이 깃들어 있었다. 자신이 딛고 서 있는 자리에서부터 수직으로 치솟아 오르는 힘이었다.

염마왕의 화염을 사그라트리며 발목까지 얼어붙게 만드는 힘.

그런데 비단 엘프가 사용한 아이템 효과만 강력한 게 아니라, 정원으로 도주하는 엘프의 몸놀림도 그에 못지않았다.

그때 조나단의 얼굴이 와락 일그러졌다.

엘프는 애초부터 자신과 겨룰 마음이 없었던 것이다. 자신의 능력 일부를 정탐한 것만으로도 만족했다는 듯이 바로 빠져나가는 것을 보면 말이다.

속박이 풀려 얼음을 깨트리는 게 가능해졌을 때에는 이미 엘프가 사라진 뒤였다. 이제는 블루 베일(Blue Veil)이라 명명된 푸른 막 또한 걷혀 있었다.

남겨진 것은 시체들뿐이었다.

그린우드 종으로 구성된 습격자들과 첫 전투에 휩쓸렸던 보안 요원들의 시체.

하지만 그것도 온전치 못했다. 시체 대부분은 저택을 불태우고 있는 화염 속에서 형체를 잃어 가는 중이었다. 사이렌 소리가 사방으로 가까워졌을 무렵에 저택이 통째로 무너졌다.

거처야 다른 곳으로 옮기면 그만이다.

하지만 조나단이 잿더미가 되고 만 저택에서 시선을 떼지 못하는 까닭은 자신의 안일함 때문이기도 했지만, 더 큰 이유가 따로 있었다.

자신을 특정해서 습격해 왔다는 것.

아무리 낮게 잡아도 첼린저 구간의 초입을 넘어서는 습격자가 리더로 나타나 정탐만 하고 달아났다는 사실은…….

올드 원의 진영에서도 본토의 상황을 제대로 파악하기 시작했다는 방증이 될 수 있었다.

그때 김청수가 몰려들기 시작한 인파를 헤치며 조나단에게 뛰어왔다.

김청수는 핏물이 번져 있는 조나단의 험상궂은 표정에도 불구하고 얼굴을 가까이 가져왔다. 훅훅 뿜어져 나오는 김청수의 호흡은 평소와 다르게 몹시 다급한 것이었다.

그가 조나단의 귓가에 대고 소리를 죽여 말했다.

"다니엘이 이상한 소리를 하고 있습니다."

다니엘은 선후가 직접 뽑은 금융 제국의 기사들 중 한 명이었다.

골드 앤 실버 인베스트먼트를 운용하고 있으며, 질리언과 동일하게 더 시티 오브 런던(The City of London)에 근간을 두었고.

자신의 조나단 투자 금융 그룹, 질리언 투자 금융 그룹, 텔레스타 인베스트먼트에 이어서 네 번째 영역을 구축하고 있던 놈이다.

제시카만큼 맡고 있는 영역이 넓지는 않아도, 금융 제국에서 핵심적인 인물 중에 하나라는 것만큼은 이견이 없는 놈.

조나단의 말꼬리가 다소 높아졌다.

"이상한 소리?"

"다니엘이 말하길, 자신은 다니엘이 아니라고 합니다."

* * *

다니엘이 지금의 몸뚱이를 차지하고 나서 제일 먼저 한 일은 그간 알아낸 정보들과 당부 사항을 교단에 전달하는 일이었다.

그건 그렇게 어려운 일이 아니었다.

소울 링과 함께 가지고 들어온 교단의 성물(聖物), 거기에 기억을 집중시켜 놓고 나서 드라고린에 던져 놓기만 하면 엘슬란드로 흘러 들어가는 방식이었다.

여기 세상의 과학 문명은 실로 놀랍지만, 그 과학 문명으로도 불가능한 방식.

가뜩이나 이 몸뚱이는 오딘의 사람 중 하나로 규정되어 있던 까닭에 협회 측과 몇 마디 이야기를 나누는 것만으로도, 드라고린에 교단의 성물을 던져 놓을 수 있었다.

그런데.

"속보입니다. 조나단 헌터의 자택에 블루 베일 현
상이 발견된 가운데……."

'이럴 거면 왜 나를 보냈단 말이냐……'

애가 타는 표정으로 텔레비전을 지켜보고 있던 다니엘의 얼굴이 그때 무너졌다.

좌절감은 예상했던 것보다 끔찍했다. 그토록 당부했건만 교단에서는 기어코 염마왕에게 원정대를 보내고 말았다.

염마왕에게 원정대를 보내는 것은 도리어 염마왕을 도와주는 일이라고, 심혈을 기울여서 설명한 내용을 전달하지 않았었던가!

다니엘은 궁정의 썩은 내가 여기까지 진동하는 것 같았다.

여왕은 애송이 카노나스와 향락에 젖어 있고, 궁정 전체는 암투로 가득하니 결국 자신의 당부가 여왕의 귀까지 도달하지 않은 것이다.

행여나 마왕 둠 맨이 제 세상을 얼마나 완벽하게, 그리고 또 자애롭게 통치하는지 궁정에 알려진다면 조금이나마 변화가 있을 것이라고 기대했던 게 멍청한 생각이었다.

'이래서 끝까지 망설였던 것인데…….'

틱!

리모컨 버튼을 누르는 다니엘의 손짓에는 조금도 힘이 들어가지 않았다.

그러나 그것도 잠시, 다니엘은 자신의 마음속에서 피어나고 있는 위협적인 생각을 깨닫고는 두 눈을 부릅뜨고 말았다.

순간에나마 그런 생각이 들었다. 오딘이…… 마왕 둠 맨이 본인의 세상을 다스리듯 엘슬란드를 다스려 주면 어떨까.

마왕 둠 맨이야 말로 마왕이란 딱지가 붙어서 그렇지 이상적인 제왕이었다.

여기 세상의 민간에서는 그걸 깨닫지 못해서 시위를 벌이고 있지만, 또 그것이 마왕 둠 맨이 바라는 세상이라는 증거기도 하지만.

어쨌거나 마왕 둠 맨은 시작의 장 이전에나, 시작의 장에서나, 그 수십 년의 세월을 딛고 나온 이후에서나 그 행보가 한결 같이 숭고했다.

마왕 둠 맨은 제 세상을 얼마든지 강압적으로 다스릴 수 있었다. 하지만 그러지 않는다. 본인의 세상에서만큼은 피가 흐르지 않기를 바라고 있으니까.

위험한 각성자들을 자본 세계에 편입시키고 드라고린에 보내는 데 치중하고 있던 까닭도 바로 그래서였다. 또 그렇기 때문이었다.

그래서 더 이해가 되지 않는 것이었다. 거쳐 온 몸뚱아리의 기억들로는 오딘이 마신의 휘하로 들어간 점이 설명되지 않았다.

오딘이 시스템에 깃들어 있던 악의(惡意)를 제 몸에 받아들였다는 이야기가 있긴 했는데 그때를 기점으로 뭔가 일이 일어났던 것일까.

다니엘은 핸드폰으로 시선을 가져갔다. 조나단 인베스트먼트 시절부터 오딘과 함께해 온 염마왕이라면 이 모순을 풀어 줄 수 있을 것 같았다.

오딘의 최측근 중에서도 최측근. 클럽의 전권을 일임받고 오딘을 대신해서 민중 앞에 선 것만 봐도 염마왕은 모든 걸 오딘과 교류하는 자였다.

그러나 그에게 연락하는 순간, 자신은 돌이킬 수 없게 되는 것이었다.

주(主) 락리마를 저버리고 마는 짓이었다. 소울 링이 저주스럽다 생각됐다. 덕분에 알지 않아도 될 걸 알아 버렸으니까.

거기까지 사고가 미쳤을 때부터 다니엘의 손은 불안하게 떨리기 시작했다.

클럽 회원 대부분이 지금의 시위를 예견하고 프로젝트 테세라를 부활시키자고 주장할 때에도, 바로 묵살시켜 버렸던 오딘.

다니엘은 당시의 오딘을 떠올려 버린 순간 가슴이 지끈거렸다.

그 쓰라림은 실제 흉통처럼 다가왔다. 주 락리마를 모독하고 말았다는 자책감에 심장이 통제 불가능할 정도로 빨리 뛰었다.

그러나 이미 결단을 마친 뒤였기 때문이었을 것이다. 무엇도 다니엘을 말릴 수 없었다.

어느덧 다니엘은 핸드폰 연락처에서 브라이언 김을 찾고 있었다. 염마왕에게 바로 연결하기에는 염마왕은 지금 교단의 원정대와 전투를 치르고 있었다.

〈 다니엘? 〉

〈 염마왕께 들어야 할 대답이 있습니다. 〉

〈 그 무슨 무례한 언사입니까, 다니엘. 지금 염마왕께서는 습격을……. 〉

〈 그 건은 걱정할 게 없습니다. 〉

여기 세계에서 오딘이 둠 맨이라는 사실을 아는 자는 없었다. 오딘 스스로가 그걸 감추고 있는 것 같아서, 다니엘도 구태여 김청수에게는 물을 생각이 없었다.

〈 염마왕에게 제가 회신을 기다리고 있다 전해 주십시오. 〉

〈 다니엘, 당신! 돌았습니까? 〉

〈 아마 그런 것 같습니다. 그렇지 않고서야 내가 먼저 당신들에게 접촉하는 일은 없었을 겁니다. 〉

〈 ……다니엘…… 대체 무슨 일입니까. 〉

〈 나는 다니엘이 아닙니다. 당신들이 알던 다니엘은 이제 없습니다. 염마왕께 내 말을 전해 주십시오, 브라이언. 〉

다니엘은 소울 링을 만지작거리며 마저 말을 이었다.

〈 나는 드라고린, 엘슬란드에서 왔습니다. 〉

전화를 끊은 다음이었다. 회신을 기다리는 동안 다니엘
은 자신의 결정을 몇 번이고 의심해 보았다. 그러나 계속
같은 생각이었다.

목숨을 걸고 위험을 무릅쓸 만한 가치가 있었다.

〈 듣자하니 엘슬란드에서 왔다고 하던데. 〉

회신의 시작은 그 한마디부터였다. 염마왕의 목소리가 들
려오는 핸드폰을 향해 다니엘도 준비해 뒀던 말을 뱉었다.

〈 당신 입으로 직접 진실을 가르쳐 주시오. 그리고 그 진
실이 내 뜻에 부합한다면, 나는 당신네들에게 전향할 의사
가 있소. 〉

〈 그럼 너는 누구인가? 〉

〈 내 진짜 이름은 아슬란. 아슬란이라 불러 주시오. 〉

*   *   *

광장에 걸린 엠퍼러 바리엔과 황족들의 시체에 파리가

꼬인 지는 오래되어 보였다.

파리 떼는 도시민들이 시체에 침을 뱉기 위해 가까이 접근할 때에만 잠깐 날아올랐다가 다시 시체에 달라붙기 일쑤였다.

황제와 그 일가의 시체에 살을 부비고 싶어 하는 것은 파리 떼만이 유일했다. 본시 황제의 사람들로 구분되어 있던 귀족층들은 대부분 숙청되었다니, 그건 당연한 일일 것이다.

그렇지 않아도 황성이 있는 방향에서 총성이 울렸다. 숙청은 지금까지도 진행 중이다.

연희는 교수대 앞에 서 있었다.

정확히는 알림판 앞이었는데, 황제와 황제의 사람들이 벌여 왔던 악행들은 광장을 지나치는 누구나 볼 수 있게 정리돼 있었다.

사진도 첨부되어 있었다.

지하 감옥에 갇혀 있던 자들이 끔찍한 모습으로 죽어 가던 광경과, 황제의 별성에 펼쳐져 있던 주지육림(酒池肉林)의 광경도 함께였다.

연희가 돌아왔다. 그때 그녀가 나를 향해 피식 웃어 버린 까닭은 뒤쪽의 벽면에 부착되어 있는 포스터 때문이었다.

「 "해방군이 왔다" — 엠퍼러 슬레이어, 위대한 찰리버 」

누가 봐도 성일이다. 황제의 등을 짓밟으며 마치 민중들을 향하듯 손을 뻗고 있는 모습으로 형상화되어 있었다. 거기서 황제는 지금도 썩어 가고 있는 모습처럼 흉측하게 표현되어 있었다.

온갖 선전 문구로 가득한 그런 포스터들은 어디에서나 흔히 찾아볼 수 있는 것이었다.

이윽고 연희는 빈민층들이 배급을 받기 위해 줄 서 있는 방향까지 둘러본 후에, 기지개를 펴면서 내 옆에 앉았다.

따뜻한 햇살을 만끽하는 얼굴로였다. 엘슬란드는 기후가 서늘했다.

"어쩔래? 다른 놈들을 더 찾아봐? 벌써 세 번짼데."

도시의 경비병들이 우리에게 경례를 하고 지나칠 때였다.

고개를 저어 보이기 이전에, 이미 그녀 또한 현명한 방법이 아니라고 생각하는 듯했다. 어투에서 그런 느낌이 다분하다.

염려했던 대로였다. 여왕에게 직접 서임을 받은 사제를 통해 알 수 있는 정보들은 극히 한정적이었다.

사제는 엘슬란드에 들어간 이후에도 엘프들과 교류하는 시간이 짧았다.

여정에 동참했었던 그린우드 종들과 보내는 시간들이 주를 이루었고, 정작 궁정에 머물렀던 이틀간에도 자유롭지 않았다.

그것의 기억으로는 궁정 대부분의 공간이 흑백 처리돼서 미지(未知)로 가려져 있던 것이다. 여왕과 마주할 수 있었던 시간이야 말할 것도 없고.

그렇게 인상 깊은 것이라곤 여왕의 퇴폐적인 눈빛이 전부였다.

"다른 것들도 다르지 않을 거다."

그린우드 대륙에서 엘프와 오크 같은 이종족은 정말로 찾아보기 힘든 존재다.

대부분의 그린우드 종들은 다른 종족들이 같은 세상에 존재하고 있다는 것만 알 뿐, 그것들을 단 한 번도 보지 못하고 삶을 마감하는 경우가 대부분이었다.

이종족들부터가 그린우드 대륙으로 들어올 까닭이 없었다.

그나마 붉은 얼굴 일족 오크들처럼 호전적이고 욕심이 많은 것들만 올드 원의 유물을 찾아 들어올 뿐이다.

해서 여왕을 가까이에서 대해 봤던 엘프를 그린우드 대륙에서 찾는 건 헛수고가 될 일이었다. 결국엔 위험을 감수하고 엘슬란드 땅을 직접 밟아 봐야 한다는 건데……

"오딘을 뵙습니다. 들어오셨다는 보고를 받았습니다. 혹 방해한 것은 아닌지요."

헤라, 데보라 벨루치였다. 신전에 남겨 둔 이야기가 그녀에게까지 흘러간 모양이었다.

그녀는 드라고린의 아티펙트 외에도, 본래 우리의 것인 아이템들도 한계치 이상으로 끼고 나타났다.

찰나였지만 그녀에게선 연희를 의식하는 느낌이 강하게 감지됐다. 위험한 생물체로부터 언제고 도망칠 수 있게끔 무게 축이 한쪽 발에 쏠려 있기도 했다.

연희라고 그걸 눈치채지 못할 수 없었는지, 살짝 기분이 상한다는 듯 말했다.

"난 친하게 지내고 싶은데 넌 아닌가 봐?, 헤라."

헤라는 그럴 리가 있겠냐는 대답과 함께 공손히 고개를 숙였다.

"무슨 일이지?"

내가 물었다.

"다니엘 워커, 라고 아십니까?"

많은 점령지 중.

경제적으로 별 이권이 없는 작은 마을들에선 폭정(暴政)이 흔했다.

각성자들도 그렇지만 용병들까지도 반인류적인 행위에 동참하는 경우를 한두 번 목격했던 게 아니다. 그러나 그건 어디까지나 본토의 시각에서다.

여기에서나 시작의 장에서는 용인되는 일이었다.

다만 그린우드 종들이 우리 인류와 생물학적으로 같기 때문에라도, 본토에 알려지면 협회가 곤혹스러워질 수 있다는 것은 부정할 수 없는 일이기도 했다.

어쨌든 제국 수도에서 각성자 그룹이 해방군을 자처하고 있는 건, 그게 넓은 시각에서 이득이 되기 때문이지 진짜 해방군이라서가 아니다.

황성은 도시와 달랐다. 성벽을 경계로 도시와는 전혀 다른 분위기.

마치 다른 작은 마을들처럼, 바깥과 완벽히 격리돼서 폭정이 전반에 깔려 있었다.

살짝만 건드려도 소스라치게 놀라며 비명을 지를 법한 얼굴들이 많이 돌아다니고 있었는데 그것들은 제국의 기득권층으로 보였다.

귀족 가문에서 태어나 좋은 교육을 받고 실제로도 황제 아래에서 제국 전반을 경영해 왔던 치들.

그것들이 그간 육체적 폭력뿐만이 아니라 정신적 폭력에도 얼마나 노출되어 왔었는지는 겁에 질린 그 얼굴들에 다

쓰여 있었다.

"오딘을 뵙습니다."

"오딘을 뵙습니다."

각성자들이 일제히 동작을 멈추며 내게 고개를 숙이기 시작했다. 나는 에오스의 암흑 로브로, 연희도 제 권역 안에서 위장하고 있는 채였지만 헤라가 우리들을 보필하는 모습에서 느낀 바들이 있었던 것이다.

제국의 귀족들도 덩달아 그 자리에서 무릎을 꿇어 댔다.

그때 뭘 어떻게 해야 할지 몰라 어정쩡하게 서 있는 것들은 각성자도 용병도 아닌, 민간 그룹들의 파견 직원들이었다.

개중에 눈치껏 고개를 숙이는 것도 있었지만 그렇지 않은 것들도 있었다.

"당장 고개를 숙여라! 오딘께서 행차하셨다."

헤라가 목소리를 터트렸다. 그런데도 한 사내는 끝까지 고개를 숙이지 않고 있었다.

본토와는 다른 법칙으로 운영되고 있는 공간, 온갖 종류의 폭력이 도사리고 있는 여기에 익숙해져 놓고도 정작 군중들을 따라 하지 않는다.

그에게 있어 여기는 업무 공간일 뿐이지, 본인은 만인이 평등한 민주주의 세계에서 왔다는 항의가 분명했다.

참으로 다채롭게 멍청한 짓 아닌가. 혼자만 고개를 숙이고 있지 않은 점에서 어떤 자긍심을 가지고 있을지는 모르겠다만.

그렇다면 끝까지 굽히지 말아야지, 각성자들의 흉포한 시선이 집결된 순간에는 그자도 결국 고개를 숙이고 말았다.

하지만 이미 늦었다. 헤라가 그자의 가까이에 있는 각성자에게 눈짓해 보이는 것으로 그자는 질질 끌려 나갔다.

같은 그룹 마크를 달고 있는 민간 직원들 중에서 그자를 대변하는 자는 나타나지 않았다.

오히려 그자의 멍청함에 기가 질린 듯한 시선들이 주를 이뤘다.

"……죄송합니다. 제 불찰입니다. 다시는 이런 일이 일어나지 않도록 직원들을 잘 교육시키겠습니다."

경직된 그 목소리 역시 끌려 나간 자와 같은 마크를 달고 있는 자에게서 나왔다.

이 성의 주인인 성일은 아직 복귀하지 않은 상황이었다.

아니면 여기에 자신의 지분만 확정시켜 놓은 다음, 통치에는 관여하지 않은 채 다른 전장으로 떠나 버렸을 수도 있는 일이었다.

일주 그룹과 같이 움직인다고 들었었는데, 내가 알고 있는 그 일주일까?

이윽고 헤라의 발걸음이 멎었다.

"여기입니다."

다니엘이 기다리고 있을 방문 앞이었다. 녀석이 나를 찾아올 이유는 하등 없었다. 직접 대면해 보지 않고서는 추정되는 게 단 한 가지도 없었기에, 진즉 녀석에 대한 생각을 접어 뒀었다.

문을 열고 들어가는 시점에서 헤라는 왔던 방향으로 되돌아갔다. 다니엘은 창밖을 쳐다보고 있었다. 그가 내 쪽으로 황급히 몸을 틀었다.

그러며 머뭇거리더니 엘프들의 인사법으로 시작하는 것이었다.

그런데 녀석이 엘프들의 인사법을 어떻게 안단 말인가?

"인사 올리겠사옵니다. 오딘이시여."

녀석의 설명은 길었다.

겉모습은 다니엘이지만 그 속을 차지하고 있는 건, 스스로를 아슬란이라고 부르는 한 엘프의 영혼이라는 것이었다.

루네아가 말했던 본토에 스며든 놈이 바로 이 녀석인 것 같았다.

일단 보기에도 녀석의 전향은 의심할 구석이 없었다.

시종일관 내게 감복한 모습을 보이는 것과는 별개로, 올드 원 진영의 비밀들을 막힘없이 누설하고 있기 때문이기도 하지만.

그는 소울 링 또한 내게 바치겠다는 의사를 내비친 상태였다.

아니나 다를까, 연희가 고개를 끄덕여 보였다. 녀석은 거짓말 탐지기를 통과했다.

"이 몸을 거치지 않았다면 전향을 생각할 수 없을 것이옵니다."

안타까운 다니엘.

다니엘과 교분이 깊은 것은 아니었다. 그렇지만 그는 금융 제국의 한 귀퉁이를 담당해 오며 그 나름대로 지켜 온 비밀들이 많았다.

공로가 적지 않은 자였고 그렇게 허무하게 가 버릴 자도 아니었다.

"부디 헤아려 주시옵고 충정을 받아 주시옵소서, 오딘이시여. 폐하의 질서 아래에서만큼은 결코 변하지 않을 것이옵니다."

녀석이 전향의 상징으로 소울 링을 빼서 한쪽 손바닥에 올려 보였다.

[축하합니다! 부하를 습득했습니다.]

[짜잔~ (๑ → ∪ ←) ♪]

그런데 루네아, 이 새끼는…… 진짜.

그때.

내 두 눈이 부릅떠진 건 루네아가 또 보내오는 경박한 메시지 때문이 아니었다.

녀석의 손바닥에서 소울 링을 집어 들면서였다. 아이템 창으로 떠오른 반지의 이름에 온 신경이 쏠렸다.

*   *   *

"네가 맞았다, 카노나스. 아슬란이 기대에 부응해 주는구나."

여왕이 카노나스에게 뻗은 긴 다리는 대리석처럼 새하얬다.

여왕이 그 다리 끝으로 카노나스의 등을 가볍게 건드리자, 카노나스는 근사한 미소가 걸린 얼굴로 고개를 돌렸다.

여왕이 그토록 아끼는 그 미소였다.

"예, 폐하. 그렇사옵니다. 에니카스는 교활하기 짝이 없고 아네모스는 바람처럼 종잡을 수 없는 자이옵니다. 그렇게 부덕한 자들의 휘하 대신 아슬란을 선택하신 건, 현명하신 결정이었사옵니다."

카노나스는 마저 향에 불을 붙이고선 여왕의 곁으로 돌아왔다.

"네 덕분이지. 한데 말이다."

"예, 폐하."

"아슬란은 어찌 마왕의 차원으로 침투할 수 있었던 것이냐. 계속 실패했었던 일이 아니더냐. 아슬란이 내 기대에 부응한 것은 실로 기쁜 일이지만, 그게 못내 마음에 걸리는구나."

"교단에서 우리 주 락리마의 성물을 장비시켰다 하옵니다."

"그게 뭔지 알고 있느냐?"

"소울 링이라 불렸사옵니다."

순간 여왕의 얼굴에서 핏기가 싹 사라졌다.

"뭣이?"

"어쩔 수 없는 일이었다 하옵니다. 소울 링을 사용하지 않고서는 마왕의 차원에 침투할 수도 없는 일이었으니 말이옵니다. 잊으시옵소서."

"왜 그걸 이제야 말하느냐…… 왜…… 왜!"

카노나스는 눈웃음만 짓던 여왕에게서 그토록 분개한 모습을 처음 보았다.

"무엇이 잘못되었사옵니까?"

"카노나스, 네가 모르는 게 있다…… 내 인가도 없이 왜, 왜! 그 물건에 손을 댔단 말이냐…… 당장 아슬란을 불러들여라. 당장!"

"고정하시옵소서. 아슬란은 마왕군의 차원에 있사옵니다."

그러나 여왕의 귀에는 카노나스의 대답이 들리지 않았다.

"그게 마왕의 수중에 들어가기라도 한다면 어찌 감당 하려고오오—!"

*   *   *

그러다 여왕은 갑자기 조용해졌다. 몸속 깊은 곳에서 뭔가가 깨고 나오려는 느낌이 그녀의 육체와 정신 전부를 채워 나가고 있었다.

여왕의 동공이 파충류의 것과 동일하게 세로로 쭉 찢어졌다. 그녀의 전신이 걷잡을 수 없게 떨리기 시작한 건 그 직후였다.

"폐하. 고정하시옵소서……."

뾰족했던 귀부터 새하얀 피부로 미끄러지는 다리 끝까지.

껍질들로 뒤덮였다.

풍만했던 가슴이 쪼그라들며 가슴벽에 달라붙은 무렵부터는 뼈마디가 비틀리는 소리들이 우드득 울려 나왔다. 바닥에는 그녀의 녹색 빛깔 머리칼이 송두리째 떨어져 있었다.

허기와 흥분에 찬 눈빛이 희번덕거리다가, 이내 녹색 정광(晶光)으로 진정세를 찾아갔다.

그간 여왕과 카노나스의 정사를 비춰 왔었던 여러 개의 거울 속에는 어느 드라고린이 우뚝 서 있었다.

"너무 흥분하고 말았구나. 카노나스."

여왕의 말대로였다. 이번에는 분노 때문이었지만 성적 흥분이 극도로 끓어오를 때에도 여왕은 본 모습을 드러내곤 했었다.

카노나스는 여왕의 본 모습을 처음 목격했던 날이 떠올랐다.

그 날은 여왕의 침전에 처음으로 발을 디딘 날이기도 했다.

여왕은 아슬란 같은 그녀의 근위병들과 은밀하고도 위험한 밀회(密會)에 한창이었는데, 여왕은 구태여 그 현장을 감추지도 않았다.

연인이기도 했던 어머니 루스라가 죽자마자 그 야밤에 침전을 찾은 것을 두고, 여왕 나름대로 자신의 저의를 꿰뚫어 본 게 있었던 것이다.

여왕의 남자가 되겠다는 저의를 말이다.

"……예, 폐하. 말씀하시옵소서."

카노나스는 발톱이 곤두선 여왕의 발밑으로 고개를 조아렸다.

"소울 링은 우리 주 락리마께서 만들어 내신 성물이 아니다. 옛 신마대전에서 첫 번째 마왕, 둠 아루쿠다가 상실한 것이었지."

카노나스의 두 눈이 휘둥그레졌다.

"그런…… 위험한 물건이 왜 다른 성물들과 함께 봉인되어 있었던 것이옵니까?"

"저주가 걷혀 더는 위험하지 않기 때문이었다. 위대한 조상들께선 그걸 엘슬란드 전체를 통틀어 가장 안전한 곳에 두기도 하셨다. 한데 교단이!"

"폐하. 교단에는……."

"사용돼서는 안 되는 물건이니라. 내 그것에는 손을 대지 말라 그토록 당부해 왔거늘."

"교단에는 마왕군의 진격을 늦추기 위해서 열성을 다하는 자들이 많사옵니다."

"내 당부를 어기면서까지 말이냐."

여왕의 남자가 된 이후부터.

카노나스는 연적(戀敵)이 될 수 있는 아슬란을 마왕의 차원으로 치워 버릴 필요가 있었다.

그러기 위해선 아슬란과 교단을 설득해야 했는데, 마왕의 차원으로 침투가 가능한 방법 중 반드시 성공할 수 있는 수단을 끄집어냄으로써 가능해졌었다.

마왕군의 육신으로 영혼을 전이시킬 수 있는 소울 링이라면 보장된 성공이었다.

그렇게 아슬란을 23차 원정대의 수장으로 추천한 것도, 아슬란을 설득한 것도, 배후에서 아슬란에게 소울 링을 장비시키도록 교단에 힘을 쓴 것도 모두 카노나스, 자신이었던 것이다.

카노나스는 진실을 감춘 채 교단을 변호하기 바빴다.

"그만, 그만. 그게 아니다. 카노나스야. 본시 그것의 본목적은 영혼을 전이시키는 데 있지 않았느니라."

"하오면…… 무엇이옵니까?"

"둠 아루쿠다는 강력한 영혼들을 수거하는 데 그것을 사용했었다 한다. 카노나스."

"예, 폐하."

"한시라도 빨리, 아슬란을 복귀시킬 방법을 찾거라. 절대 마왕의 손에 들어가면 아니 될 물건이니라. 마왕 둠 맨이든. 마왕 둠 아루쿠다든. 다른 어떤 마왕의 수중으로든……."

＊　　　＊　　　＊

[성(聖) 카시안의 영혼 이전 반지 (아이템)]

[변질된 둠 아루쿠다의 영혼 수확 낫 (아이템)]

둠 아루쿠다!

본능 같은 경고가 뇌리를 찌릿하게 울렸다. 집어 든 손가
락을 타고 올라오는, 실질적인 통증도 있었다.

어쨌든 둠 아루쿠다의 이름을 발견하자마자 바로 해야
할 일이 있었다.

그 무엇보다 빠르게!

[오딘의 절대 전장이 개방 되었습니다.]

연희가 즉각적으로 반응했다. 그녀는 내가 어떤 위험을
감지했다고 생각했던 것 같다.

그녀가 광대의 단검을 말아 쥐는 동시에 아슬란을 넘어
트렸다.

한 손으로 아슬란의 얼굴을 짓누르고는 다른 손에 쥐어
진 단검으로는 금방에라도 꿰뚫어 버릴 수 있게끔, 아슬란

의 목 언저리를 겨냥하고 있었다.

그간 연희의 품에서 조용히만 있던 크시포스도 흉포한 아가리를 드러내며 그녀의 명령을 기다리고 있었다.

아슬란 때문이 아니라는 신호를 보내 주고 난 후였다. 그제야 아슬란은 연희의 위협으로부터 벗어나며 안도의 숨을 내쉬었다.

보라. 어떤 원리에 의해서인지는 알 수 없어도, 성(星) 드라고린으로 들어오면 루네아에게 내 일거수일투족이 알려지기 마련 아니던가.

루네아를 통해 제 물건이 내게 들어온 것이 알려지면 둠 아루쿠다는 그냥 넘어가지 않을 것이다.

아이템의 상세 정보를 확인할 틈도 없이, 즉시 절대 전장을 펼쳐 버린 까닭은 바로 그래서였다.

그런데 갑자기.

쏴아악—!

반지가 손아귀 안에서 거대한 낫의 형태로 돌변했다. 내가 뭘 의도한 것은 아니었다.

더 그레이트 레드의 심장 반쪽에서 있었던 현상과 동일했다.

더 그레이트 레드의 심장 반쪽도 처음 외형은 쪼개진 검 형태였으나, 내 손아귀로 들어오면서 지금의 작은 형태로 바뀌었었다.

이번에도 같았다. 반지는 내 손아귀 안에서 본래의 모습을 찾았다.

하지만 더 그레이트 레드의 심장 반쪽을 취했을 때와는 다르게 통증이 계속 기세를 높이며 끓어오르는 것이었다.

강렬했다. 그것은 우리에게 독물(毒物)이기도 한, 올드 원의 마나를 강제로 내 몸 안에 받아들일 때와 동일한 통증이었다.

통증은 고통으로 치달았다. 순간적으로 낫을 땅에 떨어트릴 정도였다.

시퍼런 날은 무엇의 대가리도 칠 수 있어 보이는 것이 몹시 위험천만해 보였다.

그때 연희가 몸을 튕겨 왔다.

"왜! 무슨 일이야?"

사색이 된 그녀의 얼굴이 앞에서 번뜩였다가 뒤로 스쳐 지나갔다.

"너! 대체 뭘 가지고 온 거야?"

연희가 아슬란을 향해 외쳤다. 정말 궁금해서 묻는 건 아니었다.

"……제가 묻고 싶습니다."

아슬란은 당혹스러워했다.

녀석은 본인이 알고 있는 사실들을 하나도 빠짐없이 밝혔었다.

궁정에서 본인이 여왕의 경비병이었다는 사실을 시작으로 원정대에 합류하게 된 과정 그리고 반지에 대해 알고 있는 것은 물론.

여왕의 곁에서 알게 된 다른 정보들까지도 말이다.

그중 하나만 끄집어내자면 드라고린에 대한 것으로, 교단에서 스스로를 드라고린이라 자각하고 있는 홀리 나이트들을 모으기 시작했으며, 자각하지 못한 다른 드라고린들을 찾는 과정 역시 진행 중이라고 했다.

사실 그 과정에서 그토록 헤매 왔던 사안이 완수되기도 했다.

여왕은 드라고린 그린이지, 더 그레이트 그린이 아니었다. 물론 녀석의 정신세계를 통해서 내 두 눈으로 직접 확인해 볼 일이지만.

* * *

연희도 낯을 들 수 없기는 마찬가지였다.

반면에 아슬란은 여전히 가능했다. 녀석이 낯을 집어 올렸을 때는 또다시 반지 형태로 바뀌었다.

"됐다."

그리고 아슬란이 바닥에 내려놓았을 때에도 여전히 반지 형태였다.

과연 급이 다른 물건이라, 우리가 사용하지 못하게끔 강력한 저항력이 걸려 있는 게 분명했다. 그건 비단 이 물건뿐만이 아니다.

둠 엔테과스토의 늑골을 내 소유로 정화하기 전만 해도 비슷한 현상으로 제약을 받았지 않았던가.

다만 이번에는 그 강도가 더욱 높은 게 다른 점이다. 둠 엔테과스토의 권능보다 더 큰 힘이 이것에 깃들어 내게 제약을 걸고 있는 것이었다.

다시 집어 들기도 힘들 만큼.

"음……."

두 가지를 생각해 보자.

첫 번째.

이것이 내게 반응하기 전인, 수정되지 않았던 이름은 성(聖) 카시안의 소울 링이었다.

성 카시안은 태고의 홀리 나이트를 통틀어 성 제이둔과 함께 양대산맥으로 꼽히는 자였다.

내가 둠 맨이 되어 이 세계에 위협으로 나타나게 될 거라는 걸, 그 오랜 세월 전에 이미 예언한 자이기도 했다. 홀리 나이트들의 검술과 마법들도 그자의 기록물이 있었기 때문에 지금까지 존속할 수 있었다.

사실상 성 카시안은 지금의 성(星) 드라고린을 이루고 있는 근간이라 할 수 있는 자였다.

두 번째.

성 카시안이 둠 아루쿠다의 물건을 습득했다. 둠 아루쿠다와 싸워서 얻어 낸 전리품이었던 것일까?

어쨌거나 거기에 깃들어 있던 둠 아루쿠다의 권능을 성 카시안이 본인의 힘으로 정화시켰다고 보는 게 타당할 것이며.

성 카시안은 그만큼이나 강력한 초월체인 게 된다.

종합해 보자면 성 카시안은 후대들을 위해 안배를 남겨 둔 초월체다.

어쩌면, 둠 아루쿠다에게서 놈의 병기를 전리품으로 취할 수 있었을 만큼 더 강력한 초월체일 가능성도 품어져 있는 존재다.

그런 존재가 무엇인지 감히 속단할 순 없지만 한 가지 의심을 아니 해 볼 수 없다.

성 카시안이 올드 원일 가능성 말이다. 아무리 못해도 성 카시안은 성 제이둔처럼 태초의 고룡(古龍) 중에 하나가 분명하다.

그간 품어 왔던 소망을 말해 보자면 둠 카오스나 올드 원이 처치 가능한 존재였으면 하는 거였다. 추정 불가능한 코스믹 호러 같은 존재가 아니길 바라 왔다.

그런데 정황이 점점 그렇게 좁혀지고 있었다.

불가침의 영역.

혹은 인지할 수 없는 공포적인 영역에서 존재하고 있을 것만 같았던 둠 엔테과스토도 물질적인 존재였다.

실제로 둠 아루쿠다의 외눈박이 눈알을 본 적이 있었고.

둠 카오스가 나를 봉인시켰을 때에도, 찰나였지만 그것의 눈알 또한 본 적이 있었다. 또 신마대전에서 남겨진 유물들만 봐도 그것들은 서로 싸워 대며 제 소중한 일부분을 잃어 왔었다.

그러니 왜 아니겠는가. 둠 카오스도 그렇지만 올드 원도 처치 가능한 물질로 구성되어 있는 생명체일 수 있었다.

둠 엔테과스토를 딛고 장막 너머로 올라갈 수만 있다면 둠 카오스가 어떤 존재인지 확실해질 것이다.

성 제이둔이었던 더 그레이트 레드가 이 세계 어디에 지금 살아 있는 것처럼 성 카시안도 그럴 수 있었다. 놈과 마주할 수 있다면 놈이 어떤 존재인지 또 확실해질 것이다.

나를 묶고 있는 속박을 끊어 버릴 열쇠는 바로 그런 것들의 정체를 확인하는 데 있었다.

빌어먹을.

나는 둠 아루쿠다의 물건에 머물러 있던 시선을 연희에게로 가져갔다.

『전장이 유지되는 시간 안에 어떻게든 끝장을 봐야 한다.』

『자세히 말해 줘. 뭘 어떻게 끝장 봐야 하는지.』

『저게 정확히 무엇이고, 내 소유물로 만들 수 있는지는 둘째 치고. 저걸 바깥으로 가지고 나가기엔 둠 아루쿠다의 반응을 예측할 수 없다.』

『그래서?』

『간단해. 지금보다 더 강해져서, 지금은 보지 못하는 영역까지 강해져야 한다.』

저것을 어떻게 처분할지 결정할 수 있게.

또 불가피하게 바깥에 가지고 나가야 한다면 최소한 지난번 회의처럼 무턱대고 당하지 않도록.

행동 대장, 둠 엔테과스토나 저 물건의 주인인 둠 아루쿠다 같은 상위 둠들에게 저항할 수 있는 힘을 최소한이나마 갖춰야 하는 거다.

추정컨대 저 물건에는 권능 저항력도 깃들어 있을 것이다.

아무렴 둠 아루쿠다의 물건이 아닌가. 저걸 삼키는 데 성공한다면…….

『왜 그런 결론이 나왔는지는 묻지 않겠어. 넌 지금 꽤 시급해 보이니까. 전장이 유지되는 시간이 언제까지지?』

『24시간.』

『그 시간 안에 일약 강해져야 한다면, 역시 거기에서겠지?』

『그래. 정신세계 안에서다. 거기에서만큼은 시간에 구애를 받지 않지.』

『전장은 단단한 거 맞지? 정신세계에 진입한다고 여기 시간이 완전히 멈춰지는 건 아니야. 아주 찰나지만 흐르긴 흘러.』

어떤 초월체에게 방해를 받으면 위험해질 수 있다는 소리였다.

둠 아루쿠다에게 제 물건이 내게 들어왔다는 것이 알려졌고, 또 놈이 실력을 행사하기로 했다면 벌써 시끄러워졌을 일이다.

확신하건대 절대 전장을 펼쳤던 속도는 빨랐다. 루네아의 감시망을 피했을 만큼.

『그 점은 염려할 것 없다.』
『좋아, 선후야. 그럼 시작점을 어디로 잡을까?』

아슬란을 턱짓하며 말했다.

『엘슬란드.』

Chapter 6.

이 세상에서 나는 영향력 높은 귀족 중 하나인 아네모스고 연희는 내 부인이다.

아슬란의 기억을 배경으로 만들어진 세상이었으며 녀석의 기억 속에서 아네모스는 전 귀족을 통틀어 가장 자유로운 자였다.

아슬란이 알고 있는 많은 캐릭터 중.

마나 탐구에 집중할 수 있는 환경을 가진 것으로는 아네모스가 제격이었다.

숱한 엘프 귀족들처럼 궁정 출입이 잦지 않아도 방해하는 자가 없고, 본인의 저택에서 파티를 주최하는 경우도 없었다.

그래서 방해받을 순간을 꼽으라면 지금밖에 없었다.

올 때가 됐는데?

역시나 계단을 밟고 올라오는 소리가 들렸다.

"방해해서 죄송합니다. 아네모스 님. 여왕 폐하께서 손
님을 보내오셔서⋯⋯."

이 여성 엘프의 이름은 에레나. 하녀로 들어온 평민 계급
이다.

＊　　　＊　　　＊

본토.

그중에서도 우리나라 대치동의 부모들이 자식 교육에 집
착하는 보통의 까닭은 본인들의 지위를 자식에게 승계하는
게 애매한 위치에 있기 때문이었다.

그들은 본인들이 그랬던 것처럼, 자식들이 명문대에 입
학하고 학벌을 바탕으로 원숙한 사회적 지위를 형성하길
바랐다.

그러나 압구정과 청담동의 부모들은 다르다.

그들은 자식이 공부를 잘하든 못하든 얼마든지 본인들의 지위를 자식에게 물려줄 수 있는 위치에 있는 까닭에, 비단 공부를 통해서가 아니어도 제 자식들을 본인만 한 위치로 끌어올릴 수 있다는 자신감을 항상 가지고 있었다.

실제로 압구정과 청담동에선 부모들의 지위와 부가 자식에게로 승계되는 게 어렵지 않은 구조다. 그들은 이너 서클(Inner circle)을 형성하고 있다. 전일 그룹을 중심으로 말이다.

하지만 엘프 사회에서는?

압구정과 청담동 같은 구조만 주를 이루고 있을 뿐, 대치동 같은 것은 존재하지도 않는다.

사회 구조는 중간 영역이 아예 존재하지 않은 채, 극소수의 상류층과 에레나 같은 대부분의 평민 계급으로만 양분되어 있다.

엘프들의 사회가 그린우드 대륙이나 우리 본토의 중세와는 다르게 유별난 까닭은 이것들의 사회 구조가 자연 발생했다는 데 있었다.

이것들은 법문으로 신분 계급을 규정해 두지 않았다.

미국에서 구태여 금융실명제법을 제정해 두지 않은 것처럼, 이것들의 신분 계급도 사회적인 약속으로 자연스럽게 만들어졌다.

궁정과 그 일대는 상류층의 거주 지역으로, 여기에 거주하고 있는 것들은 본인들을 가리켜 왕과 귀족이라 자칭하는 데에도 거리낌이 없었다.

나는 그게 엘프들이 누리고 있는 삶 때문이라 생각했다.

한번 태어나면 수백 년을 살며, 고대로부터 수없이 반복되어진 각 일가(一家) 속에서의 승계 작업이 지금의 엘프 사회를 만들어 낸 것이라고.

그렇게 엘슬란드는 법문이 따로 존재하지만 않을 뿐 관습으로 통치되는 세상이었다.

고일 대로 고여 버린 곳.

엘프 상류층들은 본인들의 세상에 갇혀 있기 때문에라도, 그것들이 벌이는 암투는 치열하고 교활했다.

그러니 무리는 아닐 것이다. 이날도 궁정 파티에 참석했던 연희가 내 앞으로 난입해 왔을 때는, 피비린내부터 확 풍겼다.

그녀의 모피 드레스는 피로 물들어 핏방울을 떨어트리고 있었다.

이번이 첫 번째가 아닌지라, 그녀는 또 질린 기색으로 뾰족한 귀를 꿈틀거렸다.

"리셋시킬게."

그때 노크 소리와 함께 문이 조심스럽게 열렸다.

"방해해서 죄송합니다, 아네모스 님. 여왕 폐하께서 손님……!"

에레나가 피에 젖은 귀부인의 모습을 보고 두 눈을 부릅떴다.

*   *   *

행복한 가짜 세상과 불행한 진짜 세상. 그중 무엇을 택할 텐가.

어차피 가짜와 진짜를 구분하는 건 인식의 차이일 뿐이니 보통은 전자를 택할 일이다.

하지만 나는 후자다.

다른 스트레스 없이 탐구에만 매진할 수 있는 안정된 환경. 창밖으로 보이는 아름다운 설원. 추운 기후를 잊게 만드는 따뜻한 벽난로. 온갖 산해진미와 숙취도 없는 알콜. 행복한 감정을 풍부하게 끌어올리는 향로.

그런 것들이 무한정으로 지급되는 세상일지라도 고민 없이 대답할 수 있다. 바깥에 내가 지켜야 하는 세상이 있으니까.

그러나 연희가 걱정이었다.

지금이야 훗날 엘슬란드를 침공할 때를 염두에 두고, 아슬란이 무심결에 놓치고 있을 엘슬란드의 사정을 파헤치기 위해 궁정 출입이 잦지만.

그 일이 끝나고 나면 그녀도 이 가짜 세상에 녹아들 일이 아닌가.

한 대상으로부터 중요한 기억들만 뽑아내는 작업과는 다르다.

새로운 무대와 새로운 캐릭터로, 그 세상을 다시 살아가는 것이다.

벌써 반년이 지나고 있었다. 몇 번이나 리셋시킨 세상이지만 우리가 보내 온 시간만 계산하자면 그렇게나 됐다.

한편 방해자가 도착할 시각이라서 나는 집중을 깨고 나왔다.

무대를 리셋시킬 때마다, 오늘과 지금 시각이 되면 어김없이 찾아오는 불청객 에레나.

"방해해서 죄송합니다, 아네모스 님. 여왕 폐하께서 손님을 보내오셔서……."

무시해도 소용없다. 안 해 본 게 아니다. 여왕이 보내온 손님이란 이 기억의 주체인 아슬란이었는데, 녀석은 여왕이 보낸 전갈을 내게 직접 전해 주기 전까지는 절대 돌아가지 않는다.

당시 아슬란은 전령이면서도 그것을 훔쳐봤던 것 같다.

그러니 전갈의 내용이 흑백 처리 되지 않고 뚜렷하게 남아 있는 것일 테지.

「친애하는 아네모스.

마왕 둠 맨이 예언대로 도래한 이래, 그린우드 대륙은 빠르게 불타고 있습니다.

나약한 그린우드의 원주민들로서는 감당할 수 없던 일이었습니다. 그린우드의 홀리 나이트 또한 종(種)의 한계를 어김없이 보여 주고 있는 것이지요.

허나 우리 주 락리마의 성역에도, 궁정 밖으로 관심을 돌려 보면 그린우드의 원주민 같이 나약하고 천박한 것들이 지천인지라 내 근심은 그치질 않습니다.

합심하여 성역의 병단을 구성하고, 밤을 준비해야 함이 마땅하지 않겠습니까. 그런데도 최근 에니카스가 루스라의 아들, 카노나스를 공개적으로 비난하면서 궁정의 분위기가 어수선하기만 합니다.

만일 그대가 중재를 수락한다면…… <하략>」

이번에도 글씨 하나 달라지지 않은 전갈.

그것을 한쪽에 치워 버린 다음 집중을 재개했다.

집중할 때마다 느끼는 것인데 올드 원은 우리 각성자들을 제대로 설계해 놓았다.

특히 자체 회전력을 품으며 자가 발전기처럼 작동하는 스킬 영역의 메커니즘은 두말할 것도 없었다.

계속 공을 들이고 있는 부분이 바로 거기였다.

회전력을 똑같이 모방하는 것. 올드 원의 설계도를 파헤치는 것.

이뤄야 할 첫 번째 목표였다.

회전력을 모방할 수 있는 경지까지 마나를 다루는 데 완숙해진다면 새로운 영역이 보일 거란 확신이 들었기 때문이다.

그리고 어느 날이었다.

그 어느 날……

*   *   *

무수히 반복해 온 무대.

시작점은 카노나스가 여왕의 남자로 들어갔을 때부터고 종착점은 아슬란이 소울 링을 장비하고 원정대로 보내지기까지다.

한 무대당, 대략 석 달 정도의 시간을 거쳐 왔었다.

"방해해서 죄송합니다, 아네모스 님. 여왕 폐하께서 손
님을 보내오셔서……."

돌이켜보면 이 목소리만 열 번 이상 들어 왔던 것이었다.
이제 연희를 위해서라도 무대를 바꿔야겠다고 생각했다.
그녀는 궁정에서 벗어날 필요가 있었다.

"무대를 바꾸자고?"

이 무대를 시작점으로 잡은 건 나였지만, 엘슬란드 여왕
의 정체를 확인한 이후부터는 그녀가 이 무대를 고집해 왔
었다.

이후로도 많은 시간을 보내야 한다면 앞으로 도움이 될
정보들이 깃들어 있는 무대에서 일을 진행시키는 게 효율
적이라는 생각에서 말이다.

하지만 그녀는 궁정의 지리부터 궁정을 보호하고 있는
마법 체계 그리고 귀족들 한 명 한 명의 면목 그리고 어디
까지나 아슬란의 잠재의식을 통해서였지만, '태초의 세 신
전 중 하나'가 있을 거라 추정되는 지역까지 알아냈다.

"지긋지긋하잖아."

내가 대답하자 연희의 눈초리가 가느다래졌다.

감응을 여전히 차단하고 있었던 건지 내 얼굴을 응시하는 시간이 길어지고 있었다.

그러다 한 순간.

그녀의 얼굴에 화색이 돌았다.

"선후야!"

내게 안기다시피 몸을 던져 왔다. 지금까지처럼 아네모스의 부인 캐릭터를 유지한 상태였다.

제 풍만한 가슴골 사이로 내 얼굴을 끌어당기고서 놓아주질 않았다. 모처럼 만에 장난을 걸어올 만큼 그녀도 기뻐했다.

무대를 바꾸는 순간이 왔기 때문이 아니다. 그녀도 눈치챈 게 있기 때문이었다.

그녀의 가슴에서 얼굴 뗐을 때, 반짝이는 그녀의 눈빛이 보였다. 비록 아네모스 부인의 얼굴을 하고 있었어도 그 눈빛만큼은 연희의 것이었다.

정말이야? 정말 성공한 거야? 드디어?

연희가 그런 눈빛으로 물어왔다.

"그래. 시도해 볼 게 있다."

"알았어. 알았어."

연희의 목소리가 순간에 흐릿해졌다.

화악—!

현실로 돌아오고 나서야, 여기 방 안의 광경이 선명하게 기억났다.

이 년이 넘도록 잊고 살았던 방.

바닥에는 둠 아루쿠다의 물건이 떨어져 있고 내부 벽 전반에는 절대 전장의 막이 걸쳐져 있다.

이따금 방해자로만 출몰했던 아슬란 또한, 그때마다 보인 궁정 예복이 아닌 본토의 정장 차림이되 다니엘의 모습으로 서 있었다.

[남은 시간 (오딘의 절대 전장) : 23시간 53분 31초]

정신세계에 진입하기 직전에 확인했던 때보다 1초가 지나가 있었다.

나는 편한 자세로 앉았다. 연희의 눈이 기대감으로 반짝거렸다.

요구할 때마다 아네모스 부인의 캐릭터에서 본 얼굴을 보여 오긴 했었으나, 그래도 현실 세계에서 그녀의 진짜 얼굴을 마주하는 건 새삼 다른 즐거움으로 다가왔다.

그때 연희가 아슬란에게 막 끝까지 떨어지라고 말했다.

엘프들만 쓰는 특유의 발음이 자연스러웠다. 나는 할 수 없는 발음이었다.

아슬란이 놀란 눈을 하며 자리를 비키는 광경을 끝으로 내부의 움직임에 집중하기 시작했다.

A급 순간 이동의 인장을 담당하고 있는 영역으로 집중력을 끌어올리는 순간.

쏴아아악—

거기로 어떤 속도감이 일어 전신을 빨아들이는 듯한 느낌에 휩싸였다. 이 느낌이 고도의 집중을 마쳤다는 분명한 증거다.

무형(無形)의 손길로 어루만지듯이 영역을 조작해 나갔다.

회전력을 품고 있는 스킬 영역을 대조군으로 삼지 않아도 충분할 만큼 그 설계가 뇌리 끝까지 각인되어 있었다.

그래도 절대 전장 밖으로 나가 새로운 인장을 공수해 올 수 없는 처지인 이상, 한번 파괴되면 다시 수급해 올 방법이 없었다.

때문에 절대적인 주의가 필요하다. 폭발물을 다루는 듯한 긴장감이 치밀어 오르는 것도 경계야 한다.

무아(無我)의 경지에 도달하는 것이 전제 조건인 것이다.

그러고 눈을 떴을 때였다.

[인장 '순간 이동'이 제거 되었습니다.]

메시지가 막 지워지고 있었다. 그 위에 덮어씌워지는 메시지.

[스킬 '헤르메스의 순간 이동'을 획득 하였습니다.]

하지만 현실로 나왔던 본 목적은 여기에 있지 않다.

인장에 회전력을 결부시킬 수 있는 것도.

꼭 순간 이동의 인장을 통해서가 아니라 다른 종류의 인장을 통해서도 순간 이동 스킬을 복사해 낼 수 있을 거란 것도.

모두 짐작해 왔던 일!

확인해 보고 싶은 건 이다음 단계에 있다.

스킬에 걸린 설계를 꿰뚫어 볼 수 있게 되었던 당시, 더이상의 무엇이 가능한지 그때 충격처럼 깨달았었다.

그러니 이제 시도해 볼 작업은 분명하다.

마나의 영역에서 직전에 만들었던 순간 이동 스킬을 해체시킨 후.

해체된 마나를 스킬과 특성 그리고 인장 등 전체 영역을 둘러싸고 있는 껍질로 유도하는 것, 그렇게 껍질의 크기를 키워 보는 것이다.

쏴아아악—!

얼마나 시간이 지났는지 모를 몽롱함과, 무아(無我)의 마지막에서 달고 나왔던 느낌이 뒤섞여 있었다. 등은 땀으로 젖어 있다.

그리고 눈앞에는 새로운 메시지가 나를 기다리고 있었다.

[스킬 '헤르메스의 순간 이동'이 제거 되었습니다.]

또 그 위에 덮어씌워지는 메시지.

[경험치를 획득 하였습니다.]

그래, 바로 이거다!

＊　　　＊　　　＊

[레벨 : 600 (92.26%)]

[레벨 : 600 (92.38%)]

0.12%. A급 순간 이동의 인장 하나에 담겨 있던 마나를 경험치로 사용했을 때 올라간 수치다. 바다에 물 한 바가지를 추가했다고 해서 티가 나지 않듯 상승치는 미비했다.

그러나 인장을 스킬화시키거나 그것의 마나를 흡수해서 렙업 재료로 사용, 혹은 스킬과 특성들을 하나로 융합하는 등.

상상할 수 있는 방법 대부분이 가능해진 데에서 가슴에 큰 울림이 일었다. 가장 큰 결실은 마나를 꿰뚫어 보는 시각을 얻은 것!

물론 당장에는 인장의 마나를 흡수할 수 있는 것 자체로는 큰 의미가 없다. 절대 전장 밖으로 나가서도 마찬가지.

인장은 희귀하기 때문이다. 시작의 장에서 각성자들은 박스를 얻으면 아이템과 스킬을 깠지 인장을 까는 경우가 드물었다.

어쨌거나 지금, 올드 원의 설계에 완전히 정통한 것은 아니었다.

역경자, 질풍자, 타고난 자처럼 특정 조건에 돌입했을 때 본연의 마나 이상으로 힘을 폭발시켜 버리는 원리까지는 꿰뚫지 못했다. 권능에 걸려 있는 잠금장치를 해제시키는 방법 또한.

거기까지 파고들기에는 너무나 많은 세월이 필요해질 것 같았다.

나는 그 세월에 무뎌지지 않을 자신이 있지만, 연희는 위험할 수 있었다. 다음 단계로 아이템에 시선을 돌린 건 그런 까닭에서였다.

아이템에 깃들어 있는 마나를 흡수할 수만 있다면…….

"이제 계단 하나를 밟고 올라선 거다. 다음 무대로 진입하자."

"어디로?"

"네가 행복했던 때라면, 어디로든."

*　　　*　　　*

조나단은 창 너머를 바라보았다. 거기에선 김청수가 이번 재판과 관련된 주요 인사들과 미팅을 가지고 있었다.

바깥에 알려지면 또 다른 스캔들로 번질 수 있는 회합이었다.

사법부 인사들을 비롯해 청문회에서 조나단을 공격하는 데 동참했었던 정치계 인사들도 진땀을 빼며 앉아 있었다.

그들은 잠깐 정치계의 생리(生理)를 잊고 군중 심리에 휩쓸렸던 것을 후회하는 기색이 다분했다. 미소를 띠고 있지만 두 눈에는 본인의 앞날을 걱정하는 흐린 빛만 가득했던 것이다.

그때 조나단이 기다리고 있던 손님이 방문했다.

정부로부터 철저한 독립성을 보장받고 있다고 알려진 기관.

그러나 본 정체는 선후의 소유물인, 연방준비제도(FED)에서 나온 인사였다.

조나단은 클럽의 왕좌를 일임받은 사람으로서 시위에만 모든 시간을 쏟아부을 수 없었다. 그렇게 연방준비제도의 총재 리암은 반드시 만나 줘야 할 사람 중에 한 명이었다.

리암은 건너편 방에서 진행되고 있는 비밀 회합을 쳐다보고 있다가 조나단의 손짓을 받고 걸음을 옮겼다.

리암의 발걸음은 한없이 무거웠다. 긴장감 때문이었다.

청문회에서 보였던 초자연적인 파괴력도 그렇지만, 조나단은 어느 날 그분을 대신하여 클럽을 움직이는 위치로 올라섰다.

세계 그림자 정부의 총수 말이다.

"습격을 받았다 들었습니다."

조나단이 고개를 끄덕이며 화답했다.

"연방준비제도에서는 있을 만하시오?"

리암은 그렇다는 대답과 함께 가지고 들어온 선물을 조

심스럽게 올려놓았다.

그것은 알루미늄 박스였다.

조나단은 구태여 그것을 열어 보지 않아도 거기에 무엇이 들어있는지 눈치챌 수 있었다. 박스 겉에 거래소의 직인이 찍힌 명찰이 박혀 있기 때문이었다.

이계산(產)이 아닌, 정통으로 분류되는 아이템. A급 방어구.

"어떻게 도움을 드려야 할지 몰라, 많은 분들의 도움을 받았습니다."

이 정도 급이라면 캣 푸드 웨어하우스에 선후가 비축해 둔 아이템이 산재해 있었다.

하지만 조나단은 구태여 쓸데없는 짓을 했다고 질책하지 않았다. 어디서 돈이 나서 이런 거액의 물건을 입수할 수 있었는지에 대한 것도.

대신 조나단은 이렇게만 말했다.

"긴장하지 마시오. 그래서야 말이나 제대로 할 수 있겠소? 이전 같이 개의치 말고 얘기하면 되는 거요, 리암."

그랬어도 리암의 긴장된 기색은 쉽사리 풀리지 않았다.

건너편 방에서 다소 언성이 높아져서 들려오는 목소리.

그건 브라이언 김의 목소리였는데, 사법부와 행정부 인사들을 질책하는 소리였다.

총재 리암은 덩달아 본인까지 질책받는 기분이었다. 그리고 자신의 앞에는 무덤덤한 모습이지만, 그 속만큼은 격노로 가득 차 있을 강력한 인사가 앉아 있는 것이었다.

가뜩이나 지난 밤에 외계의 습격까지 있었다 하니, 신경이 얼마나 곤두서 있겠는가?

알아보니 지난 밤에 다 타서 없어져 버린 염마왕의 자택은 염마왕이 건설 당시 직접 설계에 참여했을 만큼 애정을 쏟았던 곳이었다.

리암은 조나단을 방문한 본 목적을 쉽게 꺼내지 못했다.

무거운 기류가 리암의 어깨를 짓누르기 시작했을 때, 조나단이 먼저 입술을 뗐다.

"기준 금리 때문이오?"

리암에게서 맞다는 대답이 나왔다. 리암은 물 한 모금으로 말라 버린 입술과 식도를 축인 후에야 말을 이어 나갔다.

연방준비제도의 총재로서 당연히 상의를 해야 할 일이지만 어쩐지 용기가 필요한 일이기도 했다. 그가 말하고자 하는 바가, 지난번 클럽 회의에서 결의된 사안과 반대되는 방향이기 때문이었다.

"08년 금융위기 이후 15년 12월에 처음으로 금리를 0.25% 인상하였습니다. 그 이후로 점차적인 인상을 단행

하였다가, 시작의 날을 기점으로 다시 제로 금리를 유지하고 있는 실정입니다."

조나단은 고개를 끄덕거렸다. 시작의 날 정체되어 버렸던 세계 증시를 견인하는 방법으로 선후가 내렸던 결정이었다.

뉴욕 회사와 질리언 투자 금융 그룹의 보유 주식들을 시장에 풀고.

동시에 금리를 파격적으로 인하했었다. 결과는 시장에 그대로 반영됐었다. 현재 세계 증시는 어느 때보다 호황을 누리고 있었다.

단 한 곳, 클럽의 질서에 대적하려 했었던 중국만 제외한다면.

"거품이 끼고 있다는 거요? 아니면 경제 지표가 좋아졌다는 거요?"

"둘 다입니다. 하지만 올해를 넘기면 다음 연도의 클럽 회의에서 이 사안이 최대 화두 중에 하나로…… 상정될 것 같습니다."

아직 08년도의 세계 경제 위기를 언급할 수준까지는 아니었지만, 반드시 짚고 넘어갈 일이었다. 총재의 설명이 길어졌다.

미국 연방준비제도에서 결정되는 금리는 세계 경제를 주도하기 마련.

세계 모든 나라들은 미국의 통화 정책을 기반으로, 본인들의 통화 정책을 수립하거나 그에 맞게 추정해야만 한다.

조나단은 총재가 담아 온 자료들을 확인했다.

시작의 장 이전부터 줄곧 저금리 시대였다.

그리고 시작의 장 이후 제로 금리 시대에 돌입하면서 08년도 세계 경제 위기를 촉발시켰던 당시처럼 부동산 쪽으로 민간의 자본이 흘러가고 있었다.

민간에서 사들일 수 있는 주식의 유동량이 더 협소해진 이상.

확실히 부동산 쪽의 동태가 심상치 않았던 것이다.

벌써부터 장기적인 위기에 베팅을 건 헤지펀드들이 나오고 있는 판국이었다.

문득 조나단은 오래전 선후와 함께해 왔던 세월들이 떠올랐다. 세계적인 위기를 직감하고, 그것을 통해 자본을 꾸준히 성장시켜 왔던 세월들.

한 번의 베팅마다 짜릿한 쾌감이 휘감던 세월들.

조나단은 도전을 갈망해 왔던 그 세월들이 갑자기 그리워졌다.

그때는 올라가야 되는 다음 계단이 빤히 보였었다. 그러나 이제는 계단의 최정상에 올라, 아래에서 일어나는 소란들을 주관해야 할 때였다.

잠시 후 조나단은 회상을 깨고 나오며 한국 쪽으로 시선을 돌렸다.

한국은 지금도 선후의 부모님이 계시는 모국인 탓에 그가 틈틈이 관심을 가지고 지켜볼 수밖에 없는 곳이었다.

물론 리암은 조나단이 갑자기 이야기를 중단하고, 한국 같은 작은 나라의 사정을 살펴보기 시작한 이유를 알 수 없었다.

'과연.'

한국은 증시와 부동산 모두가 최고조로 상승해 있었다.

한국 내 기업들의 주식이 전일 그룹과 뉴욕 회사 그리고 질리언 투자 금융 그룹 같은 선후의 다른 주머니들에 산재해 있어서 증시의 유동성이 적었다.

꼭 그 때문이 아니었어도 한국은 꾸준히 그래 왔었다.

증시보다도 부동산을 부의 증식으로 활용하는 나라가 한국이다.

가뜩이나 연방준비제도에서 제로 금리를 유지하고 있는 까닭에 한국의 중앙은행에서도 저금리를 운용하고 있었다.

그러니 한국 사람들 역시 대출을 활용하는 데 큰 부담이 없어서 그 돈들로 부동산을 긁어모으고 있는 것이었다.

갭 투자라는 말이 유행처럼 번지고, 수십 채 수백 채씩

아파트를 사들이는 사람들을 투자의 귀재처럼 떠받들고 있었다.

그러니 만일 미 연방준비제도에서 금리를 인상시키기 시작하면 이는 한국에 타격으로 작용할 것이다.

한국의 중앙은행에서도 금리를 올릴 수밖에 없을 것이고, 휘하 은행들도 당연히 그에 따라갈 수밖에 없다. 그렇다면 대출을 끌어안고 부동산을 사들인 한국의 대중들에게는 이자 부담이 늘어나는 것인데.

금리의 인상폭, 한국의 경제 생태계, 한국의 부동산 정책 등.

악조건들이 겹치다 보면 한국의 부동산들이 매도 시장에 대거 나타나면서 그 나라의 부동산 거품이 일거에 터져 버리는 시발점이 될 수도 있었다.

'하지만 한국 정부가 잘 대응해야 할 일이지.'

마침내 조나단은 결정을 내렸다.

한국이 선후의 모국인 것은 틀림없는 사실이지만 한국 한 나라 때문에 세계 경제의 흐름이 좌우돼서는 안 된다. 선후도 소기의 목적을 달성한 이상 같은 결정을 내렸을 것이다.

이제는 금리를 인상시킬 때라고. 내렸다면 올려야 하는 순간이 오는 법.

그래서 부풀어 가고 있는 거품을 꺼트리고 인플레이션 우려를 불식시킬 필요가 있었다. 그 과정이 끝나고 나면 언젠가는 다시 금리를 인하시켜 경기를 또 부양해야겠지만……

*　　*　　*

조나단과 총재 리암의 단독 회의가 끝났을 무렵.

김청수가 건너편 방에서 진행시켰던 회의도 이미 끝나 있었다.

조나단은 김청수에게 회의에서 확답받았던 밀약(密約)을 보고 받았다.

그런 다음 조나단 또한 김청수에게 이후 금리 정책에 대해서 설명했다.

다음 분기부터 금리를 점차적으로 인상시킬 것이니, 그에 맞게 조나단 투자 금융 그룹의 포트폴리오를 재조정하라는 지시였다.

"그럼 질리언 부부를 비롯해 클럽 회원들에게도 전달해 두겠습니다. 그리고 설계도는 확인해 보셨습니까?"

미로형 벙커.

사실 외계의 습격을 의식해서 만든 새 거처의 설계도는

그렇게 마음에 드는 것이 아니었지만, 금리를 인상시켜야 하는 것처럼 반드시 준비해 둬야 하는 일 중에 하나였다.

조나단은 고개를 짧게 끄덕였다. 김청수는 거기까지 확인받고 나서야 자리를 비켰다.

그제야 혼자 남을 수 있게 된 조나단은 위스키 한 병을 꺼내 왔다. 시작의 장에서 선후와 만나게 될 때를 기약하며 수십 년간 보관했었던 그 위스키와 같은 브랜드였다.

위스키를 따면서도 조나단의 감각은 날이 서 있었다.

'올 테면 얼마든지 와 봐라.'

자신을 정탐만 하고서 도주해 버린 엘프가 아직도 눈앞에 선했다.

그렇게 날이 서 있기 때문이었을까.

화상 연결이 들어왔다는 알림음이 고막을 파고들 듯이 들어왔다. 그때 조나단의 감각 수위는 컴퓨터 스피커의 진동을 섬세하게 느낄 수 있을 정도였다.

「 발신자: 믹 」

믹, 저장한 지 얼마 지나지 않은 계정이었다. 선후가 클럽의 왕좌를 일임하였던 당시에 저장하게 된 계정이었으니까.

조나단이 수락하자마자 다급한 얼굴과 함께 역시나 급박함이 느껴지는 목소리가 튀어나왔다.

〈초월체가 습격했습니다!〉

대상이 실시간으로 연결시킨 자료 화면은 캣 푸드 웨어하우스의 내부를 비추고 있었다.

'초월체?'

과연 영상은 초월체의 움직임을 제대로 포착하지 못했다.

처음에는 그것이 엄청난 속도로 움직이면서 만들어 내는 궤적만 보였다. 그런데 시각에 감각을 좀 더 집중시켰던 그때였다.

핏줄 하나하나가 뻘겋게 도드라진 그 동공 위로, 찰나에나마 포착된 게 있었다.

'썬?'

창고를 습격해 온 초월체라 오인받은 것은 분명히 선후였다.

무슨 일인지 모르겠지만 화상 연결을 걸어온 믹만큼이나 다급해 보이는 표정이었고 창고의 아이템들을 휘젓고 있었다.

"습격이 아니다. 오딘이시다!"

선후에게 무슨 일이 일어난 것이 틀림없었다.

선후가 만들어 냈던 궤적이 갑자기 사라진 순간, 조나단은 모니터에 대고 황급히 외쳤다.

"어디로 갔는가? 빨리!"

그때 아이템 창고를 비추고 있던 화면이 다른 화면으로 넘어갔다.

거기서도 선후의 움직임이 만들어 내고 있는 궤적이 곳곳을 휘젓고 있었다.

거기는 마석을 쌓아 둔 창고였다.

＊　　　＊　　　＊

그런데 선후는 또 영상 속에서 갑자기 사라져 버렸다. 조나단은 즉시 자리를 박찼다.

그는 캣 푸드 웨어하우스가 위치한 남부까지 헬기를 이용하기로 했다. 옥상에 올라가서 헬기를 기다리고 있을 때, 한여름의 밤바람이 그에게 부딪쳐 왔다.

후덥지근하기 짝이 없다. 이런 더운 날씨에서도 저 멀리 월가 방향 쪽에서는 아직도 시위대가 잔존해 있는 게 보였다.

다만 규모는 과거보다 눈에 띄게 줄어들어 있었다.

청문회를 보고도 남아 있는 것들이 적지 않았고, 메이저 언론들을 통해 꾸준히 긍정적인 메시지를 전파해도 흔들리지 않는 것들이 있었는데.

확실히 엊그제 자신의 저택에 있었던 외계의 습격이 주요하게 작용한 것 같았다.

〈 받으셨습니까? 〉

요구했던 녹화 영상이 전송되어져 왔다.

첼린저 구간의 감각으로도 포착하지 못했던 부분 때문이었다.

조나단은 선후가 사라진 시각의 영상을 몇 번이고 되돌려 보았다. 구태여 영상을 느릿하게 재생시킬 필요는 없었다. 그가 끌어올리는 감각 선에서 동일한 효과를 볼 수 있었기 때문이다.

도통 시간을 낼 수 없을 만큼 바빠지면서 결국 포기할 수밖에 없었지만, 오래전 한때 선후의 모국어인 한국어를 공부하려 했던 적이 있었다.

미국에서 사용하지 않는 발음들이 왜 그리 많고, 한국인들의 말 속도는 왜 그리 빠른지.

한국어를 공부하면서는 온통 답답함뿐이었다. 그런데 지금도 그랬다.

선후가 사라져 버린 시점.

마치 그 부분이 통째로 편집되어 버린 것처럼 선후가 어떤 방식에 의해 사라져 버렸는지는 추정할 수 있는 게 없었다.

선후가 사라진 과정은 너무도 빨리 일어나서 인지의 영역을 초월해 버린 것이었다.

헬기가 도착했을 무렵. 조나단의 두 눈은 벌겋게 충혈되어 있었다.

헬기에 탑승한 후에도 그는 똑같은 작업에 몰두했다. 두 안구에 피로감이 잔뜩 쌓여 갔고 실핏줄은 금방에라도 터질 것처럼 도드라졌다.

그래도 헛된 것은 아니었던 게, 간신히 포착해 낸 것이 있었다.

뭔가에 빨려 들어가듯이, 아니 어떤 강력한 힘이 강제로 끌어당기듯이 선후의 마지막 순간은 허리가 뒤로 꺾여 있었다.

조나단은 직감을 받았다.

둠 카오스가 군주들의 회의를 다시 소집한 것인가? 어째서?

도착한 후였다.

캣 푸드 웨어하우스의 그 많은 아이템들 전부가 무용지물이 되어 있었다.

육감을 일으켜도 방어막을 띄어 올리는 것 하나 없었다. 조나단은 마석이 비축되어 있던 창고에서도 비슷한 현상을 발견했다.

마석 고유의 흑색 빛깔이 퇴색된 게 적지 않았던 것이다.

이후로 조나단은 창고 내부를 샅샅이 뒤져 봤지만, 핏방울이나 어떤 전투의 흔적 같은 것은 발견할 수 없었다. 그러나 그것으로는 안심할 수 없었다.

만일 자신의 추정이 맞는다면 선후는 아이템과 마석에 들어 있는 에너지를 흡수하는 방법을 발견한 것일 수도 있었다.

그런데 정작 선후가 갑자기 캣 푸드 웨어하우스에 난입해서 보였던 표정이나 사라지던 시점의 마지막 모습은 정말로 위급해 보였기 때문이었다.

조나단의 이마에 주름이 잡혔다. 이제 그의 얼굴은 더욱 심각해져 있었다.

선후는 이계, 자신은 본토. 그렇게 담당하고 있는 영역을 구분 지어 놓은 탓도 있지만, 그러기 전에도 선후가 하고 있는 싸움은 외롭기 짝이 없었다.

조나단은 본토의 질서를 지키고 있는 것 외에도 선후에게 도움이 되고 싶었다.

그는 엉망진창으로 흩트려져 있는 마석들을 오랫동안 응시하다가 걸음을 옮겼다. 창고 바깥에는 믹이 기다리고 있었다.

그때 조나단의 시선이 믹의 가슴 주머니로 향했다. 막 캣 푸드 웨어하우스에 도착했을 때에는 시급해서 놓치고 있던 것이 거기에 들어 있었다.

그것은 약통이었는데, 플라스틱 통 내부로 조나단도 알고 있는 빨간 약들이 몇 알 담겨 있었다.

스파이더 웹.

암시장에서 유통되고 있는 각성제였다. 몇몇 부호들에게는 성적 쾌락을 극대화시키는 데 쓰이기도 하지만 본래 목적은 민간인들을 초인화(超人化)시키는 데 있는 그것 말이다.

효능은 검증되었다. 정식으로 시판될 날만 기다리고 있을 뿐.

조나단은 믹이 자신의 시선을 부담스럽게 느끼고 있다는 것을 깨닫고는 시선을 거둬들였다. 아이템과 특유의 색채를 잃어버린 마석들을 소각 혹은 매립하라는 지시를 내린 다음이었다.

"최근 할 일이 많이 없어졌을 텐데, 따분하진 않나?"

"맡기실 일이 있으십니까?"

어차피 캣 푸드 웨어하우스의 본래 목적은 상실된 터였다.

그러나 사전 각성자들을 추적하고 감시하기 위해 갖춰졌었던 정보 시스템만큼은 세계 각성자 협회보다도 윗선에 있다 할 수 있었다.

유수의 통신 기업 회선들이 이 기관으로 연결되어 있기 때문이었다.

대중들이 그토록 끔찍하게 여기는 빅 브라더의 축소판.

"제거되어야 할 자들도, 꾸준히 감시해야 할 자들도 있지. 언제는 아니 그랬겠는가. 이제 그 일들을 맡아 줬으면 하는군."

정치인 및 사회 운동가 그리고 탐사 보도 전문 기자 몇몇의 이름이 조나단의 뇌리를 스쳤다.

집요하게 클럽의 그림자를 뒤쫓아 오는 자들. 배후에서 시위를 움직이고 있는 자들. 그 외 데스트니 그룹에 접근하는 자들 등.

청소가 필요하다 여겨지는 자들 때문에라도, 클럽에선 청소부들을 증원할 필요가 있었다.

어쨌거나 본토에서 선후를 보조할 수 있는 방법으로는 무엇이 있을까?

빛을 잃은 마석을 봤을 때 이미 깨달은 방법이기는 했다.

'만일 선후가 아이템과 마석에서 에너지를 추출하는 방법을 터득했다면 그것들을 확보하는 데 주력해야 할 것이다.'

마음 같아선 각성자들의 아이템을 강제로 수거하고 싶으나 각성자들을 더 이상 자극할 수는 없었다.

이계에서 확보한 점령지가 늘어나면서 그들의 불만이 해소되고 있기는 하나, 아직도 이계로 진입하지 않은 각성자들은 시위대 못지않은 불씨를 품고 있기 때문이다.

그들은 그 불만을 선후에게 가지는 공포심 때문에 대놓고 표출할 수 없을 뿐이었다.

그래서 조나단은 지금이 적기라 판단했다.

각성제 스파이더 웹의 출시를 인가하고 마석의 연구 결과를 세상에 공표하기에 적기라고.

그는 임시 거처로 돌아가는 길에 이태한에게 전화를 걸었다.

〈 그린우드 종(種)들이 마석을 전리품으로 모으고 있는 게 맞는가? 〉

〈 전리품이면서, 마탑의 재료로 사용되기도 합니다. 〉

몬스터를 사냥하는 등.

꼭 칠마제 군단과 마찰을 빚지 않아도 이계에서는 이미 많은 물량의 마석들이 융통되고 있다는 뜻이었다.

〈 그것들도 마석을 에너지화시키는 데 성공했군. 데스트니 그룹에 대해서 알고 있나? 〉

〈 많이 알지는 못합니다. 〉

〈 그래도 그들이 무엇을 연구하고 있는지는 알고 있겠지? 〉

〈 그렇습니다. 〉

〈 연구는 끝을 맺었다. 잠깐 시선을 돌려 보지. 협회의 단기 목적은 뭔가? 〉

〈 그린우드 대륙의 중부를 점령하는 것입니다. 중부를 완전히 손아귀에 넣는다면 그 이후부터는 공격적인 확장이 가능합니다. 〉

〈 그럼 각성자들에게는 아이템 시장 외에도 더 강한 동기가 필요하겠군. 마석 같은. 〉

〈 ……. 〉

〈 용병들도 강화시켜서 속도를 높이도록 하지. 〉

이태한의 반문이 신중하게 나왔다.

스파이더 웹은 크게 문제 될 게 없다. 그것은 훈련받은 용병들을 대상으로만 엄격하게 융통될 일.

그러나 문제는 마석에 담겨 있는 농축된 에너지로 변화될 세상에 있었다. 세계 경제에 어떤 파장을 불러일으킬지, 가뜩이나 부를 독점했다며 민중들이 들고 일어선 판국에 마석을 연구해 온 연구소 또한 조나단 투자 금융 그룹과 밀

접하게 연결되어 있다는 게 알려지기라도 한다면…….

〈 ……괜찮으시겠습니까? 〉
〈 그러니 연구 결과를 축소해서 발표할 일이다. 마석을
수거하는 일은 협회에서 맡아 줬으면 좋겠군. 벤자민은 우
리 그룹에서 보내 주지. 〉
〈 벤자민은 누구입니까? 〉
〈 벤자민 프랭클린(Benjamin Franklin). 〉

백 달러 지폐 속의 주인공을 말하는 거였다.

＊　　　＊　　　＊

"미국의 중앙은행 격인 연방준비제도가 기준금리
인상안을 밝혔습니다. 미국이 기준금리 인상에 나서
면서 국내 경제에 미칠 영향에 다시 한번 관심이 쏠리
고 있습니다. 코스피는 미국의 기준금리 인상 소식에
투자 심리가 위축되면서, 0.52% 하락 출발했습니다.

오늘 하루 간 순매도 규모는 1440억 원, 금월 들어
1140억 원 순매수했던 외국인이 하루 만에 매도 우
위로 돌아선 겁니다. 취재 기자 연결해 보겠습니다."

"예. 연준에서는 금년도 다음 분기를 시작으로 내년까지 있을 인상 횟수를 다섯 차례로 발표하고 인상 속도를 높일 것이라는 뜻을 내비쳤습니다.

연준에서는 시작의 날의 충격이 멎은 만큼, 고용을 극대화하고 물가 안정을 위해 점진적인 금리 인상이 이뤄지는 쪽이 바람직하다고 보고 있는 것입니다. 또한 유럽 중앙은행까지 금리 인상에 나설 경우 국내 증시에 미치는 충격은 확대될 거라 예상되는데요……."

"잠시만요…… 속보입니다. 세계 각성자 협회, 이태한 협회장과 조나단 투자 금융 그룹, 김청수 최고 재무 관리자가 총본부에서 기습적으로 공동 발표를 준비하고 있습니다.

지금 막 들어온 자료에 의하면 두 가지 사안에 대해서인데요.

하나는 외계 생물체의 장기 중 하나인 블랙 스톤(Black Stone)과 이를 연구해 온 데스트니 연구소에 대한 사안이고, 다른 하나는 북미 대륙에서 은밀히 유통되고 있던 스파이더 웹(Spider's Web)에 대한 사안입니다."

「 속보: 세계 각성자 협회, 조나단 투자 금융 그룹 공동 발표. 」

「 속보: 블랙 스톤과 스파이더 웹에 대해 다뤄질 듯 」

평범한 취업준비생인 김민재는 아침 준비를 하다가 동작을 멈췄다.

시작의 날이 터지기 전에는 뉴스를 본 적이 없었다.

자세히 말하자면, 탄핵 정국이 한창이던 무렵에 뉴스를 챙겨 보긴 했었지만, 그 사건이 마무리된 후부터 시작의 날이 터지기 직전까지는 다시 정세에서 관심이 멀어진 것이었다.

그러나 시작의 날이 터지고 계엄군에서 풀려난 이후부터는 항상 텔레비전을 켜 뒀다. 채널은 뉴스 전문 채널로 고정시켜 두었다.

지금도 미세먼지 때문에 열 뻗치는 중국이 IMF 체제에 돌입하질 않나.

이계에서 초월체라는 게 등장했다질 않나.

각성자들만이 사용할 수 있는 물건이라도, 그날그날 거래된 아이템에 관련된 소식을 듣다 보면 한때 미쳐서 했던 게임을 연상케 했다.

또 시작의 날을 기점으로 세계의 부가 몇 개 사기업으로 쏠리더니 조나단 투자 금융 그룹이 대표적으로 처맞기 시작했다.

조나단 투자 금융 그룹의 조나단 헌터는 비실명 거래로 오래전부터 본인의 부를 감춰 왔단다. 그건 또한 매일같이 떠들어 댄다.

거기다 외계 문명이 조나단 헌터의 자택을 특정해서 습격하고.

안전국을 피해서 도망쳐다니는 비등록 각성자들의 사건 사고까지 가면 뉴스 채널들에는 어떤 예능 프로그램보다도 흥미로운 이벤트가 꾸준했다.

이번에는 블랙 스톤과 스파이더 웹에 관해서다!

'이러니까 텔레비전 앞을 떠나질 못하지. 알바라도 구해야 하는데…… 쓰읍. 내가 각성해야 했어.'

김민재가 텔레비전 볼륨을 더 높였을 때에는 비단 생각으로만이 아니라 혼잣말로 중얼거리는 목소리도 나왔다.

각성하기만 했다면…….

"인생 제대로 피는 거였는데."

세계 각성자 협회와 조나단 투자 금융 그룹의 공동 발표가 시작된 건 그로부터 한 시간 후였다. 기다림은 지루하지 않았다.

일성 회장에서 각성자로 돌아온 이태한과 각성자가 아니더라도 세계의 부를 쓸어 담은 초거대 그룹에서 최고 중요 인사로 꼽히는 김청수.

그 둘과 관계된 이야깃거리와 관련 자료들이 이어질 때마다 어쩐지 자신이 국위선양을 한 것 같은 느낌이 짜릿했다.

이런 걸 국뽕이라 했던가.

취업과 미래에 대한 불안감을 잠깐이나마 잊고, 즐길 수 있는 순간이 또 시작되고 있었다.

"이태한 세계 각성자 협회장과 김청수 최고재무
관리자가 함께 입장하고 있습니다."

Chapter 7.

드디어 해방이었다.

[남은 시간 (오딘의 절대 전장) : 23시간 22분 49초]

두 번째 무대에서 빠져나왔을 때에 변동된 메시지는 2초
가 흐른 뒤였다.

여기에서는 2초인 시간이 우리에게는 정말이지 길었다.
아무 말 없는 연희에게선 다시금 돌아온 현실에 적응하려
는 노력이 엿보였다.

그녀는 오랫만에 아슬란을 발견하자마자, 마찬가지로 그

자리에서 움직이지 말라는 신호를 보냈다. 현실로 나와서 아슬란에게 지시를 내리기까지 어떤 부자연스러움이 느껴지지 않았다.

그녀의 정신력은 그간 우려를 해 왔던 것 이상으로 강인했다.

스르르—

반지 앞으로 자리를 이동했다.

그걸 발밑에 두고 나서 처음 든 생각은 둠 카오스가 뼈반지 때처럼 묵인해 줄지를 여전히 확신할 수 없다는 것이었다.

설령 둠 카오스는 묵인해 준다고 해도, 정작 둠 아루쿠다가 어떤 식으로 반응할지는 예상 밖의 영역에 있는 것이다.

아루쿠다는 엔테과스토와 다를 수도 있었다. 둠 카오스의 명령을 거역하고 모종의 암습을 통해 본인의 옛 소유물을 되찾으려 할 수도 있었다. 나라도 그럴 것 같으니까.

그런 경우를 염두에 둬야 한다.

지금도 놈의 물건은 의도치 않게 들어온 것치고 강력한 마나로 가득 차 있었다.

이제는 거기까지도 꿰뚫어 볼 수 있다. 다만 거기까지다. 다시 집어 드는 것은 여전히 불가능해서 어떤 놀라운 효과가 깃들어 있을지는 미지수.

그렇다면 선택이 뒤따른다.

1. 아이템에 깃들어 있는 공능들을 포기하고 마나 자체만 흡수, 그렇게 이 자리에서 삼켜 버리든지.

2. 아루쿠다에게 빼앗길 것을 각오하고 훗날 정화시킬 순간까지 보유해 보든지.

하지만 선택이야 뻔한 것이 아닌가!

먹을 수 있을 때 먹어야겠지.

아쉽지만, 만족할 만한 수익이 눈앞에 확보돼 있다면 일단 청산하는 게 현명하다.

그전에 수반되어져야 할 작업이 뇌리를 스쳤다. 마나를 추출해 낼 경우, 반지가 어떤 형태로 파괴될지 빤히 보였기 때문이었다.

반지가 파괴되는 과정은 절대 전장의 유지 시간이 끝날 때까지도 이어질 것이다. 그때가 되면 루네아를 통해 이 안에서 벌어지고 있을 일들이 알려질 수밖에 없는 것이다.

필연적으로.

*   *   *

이후 다른 유물들을 확보할 경우 때문에라도, 이번 기회에 둠 카오스로부터 확답을 받아 놓아야 한다. 둠 카오스에게 내가 생각 이상으로 쓸모 있는 녀석이라는 것을 보여 줘야 한다.

그렇게 가능한 모든 자원을 긁어모아서 레벨을 최대한으로 높인다.

캣 푸드 웨어하우스에 잠들어 있는 아이템과 마석들까지도.

계획이 섰다.

한편 탐구를 진행하면서 알게 된 게 또 있었는데, 마석에 들어 있는 에너지가 일종의 생명력이라는 사실이다.

돌이켜 보면 칠마제 군단으로 편입된 당시 둠 카오스는 본인의 권능으로 각성자들에게도, 잔존해 있는 마나를 기반으로 마석을 생성시켜 둘 수 있었다.

그런데 놈이 우리를 지금 이대로 내버려 뒀던 까닭은 내가 강력하게 저항할 것을 예상했기 때문이리라.

어쨌든.

캣 푸드 웨어하우스에 진입할 경우까지 가정하자면 마나와 생명력을 추출하는 시간을 아낄 필요가 있었다.

한번 추출할 때마다, 무아(無我)의 집중을 반복하다간 얼마나 많은 시간이 걸릴지 모를 일.

그러니까 추출과 흡수 과정이 스스로 작동하게끔 내 몸

안에 장치를 만들어 둬야 한다.

남은 인장들을 모조리 갈아 넣은 후.

특성이 들어가 있는 영역에 새로운 소용돌이가 생겨났던 때였다.

탐험자가 맹렬히 움직이는 게 느껴졌다. 그것은 구태(舊態)에 불과한 찌꺼기를 끄집어내고 있었다.

[특전 '회수'가 진행 됩니다.]

[진행된 특전
1. 2회차
2. 뭉족
3. 빛기둥
4. 회수]

[특성 '회수자'를 획득 하였습니다.]

[축하합니다! 특성 효과 '마석'이 추가 되었습니다. (특성, 회수자)]

[특성 효과 '악당'이 제거 되었습니다. (특성, 회수자)]

누구 마음대로 회수냐, 이건 추출이라 부르는 게 마땅하다.

　[특성 '회수자'의 새로운 스킬 명을 지정해 주십시오.]
　['추출자'로 명명 하였습니다.]

　[추출자 (특성)
　효과: 발동 즉시, 아이템에 깃든 마나와 마석에 깃든 생명력을 추출합니다. 추출된 마나와 생명력은 경험치로 환산됩니다.
　등급: SS
　숙련도: LV.8— MAX]

　　　　　*　　　　*　　　　*

　[추출자가 발동 하였습니다.]
　[레벨업 하였습니다.]
　……
　[레벨업 하였습니다.]

반지에 깃들어 있던 마나를 추출한 즉시, 연희에게 더 그레이트 레드의 심장 반쪽과 만년지주를 보관케 한 다음.

캣 푸드 웨어하우스에 진입했다.

[레벨업 하였습니다.]

부풀어 오는 껍질의 충만함을 만끽하고 있을 여유가 없었다.

이계에서는 반지가 성 카시안의 권능을 사방으로 흩뿌리며 느릿하게 파괴되고 있는 시각이었다.

[대체 무슨 짓을 저지른 거예요!!! 빨리 돌아오세요! 빨리! 분명히 경고 드렸습니다.]

오랜 시간이 지났어도, 잡것의 메시지는 역시나 신경을 긁어 대며 나타났다.

[전지전능한 당신의 주인, 둠 카오스가 군주들의 회의를 소집 하였습니다.]

등 뒤로 엄습한 흡력(吸力)!

순간적으로 허리가 꺾여 버렸다.

그 힘이 나를 잡아당겨서 계단에 내동댕이쳤던 때에는 메시지까지도 날아가 있었다. 또한 그때 났던 쿵 소리는 뼛속까지 스며들어 버린 듯했다.

입에서는 피 맛이 감돌고 있었다. 실제로 바닥에 침을 뱉자 붉은 피가 침에 응어리져서 나왔다.

[(ˉд̄) 이렇게 될 것 같더라니…….]

윗 계단에서 마운이, 아랫 계단들에서는 카소와 루네아의 시선이 내게로 쏠려 있었다.

나를 한심하다 쳐다보는 시선은 루네아 잡것에게서 나오는 것이었다.

마운과 카소는 무슨 일이 벌어지고 있는지는 모를 것이나, 내가 또다시 상위 군주들의 표적이 된 것만큼은 알아차린 시선이었다. 둘의 긴장한 눈빛이 어둠 속에서 뚜렷했다.

[변명할 기회를 준다 하시네요.]

"누가 말이냐. 우리들의 주인이시냐? 둠 아루쿠다……

님이시냐?"

[이제야 상황이 파악 되나 보죠? 두 분 모두이십니다. 해 보세요, 둠 맨.]

"그런데 대체 어떤 변명을 하라, 말씀하시는 것이냐?"

[왜 이래요. 설마 모른 체한다고 피할 수 있을 거라 생각하는 건 아니겠죠? 여기까지 와서요? 둠 아루쿠다 님의 낫을 당신이 갈취했잖아요. 넘볼 걸 넘봐야죠. 너무 막가시네. 욕심이 과해요, 둠 맨.]

"과연 그 일 때문이냐."

[하면 뭐겠어요? 어서 시작하세요, 둠 맨. 윗분들의 인내심을 시험할 생각일랑 말고요.]

지금도 메시지를 보내오는 잡것은, 황제를 위해 재롱을 피우는 광대처럼 제 역할에 충실하기 짝이 없었다.

"둠 카오스께 말씀을 올리겠다!"

목소리를 터트렸다. 장막을 향해 고개를 치켜들면서였다.

"상위 군주들의 물건을 입수할 경우, 그것을 본 주인에게 인계해야 하는 거였습니까? 이는 지난번 회의에서 묵인된 게 아니었습니까?

당신께서 의도하였듯이 나는 전장의 최전선에 있습니다. 그리고 본토를 위해서라도 누구보다 이 전쟁이 하루속히 끝나길 바라고 있는 게, 바로 저입니다.

한데 알아갈수록 이 세상에는 강력한 존재들이 많았습니다. 성 카시안, 성 제이둔이라는 이름으로도 불리는 에이션트 드래곤들 말입니다.

엘슬란드 대륙은 또 어떻습니까. 그 땅은 올드 원의 강력한 힘 아래 보호받고 있습니다. 지금에야 엘슬란드 여왕이 드라고린에 불과하다는 것이 밝혀졌지만 만일 그것이 에이션트 드래곤이었다면. 그것을 대적할 수 있는지는 둘째 치고 엘슬란드 땅에 발을 디딜 수도 없었을 겁니다.

궁극적으로 우리 군주들은 그것들을 거둬 내야 할 것입니다.

상위 군주들도 참전시켜서 제게 안겨 준 짐을 덜어 주시든, 그럴 수가 없는 상황이라면 저를 지원해 주셔야만 만족하실 만한 결실을 맺을 수 있을 거란 말입니다.

물론 이번에 입수한 물건은 한때 둠 아루쿠다의 소유물이긴 했습니다. 하지만 오래전에 상실된 물건이며, 현재는 올드 원 진영에 의해 정화가 끝나 있던 물건입니다.

게다가 둠 아루쿠다가 본인의 소유를 주장할 생각이었다면 내 수중에 들어오기 전에 알아서 되찾았어야 할 일 아닙니까.

내게 들어오기 전까지만 해도 그런 물건이 남아 있다는 사실을 몰랐습니다. 그것을 입수하게 된 까닭은 지난 치적(治績)들 때문이었지, 의도적으로 둠 아루쿠다의 물건을 특정해서 얻어 낸 것은 아니었단 말입니다.

지금보다 더 강해져 당신의 기대에 부응하기 위한 행동이었다는 점. 애초부터 그것은 둠 아루쿠다가 본인의 소유물이라 주장할 수 없다는 점. 그러니 그 두 가지 이유에서입니다.

그것은 제 것이었습니다."

[둠 아루쿠다 님께는 따로 드릴 말씀이 없나 보죠?]

"다 했다."

[그런데 말이죠…… 아앗???]

반지가 파괴되어 버린 것일까?

잡것은 메시지뿐만 아니라 저 아래에서 나를 올려다보는
시선으로도 경악을 금치 못했다.

[완전히 미쳤군요! 처음부터 인가받을 생각이 없었
던 거였네요? 그러고도 무사할 수 있을 거라 생각했던
건, 설마 아니겠죠? 어떻게…… 둠 아루쿠다 님의 물건
을 그렇게 파괴시킬 수가 있어욧!]

"……잡소리는 닥쳐라. 둠 카오스께선 뭐라시냐? 판결
말이다, 판결!"

[둠 맨은 이제 큰일 났어요! 사형(死刑) 입니다!]

[알아요. 둠 맨은 죽음이 두렵지 않겠죠. 하지만 쉽
게 죽을 수는 없을 거랍니다. 제발 죽여 달라 애걸할 만
큼 둠 맨에게는 영겁의 지옥처럼 느껴질 테죠. 불멸이
꼭 좋은 것만은 아니었어요. 그럼 계속 죽어 보세요.
미리 애도를…… (｡◕ฺ‿◕ฺ｡)]

그때 양 무릎에 에이션트 드래곤의 해골을 하나씩 박고

있는 다리가 장막을 뚫고 내려왔다. 사형 집행관은 둠 아루쿠다가 아니었다.

계속 앙심을 품어 왔었을 바로 그놈…… 둠 엔. 테. 과. 스. 토!

준비해 왔던 말을 외쳐야 할 때임을 직감했다.

장막 너머. 거기 최정상에 위치하고 있을 놈에게 외쳤다.

"좋습니다! 제가 틀리지 않았다는 것을 보여드리겠습니다!"

빌어먹을.

[*보관함]

[죽은 자들도 경외하는 둠 맨의 뼈 반지가 제거 되었습니다.]

[오딘의 황금 갑옷이 제거 되었습니다.]

……

[라의 태양 망토가 제거 되었습니다.]

엔테과스토는 과거 회의에서처럼 거체로 우뚝 섰다.

양다리는 루네아의 위치인 제일 밑 계단을 딛고 서 있고 허리는 꼿꼿하게 펴서 머리끝이 장막과 닿을락 말락 했다.

[오딘의 신수를 시전 하였습니다.]

화르륵—!

[오딘의 분노를 시전 하였습니다.]

빠지직—!

[정말요? 둠 엔테과스토 님께 맞서려고요? 빌어도
시원찮을 판국에…… 아주 미쳐 버렸군요오오옷!]

긴장감이 커지고 있었는데, 이번만큼은 잡것의 메시지가
도움이 되었다.

메시지가 투영된 저 위.

둠 엔테과스토의 검은 투구가 보였다. 뇌가 빨아들인 듯
한 푹 파인 눈구덩이도 그 깊은 곳에서 붉은 권능의 힘을
불태우고 있었다.

마나를 꿰뚫어 볼 수 있는 감각. 그리고 내부 설계를 자
유자재로 비틀 수 있는 경지까지 새로운 영역에 도달했기
때문이었을 것이다.

나는 과연 권능을 느낄 수 있는 수준에도 적지 않은 도약

을 거쳐 왔던 것인지, 육안으로 확인되는 놈의 거체뿐만 아니라 더 내부.

그 안에 응집되어 있는 권능의 힘이 얼마나 압도적인지도 체감할 수 있었다.

놈이 자세를 굽혀 오는 순간이 집행의 시작이었다.

온다!

거대한 손아귀가 온 세상을 더 짙은 암흑으로 채우며 엄습해 왔다. 거기에서 이는 바람 소리만으로도 저주의 기운이 가득 차 있음을 알 수 있다.

놈은 또 옛날처럼 나를 움켜쥐려 하고 있었다. 그때 놈의 손바닥보다도 그물처럼 에워싸 오는 압력이 먼저 쇄도해 들어왔다.

예전에는 몰랐다.

바로 여기서부터 놈의 권역이 시작되는 것이로구나!

[라의 가호가 발생 했습니다. (아이템, 라의 태양 망토)]

[권능 저항력: 60%]
[죽은 자들도 경외하는 둠 맨의 **뼈** 반지 + 35%
라의 가호 + 20%

바클란 군단의 의례 목격 + 5%]

전신의 선을 따라 뇌전의 푸른 줄기가 창을 타고 올라갔
다.

날개로 허공을 때리며 그대로 쭉 뻗었다.

엔테과스토! 과거처럼 무턱대고 잡혀 줄 줄 알았다면 오
산이다.

역경자를 터트리기 전인, 지금에도…….

[이름: **화신(化身) 나선후** 레벨: 641 (오버로드) * 2

회차 *]

나는 초월체 오버로드부터 시작하니까.

*　　　*　　　*

손목을 저릿하게 만드는 탄력(彈力)이 방어막을 뚫고 들
어왔다.

시야는 놈의 손아귀로 막혀 있다.

거대한 벽이 세워진 것처럼 놈의 전신을 가리고 있는 것
이다. 그러나 너머를 투영시키는 감각망 안에서는 절실히

느껴졌다. 보다 이글대기 시작한 놈의 시선이 말이다.

그것은 육안으로 확인해 보지 않아도 굉장한 것이었다.

뇌리를 번뜩이게 한다거나, 소름이 돋게 만든다거나, 갑자기 한기가 느껴진다거나.

그런 본능적인 경고음이 온몸을 울려 버린 때도 바로 그때였다.

우우우우웅—

압력이 보다 증폭되어 왔다. 놈도 눈치채 버린 것 같았다.

나를 옭아매려면 예전보다 더 큰 힘을 불어넣어야 한다는 것을!

[경고: 실바누스의 풍요로운 팔찌가 파괴되기 직전입니다.]

[실바누스의 풍요로운 팔찌가 파괴 되었습니다.]
[남은 시간 (아이템 장착) : 59분 59초]

마나를 추출하는 데 사용하지 않고, 부랴부랴 보관함에 담아 버렸던 것 중에 하나였다. 스킬의 재사용 시간을 줄여 주는 효과가 있던 것.

조각난 파편들이 시야를 스쳐 댔다.

[경고: 둠 엔테과스토의 권역 밖으로 이탈 하십시
오.]

두 안구가 터져 버릴 것처럼 화끈거렸다.

삐—

이명도 시작되고 있었다.

하지만 멈추지 않았다.

전신을 짓눌러 오는 압력 탓에 온몸이 무거운 건 사실이
다.

날갯짓에도. 알파부터 감마까지 두꺼운 세 갈래로 휘갈
기는 꼬리 짓에도. 연거푸 찔러 대는 창질에도. 전부 방해
를 받는다.

그렇게 본연의 속도와 힘이 봉쇄되어 버린 느낌이 무겁
기만 한데, 그렇다고 완전한 속박이 가해져 버린 건 또 아
니었다.

사사사삿. 빠지지직—!

불씨와 벼락 줄기들이 비산했다.

놈의 손아귀는 이제 지척까지 엄습해 왔다. 공간은 좁아
졌다.

놈의 손아귀가 쏟아내는 압력은 증폭된 채로 집중되었다.

[경고: 보현보살(普賢菩薩)의 연꽃 투구가 파괴되기 직전입니다.]

[경고: 나가의 형상 목걸이가 파괴되기 직전입니다.]

[경고: 디오니소스의 뿔피리가 파괴되기 직전입니다.]

[경고: 라의 태양 망토가 위태롭습니다.]

젠장할, 한쪽 눈에서 핏줄이 터지고 말았는지 뻘건 색채가 시야로 겹쳐 들어온다.

찌르던 창을 베듯이 긋는 것으로 공격 방향을 바꿨다. 고개가 틀어졌을 때, 한쪽 눈뿐만 아니라 코와 입에서도 핏물이 뿜어져 나오는 게 보였다.

방어막에 의해 희석되어 들어오는 충격이라도 그 충격을 선사해 오는 상대는 과연 엔테과스토였다.

감각망과 육안으로 동시에.

나를 움켜쥐기 직전인 놈의 손아귀가 또렷했다. 비록 두통이 심해진 찰나였으나, 본능적인 위기감으로 인해 온 감각을 곤두세우고 있었다.

빌어먹을, 지금!

[시바의 칼을 시전 하였습니다.]

[재사용 시간 (시바의 칼) : - 60% (12초)]
[죽은 자들도 경외하는 둠 맨의 뼈 반지 - 30%
리샤바의 경건한 발찌 - 10%
나가의 형상 목걸이 - 5%
아누비스의 죽음 인도 반지 - 5%
보현보살(普賢菩薩)의 연꽃 투구 - 5%
디오니소스의 뿔피리 - 5%]

웅크렸던 날개와 꼬리들을 펴는 동작에도 힘을 집중시켰
다.
좁은 공간에서 터트려 버린 폭발!
콰와아아앙—!
화염은 놈의 손아귀가 만들어 낸 권역 어디로든, 빠져나
가지 못하고 그 안에서만 출렁거렸다. 세상은 시뻘게졌다.
어느새 놈의 손아귀는 나를 낚아채려는 방향에서, 짓뭉
개듯이 뒤집은 모양새로 전환된 상태였다.
손바닥이 천장과 전면을 형성하고 있고 바닥에는 놈의

손가락들이 깔려 있으며 후면에도 바닥에서부터 꺾여 올라온 손가락들이 위치해 있다.

시바의 칼에서 터져 나왔던 화염들은 그러한 벽들에 달라붙어 있다.

뇌신 창을 움켜쥐고 있는 내 양손에도 마찬가지.

뇌신 창을 지지대로 사용하면서 이를 악물고 버티기 시작했다.

빠지직—!

[나가의 형상 목걸이를 사용 했습니다.]

뱀 같이 튀어나온 소환체는 오래가지 못했다.

[아누비스의 죽음 인도 반지를 사용 했습니다.]

죽음 특성의 아이템 스킬 또한 놈에게 타격을 입히지 못했다.

[리샤바의 경건한 발찌를 사용 했습니다.]

회복력을 품고 있는 그것에 의해, 한쪽 눈의 시야가 원상

복구됐다.

그것도 잠깐이다. 다른 쪽 눈에 문제가 생겼음을 직감했다. 이명은 더 커졌다. 불길이 휘몰아치는 소리까지도 그치지 않고 있기 때문이리라.

으윽…….

하지만 버틸 만했다.

온 근력으로 붙잡고 있는 창과 벼락 줄기 외에도 날개로는 후면을, 꼬리로는 바닥을 딛고 있었다.

날개와 꼬리들에서 화염을 터트릴 수 있는 감각은 원래부터 타고난 것처럼 자연스러웠다. 그 때문에라도 좁은 공간 안에서의 화염은 거세지면 거세졌지, 조금도 줄어들지 않았다.

한데 재사용 시간은 대체 언제 충전된단 말인가. 12초가이리 길었던가.

불현듯 놈의 어떤 권능이 재사용 시간에 영향을 주고 있는 게 아닐까 하는 찌릿함이 뇌리를 스쳤지만 그건 또 아니었다.

놈은 그저 힘을 더하고 있을 뿐이다.

그리고 직후였다.

[시바의 칼을 시전 하였습니다.]

한 번 더 폭발했다. 처음으로 놈의 손아귀가 움찔거렸다.

이런데도 질풍자는 아직이란 말인가! 오딘의 분노를 벼락 폭풍으로 강화시킬 수 있었다면 지금을 기점으로 뭔가 해 볼 만했을 텐데!

순간적으로 어지럼증이 엄습했다.

아드득.

이가 악물렸다. 무형(無形)의 압력이 내 머리에 집중되고 있는 것이었다.

뭔가가 떨어져 내렸다. 또 파괴되어 버린 아이템 파편 들이다. 목에 걸려 있던 쇠사슬의 촉감도 날아가 버린 걸 보면 목걸이도 파괴된 모양이었다.

그 다음에야 아무런 짝에도 쓸모없는 메시지가 뜨는 것이었다.

[보현보살(普賢菩薩)의 연꽃 투구가 파괴 되었습니다.]

[나가의 형상 목걸이가 파괴 되었습니다.]

[재사용 시간 (시바의 칼) : - 50% (15초)]

[경고: 리샤바의 경건한 발찌가 파괴 되기 직전입니다.]

[경고: 루네아의 빛이 위태롭습니다.]

그나마 팔방의 벽을 형성하고 있던 놈의 손아귀가 움찔거리는 횟수가 늘어나고 있었다.

날개와 꼬리 그리고 시바의 칼로 이 좁은 공간 전부를 초열의 화염들로 채워 온 지금이다. 거기에 보태, 뇌신 창과 결부된 벼락 줄기들 또한 무시할 수는 없을 것이다.

그러니 믿는다. 믿는다. 또 믿는다. 불신의 안개 따윈 걷어치워 버린다.

뇌신 창을 꽉 붙들었다. 팔 근육이 밧줄처럼 꿈틀거렸다.

거기엔 어김없이 화염이 또 달라붙었다.

*　　　*　　　*

계속 중첩되다 못해 바짝 졸여진 게 분명했다.

원래도 막힌 시야였지만 더는 육안으로 뭘 구분하는 게 힘들어졌다. 온통 빨갛다. 벼락 줄기의 푸른 기운도, 시뻘겋기만 한 세상 안에선 더 이상 그 빛을 드러내지 못했다.

이글거리는 허공 상의 움직임들만 존재할 뿐이었다. 그

러니 내가 몇 번이고 토해 놓은 피 또한 보일 리 만무한 것이었다.

아니면 토해진 즉시 증발해 버렸거나.

만신창이가 된 느낌이 끔찍했지만 나를 버티고 있게 만들어 주는 건 다른 게 아니었다.

이글거리는 움직임.

그건 엔테과스토가 손아귀를 움찔거리면서 만들어 내는 움직임이었다. 그러니까 이 끝은 둘 중에 하나다.

놈이 나를 움켜쥐는 데 성공하든지, 그만 다른 방법을 강구하든지.

그러니까. 그러니까. 그러니까아아아—!

[시바의 칼을 시전 하였습니다.]

어떻게든 날개와 꼬리를 웅크렸다가 다시 사방을 때려 버린 그 순간.

창으로 천장을 찔러 버린 그 순간.

갑자기 몸의 중심이 한쪽으로 치우칠 만큼 격류(激流)가 거세졌다. 화염의 격류. 그동안 농축되었던 화염들이 어떤 틈으로 일제히 빠져나가면서 벌어지고 있는 현상임이 틀림없었다.

놈의 권역에 균열이 생겼다? 두 눈이 부릅떠졌다.

나도 격류에 몸을 싣고 빠져나가야 하는데 몸이 무겁다.

몸을 던지자마자였다. 화염 못지않게 응어리져 있던 놈의 압력이 다소 느슨해졌다는 게 느껴졌을 때, 뭔가가 등줄기를 때려 왔다.

눈앞이 번뜩였고, 뭔가에 충돌했다가 튕겨져 버렸다.

으으.

눈을 떴을 때 거기는 내 계단이 아니었다.

루네아 잡것의 계단에서 멀지 않은 곳에 있었다.

그것은 겁에 질린 얼굴로 엔테과스토의 거대한 신형을 따라서 계단 위쪽과 나를 번갈아 쳐다보고 있었다. 그런데 루네아가 진짜로 응시하고 있는 것은 따로 있었다.

엔테과스토와 첫수를 교환했던 부분을 중심으로 화염이 퍼져 나오고 있었는데, 온 세상을 다 불태울 것처럼 빠르게 확산되는 중이었다.

마운은 속박의 끈을 단 채로 도망치기 바빴다.

카소도 여기 제일 밑 계단으로 뛰어내리려 했다. 하지만 녀석도 마찬가지로 걸려 있는 속박 끈 때문에 완전히 내려서지 못하고 계단 중간에서 대롱대롱 흔들려 버리는 것이었다.

루네아의 시선이 내게 돌아왔다.

[돔…… 맨…… 님…… 안 죽으세요……?]

겁에 질린 그대로 나를 바라보더니, 조그마한 그 얼굴로도 두 눈을 꽤 크게 부릅떴다. 잡것의 시선은 내 뒤쪽으로 넘어가 있었다.

피할 수 없다는 걸 깨달았다. 다가올 충격에 대비해야 한다.

그래서 뇌신 창을 움켜쥔 주먹에 힘을 더했다. 무의식중에도 이것만큼은 놓지 않고 있었던 것이다. 다행스럽게도 말이다.

"크억!"

어떤 방법에 의해서인지 알 수 없었다. 다만 내게 가해진 충격은 가히 대단했다.

나를 이리저리 흔들어 대던 충격이 멎었을 때.

언제 어떻게였는지도 모르게 결국 한쪽 눈깔이 터져 있었다. 젠장맞게 욱신거린다.

탈골된 어깨를 맞추며 위를 쳐다보았다.

그리도 대단한 엔테과스토였으나, 역시나 놈도 마지막 순간에 터져 버렸던 화염의 격류는 떨쳐 버리지 못한 상태였다.

놈의 상반신이 화염으로 감겨 있었다.

[뭉족 수신의 징벌을 시전 하였습니다.]
[부상이 최대폭으로 회복 됩니다.]

[재사용 시간 (뭉족 수신의 징벌) : - 30% (21초)]
[죽은 자들도 경외하는 둠 맨의 뼈 반지 - 30%]

뭉족 수신의 징벌에 더불어 오버로드 구간의 재생 속도 까지 보태졌다.

잃었던 눈깔을 빠르게 되찾았다. 박살 났던 뼈며 짓뭉개 졌던 근육들에도 힘을 싣는 게 가능해졌을 때.

전신을 곤두세울 수 있었다.

그때는 아직도 엔테과스토의 상반신이 화염으로 휘감겨 있던 때였다.

그 화염 속에서 분명히 보았다. 원래부터 피부 없이, 갑옷 사이로 드러나 있었던 놈의 붉은 근육들이 검게 그을려 있었다.

놈도 초열의 화상을 피할 수 없었던 것이다! 무적이 아니지!

[대상에게 강력한 타격을 입혔습니다.]

됐다.

개안과 탐험자를 시작으로 질풍자를 담당하고 있는 영역들이 한꺼번에 반응을 보였다. 누누이 기다려 왔던 게 질풍자 아닌가.

민첩만큼은 오버로드 구간의 최종 단계, 궁극(窮極)으로까지 도약시켜 버린다.

질풍자가 자신을 꺼내 달라 소리치는 것 같았다. 하지만 엔테과스토의 권능 때문인 게 확실하게도, 질풍자를 담당하고 있는 영역은 평소와 다른 반응을 보이고 있었다.

일전에 역경자를 비롯한 특성들의 발동을 막았던 게 이런 식이었던 거다.

[권능 저항력이 부족합니다.]
[권능 저항력: 60%]

[둠 엔테과스토의 고유 권능 '?' 에 의해서 특성 질풍자가 방해를 받고 있습니다.]

그럼에도 불구하고 질풍자를 끄집어내는 데 성공했다.

완전히 차단되지 않았다. 역시나 권능 저항력 덕분임이 틀림없다.

[질풍자가 발동 하였습니다.]

[특성 질풍자의 지속 시간이 최대폭으로 하락 합니다.]
  [지속 시간 (질풍자) : - 90% (2시간 24분)]
  [둠 엔테과스토의 고유 권능 '?' - 90%]

내 자신을 어딘가로 던져 버릴 수 있는 힘이 온몸에 꿈틀거리던 그때.

엔테과스토에 달라붙어 있던 화염들이 거짓말처럼 증발해 있었다. 검게 그을렸던 놈의 근육들이 붉은 빛깔을 되찾는 것도 순식간.

잠깐이나마 여기를 붉게 채웠던 화염은 이제 온데간데없이 사라져 버렸다.

대신 화염이 보여 주었던 일렁거림은 모조리 놈의 투구 안, 눈구덩이 속에 깃들어 더 강렬해진 움직임으로 요동쳐 댔다.

거기에 담긴 분노는 곧장 내게 떨어질 것 같이 보였다.

어떤 권능의 힘을 발출할지 모르겠다만 떨 것까진 없다.

"예전 같지 않습니까? 엔테과스토 님?"

잠깐의 공백을 뚫고 위로 뇌까렸다.

나는 아직 시작도 하지 않았다.

따지고 보면 질풍자가 터진 지금은 1차 각성. 예민한 자까지 터트린다면 2차 각성. 그리고 역경자를 터트린 것부터가 3차 각성.

거기까지 돌입해서야 완전체인 진짜가 시작되는 것이다.

그 전에 놈의 능력을 최대한으로 정탐해야 한다. 그래서 할 수 있는 끝까지 저항해야 한다. 쓰러트리고 말겠다는 각오로!

인정하고 싶진 않지만······.

이 자리는 둠 카오스에게 내 가능성을 입증하는 자리니까.

나중을 위해서라도.

쏴아아악—!

이번에는 내가 먼저 몸을 솟구치면서였다. 그 순간 상상만 해 봤던 속도감이 따라붙었다. 그것은 상상 이상이었다.

솟구쳐 오른 때부터 놈의 상태가 자세하게 잡혀 들어왔다.

검은 갑옷 조각들이 놈의 신체를 가리고 있다. 그래도 드러난 부분이 적지 않다.

눈두덩이를 드러내고 있는 투구 틈 속에서는 원형으로 둘려져 있는 근육 조직들이 보이고, 갑옷의 조각과 조각 사이 틈마다 근육 조직들이 팽팽하게 당겨져 있음을 알 수 있다.

근섬유가 뭉쳐져 근육 덩어리들을 형성. 전반적인 외양은 붉고 규칙적인 해류(海流)가 움직이는 듯한 모습을 띠고 있다.

그러나 그렇게 피부가 벗겨져 있는 부분들은 약과다.

어깨 쪽은 갑옷 조각들이 떨어져 나가지 않은 게 신기할 정도로 많은 틈이 벌어져 있었다. 그리고 그 사이사이마다 허연 골격들이 드러나 있다.

하물며 가슴 부위는 어떤가. 거긴 아예 흉갑 조각이 남아 있지도 않다.

피부도, 근육도, 늑골들까지도. 어느 것 하나 남겨져 있는 게 없이 뻥 뚫려 버렸다. 거대한 심장이 박동질 치는 광경을 고스란히 드러낸다.

게다가 놈이 가진 권능의 기운. 그 붉은 기운들이 상처 부위에서 끊임없이 흘러나와 사방으로 사라지고 있었는데, 그것이야말로 놈이 부상에 시달리고 있다는 분명한 증거가 아니고 뭐겠는가.

놈과 성 제이둔의 전투는 오랜 세월 전에 벌어진 일이다.

하지만 당장 그 모습만 보노라면 직전까지 사투가 있었던 게 아닐까 할 정도로 놈의 부상은 여전했다.

쉐아아악—!

나를 내려다보고 있던 놈의 눈깔이 번뜩였다. 하지만 나는 놈의 턱 밑까지 치솟아 올라 있었다.

얼굴 전체 중에서도 바로 지척인 턱. 거기를 향해 창을 뻗는 동작에 여기까지 날아오른 속도감이 따라붙었다.

빠지직—!

적중했다. 비록 벼락 줄기가 먼저 부딪치며 파편처럼 쪼개져 버리긴 했으나, 이어 밀려오는 창끝이 실제로 놈의 턱에 닿았다.

거기도 원래부터 투구 조각이 떨어져 나가 있던 부분 중하나였다.

창 촉이 근육을 파고들었다.

힘을 쏟은 대로 창 자루도 빨려 들어가다시피 했다.

창끝을 쥐고 있던 주먹까지 놈의 근육과 접촉할 정도로

깊게 파고들었을 때, 창 촉을 막아서는 느낌이 걸려 왔다.

창을 회수한 다음이었다. 놈에게는 땀샘처럼 작은 구멍에 지나지 않은 상처일 테지만 분명히 그 흔적이 남겨져 있었다.

하지만 곧장 아물어 버린다.

빌어먹을 그때였다.

[부정 효과 '혼돈'이 적용 됩니다.]
[부정 효과 '죽음의 전조'가 2중첩 되었습니다.]

양 발목이 찌릿했다. 그건 금방 악 소리 나는 고통으로 치달았다.

어떤 악귀(惡鬼)였다. 잊고 있던 얼굴. 칠선 팔선 자매. 목도 몸뚱이도 없이 얼굴뿐이었다. 그것들이 내 발목에 이빨을 박은 채로 나를 노려보고 있었는데, 눈빛에는 지독한 원한을 담고 있었다.

그렇다고 이것들이 영혼, 정신체냐 하면 또 아니다. 그저 환상이다.

하지만 내게 가해지고 있는 공격만큼은 진짜다.

두 얼굴이 동시에 고개를 틀어 버리는 순간 나를 아래로 끌어당기는 힘은 실로 강력했다.

발목에 달라붙어 있는 두 얼굴은 그대로인 채, 뒷배경들이 빙글빙글 돌았다.

알파와 감마로 그것들의 얼굴을 때렸다. 두개골이 으스러져 버리거나 초열의 화염에 의해 산화되어 버리는 식은 아니었지만, 효과가 있었다.

사라져 있었다.

추락한 그대로 바닥에 부딪히기 직전에 중심을 잡을 수 있었다.

빙글빙글 돌던 시야가 중심을 잡았다. 하지만 구태여 눈으로 확인해 보지 않아도 알 수 있는 일이었다. 물어뜯겼던 두 발목이 불구처럼 되어 버렸다는 것을.

어차피 너덜거리고 있을 그것들을 살펴볼 여유는 없었다.

[남은 시간 (뭉족 수신의 징벌) : 19초]

놈의 손아귀가 또 나를 향해 내려오고 있었다. 이번에는 나를 움켜쥘 생각이 없었던 것 같다.

그러니까 거대하게 펴진 놈의 손아귀에서 온갖 악령들이 쏟아져 나오는 것이겠지.

직전에 날려 버렸던 칠선 팔선 자매의 얼굴이 거기에 또 포함되어 있었다.

거기의 수많은 얼굴들은 내가 죽여 왔던 자들의 것이었다.

하나같이 눈에서는 피눈물을 흘리고 있다. 원한과 고통들이 서려 있다. 비명을 지르듯 쩍 벌려진 입들에서는 역겨운 혓바닥까지도 꿈틀대고 있다.

그런데 한순간 소름 끼치게도, 내가 죽이지 않은 자들의 얼굴도 나타났다.

연희, 조나단, 조슈아, 성일. 그리고 우리 아버지와 어머니.

꿈에서도 절대 보고 싶지 않은 끔찍한 얼굴들. 그것들 수십 개가 다 한꺼번에 쏟아져 내리고 있었다.

그것들이 쇄도해 오는 소리는 어쩐지 목이 졸릴 때나 나오는 소리와 비슷했다. 끄어억. 끄어어억. 끄어어어어어—

잡것의 아이템 '루네아의 빛'을 당장 사용하고 싶지만 참았다.

역겨운 느낌을 담아 그대로 날개를 움직였다.

허공을 때렸다.

다리를 못 쓰는 게 뭐 별거냐. 날개도 내 신체 일부나 다름없다.

악!

[부정 효과 '죽음의 전조'가 3중첩 되었습니다.]

큭, 아슬아슬하게 피했다고 생각했는데 아니었다.

등으로 꽂히는 어떤 충격과 함께 눈앞이 번쩍였다. 곤두박였다. 얼굴 전체가 묵직했다. 깨진 이빨들이 핏물 속에서 다양했다.

세 꼬리로 바닥을 치면서 옆으로 튀어 나가자마자, 쓰러져 있었던 자리에서 폭음이 터졌다. 폭발의 파장이 나를 한 번 더 밀어냈다.

아직 끝난 게 아니다. 놈도 이제 시작인 것이다.

놈의 손바닥에서 악령의 환영들이 끊임없이 쏟아지고 있었다.

하나하나에는 죽음 특성이 깃들어 있었다.

타격받았던 등이나 발목.

거기에는 이를 악물지 않고서는 참을 수 없는 고통과 더불어, 재생을 막고 있는 저주가 스며들었다. 그러니까 피해야 한다. 어떻게든.

[살려 주세요! 이러다 저희들도 죽고 맙니다아아아
앙. 제발요오오옷—!]

내게 보내는 목소리인지, 둠 카오스에게 향하고 있는 것인지.

어느 순간을 기점으로 잡것의 메시지가 눈앞에서 흔들려 댔다.

악령의 환영들을 피하면서 놈에게 일격 하나를 먹인 것까지는 맞지만 예민한 자는 터지지 않았고, 나는 어느새 또 바닥에 처박혀 버린 것이었다.

이번에는 꼬리뿐만 아니라 손으로도 그리고 날개로도 땅을 내리쳤다. 비스듬히 치솟자마자 피비린내로 가득한 바람들이 스쳐 댔다.

둠 엔테과스토는 부상을 입은 상태였어도 장막 위의 존재가 맞았다.

내게 강력한 투사체를 끊임없이 쏟아 내고도 놈은 처음 그대로 우뚝 서 있는 모습에서 조금도 달라진 게 없었다. 손바닥의 방향만 조금씩 전환시킬 뿐.

놈의 공격은 지금도 멈추지 않고 있다. 젠장. 젠장. 젠장 할.

대체 이 새끼는 얼마나 강한 거냐.

방향을 비틀 때마다 위험스러운 환영들이 사정없이 스쳐 댔다.

하지만 복부 정중앙으로 뻗쳐져 오는 저것. 저것만큼은 피할 방법이 없다는 찰나의 직감에, 타격 지점이 될 곳으로 온 힘이 쏠렸다.

질풍자만으로는 부족하다.

예민한 자까지 터져 줘야…….

"크억!"

* * *

[경고: 오딘의 황금 갑옷이 위태롭습니다.]

[부정 효과 '죽음의 전조'가 5 중첩 되었습니다.]

[* 명심하십시오. 6중첩이 될 경우 강력한 부정 효과인 '약자멸시(弱者蔑視)'가 완성됩니다.]

[약자멸시 (부정 효과)

약자(弱者)는 멸시(蔑視)를 당해도 마땅합니다.

효과: 지속 시간 동안, 모든 저항력이 최대 폭으로 감소합니다. 속박이 가해집니다. 아이템 효과가 반영되지 않습니다. 아이템을 사용 할 수 없습니다. 스킬을 시전 할 수 없습니다. 특성이 발동 되지 않습니다. 레벨이 최대폭으로 하락합니다.

지속 시간 : 알 수 없음]

　퍼뜩 생각나는 그 메시지들은 기억의 단편들이었다. 추락과 동시에 기억이 잠깐 끊어지기 직전에 보았던 것들.

　시간은 거의 지나지 않았다. 뭉족 수신의 징벌은 아직도 재충전되지 않았으니까.

　그때도 악령의 얼굴들이 아가리를 벌린 채 날아들고 있었다.

　[루네아의 빛을 사용 했습니다.]

　[재사용 시간 (루네아의 빛) : - 30% (16시간 49분)]

　[죽은 자들도 경외하는 둠 맨의 뼈 반지 - 30%]

　[부정 효과 '혼돈'이 제거 되었습니다.]

　[부정 효과 '죽음의 전조(5중첩)'가 제거 되었습니다.]

　환영은 즉각 사라졌다.

　역겨운 얼굴들 그리고 끔찍한 얼굴들은 붉은 기운이 응집되어 있는 투사체로 변했다.

　그게 진짜 실체다.

　끔찍한 얼굴들을 안 봐도 되지만 기분은 여전히 더럽기

짝이 없다.

과연 칼날의 검옥(劍獄)과 벼락 줄기의 뇌옥(雷獄)만으로 버틸 수 있을지는 모르겠다만, 어쨌거나 뭘 재고 있을 순간은 아니었다.

데비의 칼날 궤도를 내 중심으로 형성했다. 벼락 줄기도 함께 돌렸다.

[* 보관함]
[루네아의 빛이 추가 되었습니다.]

잊지 않고 그것을 보관함으로 집어넣은 후였다.

무거운 몸을 이끌고 투사체를 피하기에 급급했는데, 데비의 칼과 오딘의 분노만으로는 충분치가 않았다.

나는 또다시 노출되고 말았다.

몇 개의 투사체들이 만들어 둔 결계를 금방 상쇄시켜 버렸기 때문이었다.

피할 수 있다고 생각했던 것은 정말로 피했다. 문제는 그렇지 않은 것들이었다. 그것 중 하나가 갑자기 감각망을 뚫으며 난데없이 나타난 데다, 그것을 피하기 위해 방향을 틀어 버려도 소용이 없었다.

아마도 나는 그렇게.

줄이 끊긴 꼭두각시처럼 또 추락해 버렸을 것이다.

[경고: 라의 태양 망토가 파괴되기 직전입니다.]
[경고: 오딘의 황금 갑옷이 파괴되기 직전입니다.]
[경고: 제우스의 뇌신 창이 위태롭습니다.]

그때는 리셋시켰던 부정 효과 죽음의 전조가 다시 3중첩
으로 쌓여 있었고, 빌어먹을 환영을 일으키는 혼돈 또한 달
라붙어 있었다.

그런데 뭘까.

갑자기 공격이 멎었다.

혹 둠 카오스가 싸움을 중단시킨 게 아닐까 하고, 놓친
메시지가 있었던 건가 했지만.

메시지는커녕 잡것과 카소 그리고 마운까지 어디에서도
보이지 않았다.

공백을 허투루 흘려보낼 수 없었다.

충전된 뭉족 수신의 징벌을 쏟아 내는 것으로 시작이었
다.

비록 강력한 죽음의 기운이 스며들어 있어서 재생력이
막혀 버렸지만, 일시적으로 부상을 다스리는 데에는 효과
가 있을 것이다.

동시에 오딘의 황금 갑옷을 보관함에 집어넣었다.

라의 태양 망토를 두고 고통스러운 계산을 하고 있던 그때 불현듯 깨달은 게 있었다.

엔테과스토 역시 일종의 충전 시간이 필요한 것인지도 몰랐다.

내가 놈이었다면 다른 추가적인 공격 없이 충전될 때를 기다린다. 역경자를 끄집어낼 수 있는 상황을 만들지 않을 것이다.

게다가 나는 물리 공격에 면역이 있는 몸이다. 그러니 놈이 해야 할 공격은 정해져 있었다. 기다렸다가 약자멸시를 완성시키는 것.

하지만 그때.

우우웅—

놈에게서 익숙한 흐름이 느껴졌다.

양 무릎의 각반.

무릎 보호구로 부착하고 있는 에이션트 드래곤의 해골 대가리 쪽으로 거칠고 강력하며 또 통제된 흐름이 급격스럽게 요동쳤다.

해골 용이나 드라고린으로 각성한 녀석들.

그것들이 브레스를 뿜어낼 때와 동일한 흐름이 놈의 각반에 집중되고 있는 것이었다.

물론 힘의 세기와 쏠리는 속도는 그것들과 비교는 할 수 없다.

에이션트 드래곤들의 해골 대가리. 이제는 재료에 불과한 두 해골 대가리가 마치 생명을 얻은 듯 턱뼈를 움직일 때였다.

그때야말로 엔테과스토의 저의를 확신할 수 있었다.

놈은 약자멸시를 완성시킬 수 없다고 판단한 게 분명했다.

당장 어떻게 해 보기엔 충전 시간이 너무 긴 것이겠지. 그러니까 설령 내가 역경자를 발동시켜도 상관없을 만큼 강력한 타격을 먹일 수 있는 한 방을 준비하고 있는 것이다!

즉, 내가 완전체를 갖추자마자 부상을 입힐 목적으로 말이다.

놈은 두 번의 기회를 놓쳤다. 나를 제 손아귀 안에 가두지 못했고 약자멸시를 완성시키지도 못했다.

그래서일 것이다.

놈도 이제야 몸을 움직일 필요가 있다고 느낀 것이다!

벌써부터 소름 끼치게 만든다. 벌써부터 서늘한 위기감이 뼛속까지 스며든다. 죽음을 코앞에 둔 것처럼 사고의 흐름이 빨랐다.

두 에이션트 드래곤의 해골 아가리에서 터져 나올 공격

은 지금껏 느껴 보지 못한 힘이 쏠려 있었다.

저걸 받아 버리면 라의 태양 망토는 파괴되고 말 것이다. 그렇다고 라의 태양 망토를 거둬 버리면 권능 저항력이 부족하다.

놈과의 싸움을 이어 나가려면 라의 태양 망토를 참가비로 지급해야 할 일.

싸운다!

드드드드득— 드드드득—

정말로 에이션트 드래곤의 턱뼈는 비명을 지르듯이 벌어졌다.

시야 전면을 가득 채워 버린 붉은 기운은 그렇게 터져 나왔다.

*　　　*　　　*

루네아 잡것은 말했었다. 영겁 같이 느껴질 지옥이 될 거라고.

고통은 끔찍했다. 나를 짓뭉갰다. 나를 조각조각 냈다. 나를 불살랐다. 나를 갉아 먹었다. 어느 순간엔 비명을 지를 수 있는 기관조차 남아 있지 않았다.

[역경자가 발동 했습니다.]

[레벨 구간이 변동 되었습니다. 변동: 오버로드 (Lv. 641) → 오버로드 (Lv. 720)]

[모든 스킬의 등급과 모든 특성의 숙련 레벨이 다음 단계로 상승 합니다.]

[모든 부상이 회복 됩니다.]

[모든 부정 효과가 제거 됩니다.]

[특성 역경자의 지속 시간이 최대폭으로 하락 합니다.]

[지속 시간 (역경자) : - 90% (2시간 24분)]

[둠 엔테과스토의 고유 권능 '?' - 90%]

역경자가 터지면서 고통이 거짓말처럼 씻겨 날아갔었으나 그것도 잠깐이었다.

계속되는 고통은 끔찍했으며 벗어나기가 힘들었다. 놈의 공격이 그친 후에도, 오랫동안 울부짖었던 비명은 여전히 뇌리에 남아 있었다.

[라의 태양 망토가 파괴 되었습니다.]

망토가 찢어져 떨어졌다.

[둠 엔테과스토의 고유 권능 '?' 에 의해서 부상이 회복 되지 않습니다.]

빠르게 아물어 가던 상처들은 더 이상 차도를 보이지 않 았다.

보관함에 갈무리해 두었던 뇌신 창을 꺼냈다. 뇌신 창을 움켜쥔 주먹 역시, 뼈를 드러낸 채로 회복이 중단되어 있었 다.

한편 제일 하층의 계단부터 장막 아래까지 거체로 서 있 던 형체는 사라져 있었다.

나보다 조금 더 큰 크기의 그림자가 검 한 자루를 늘어트 리며 걸어 나오고 있었다.

엔테과스토!

과연 놈의 흉부에는 심장이 존재하지 않았다. 붉은 권능 의 힘으로 타오르고 있는 검이 바로 놈의 심장인 것이다. 거기에서 사방을 울리며 나오는 소리는 어느 엄숙한 의례 의 북소리 같다.

나는 그 소리 속으로 날아들었다.

이제 공평한가? 엔테과스토!

저주스러운 검명(劍鳴)이면서 놈의 심장 소리이기도
한⋯⋯.

바로, 그 소리를 향해.

Chapter 8.

숙련도 LV. 9

그 역시 궁극에 도달해 버린 두 가지 스킬, 오딘의 분노와 오딘의 신수.

창 촉의 한 점에는 뇌전의 힘이 집중되어 있었다. 초열의 불길은 더욱 커져 버려 쓰나미 같이 엔테과스토를 향해 쏟아져 나갔다.

그때 놈도 속도를 끌어올렸다. 내가 놈의 울림 속으로 뛰어들 듯 놈 역시 뇌전과 함께 일렁이는 불길 속으로 뛰어들어 온 것이었다.

검을 위로 치켜드는 놈의 동작이 포착된 직후.

바다가 갈라지듯 했다. 갈라진 불길은 놈의 검에서 울림이 일어 버린 그 즉시, 불붙은 파리 떼처럼 산산조각이 나서 흩어져 버렸다.

다시 날개로 휘몰아치기에도, 꼬리를 뻗치기에도 여유가 없다.

놈은 나보다 머리 하나 정도밖에 크지 않은 크기로 새로운 외형을 갖췄으나 존재감만큼은 달라진 게 없었다. 마치 놈의 뒤에 그 잔상이 남아 있는 듯했다.

거체였던 그 대단한 크기의 어둠.

그것이 놈과 함께 움직이고 있는 것처럼 느껴졌다. 순간에 화염을 가르며 공간을 꿰뚫어 올 만큼 압도적인 기세로 말이다.

놈을 향해 창을 찔러 넣었다. 강렬한 푸른빛이 번뜩였다.

놈의 신형은 갑자기 사라졌다. 그때, 등 뒤다. 뭔가가 쏟아져 오는 느낌에 몸을 숙였다. 놈의 검이 허리를 세우고 있던 공간을 스친다!

거기에서 인 울림은 단순히 공기를 가르며 나는 소리가 아니다.

살짝 무릎이 굽혀진 자세 그대로, 황급히 창을 회수하며 양손으로 잡았다. 위쪽에서 떨어질 힘에 저항하는 버팀목으로 삼았다. 뇌전의 기운이 급격한 빠르기로 거기에 결계를 형성하는 것도 순간이었다.

근력이 똘똘 뭉친 근육들에선 비명이 터져 나왔다. 이미 부상을 입은 부위는 실로 화끈거린다.

나를 내려다보는 눈빛이 번뜩였던 그때 검과 창대가 충돌했다.

이가 악물렸다. 충돌 지점에서 놈의 검이 죽음의 기운을 흩뿌렸다. 그것들이 달라붙는다.

그러나 난 무너지지 않았다.

날개로 바닥을 때리는 힘에 보태 놈의 공격을 밀어내는 데 성공하면서, 잠깐의 빈틈이 만들어진 게 엿보였다.

이 거리에서라면 아무리 놈이라도 피할 수 없을 것이다!

[인드라의 칼을 시전 하였습니다.]

그런데 높은 위쪽이었다.

[인드라의 칼이 파훼 되었습니다.]

놈은 본인에게 꽂혀 있는 벼락 줄기를 검으로 베어 내며 나타났다. 그러면서 떨어져 내리는데, 놈의 검이 한 번 더 울림을 냈다. 나를 특정해서 세로로 그어지고 있었다.

휘둘러지긴 그렇게 상공에서 단 한 번뿐이다. 그러나 감각망에서 포착되는 느낌에 의하면 아니다.

놈과 함께 쏟아져 내려오는 힘. 그리고 접촉하고 있는 바닥에서 치솟아 오르는 힘. 바로 두 가지였다. 위에서 짓누르고 아래에서 솟구쳐 올린다.

압착(壓搾)! 마치 나를 제 손아귀 안에 가둬 두려 할 때와 동일하다.

찰나를 뚫고 메시지가 난입했지만.

[경고: 둠 엔테과스토의 권역 밖으로 이탈 하십시오.]

이미 벗어나 있었다. 아슬아슬했던 게 틀림없었다. 압착되고 있는 공간 사이에 뭔가가 있어서 콱 터져 버리는 식은 아니었다.

그러나 공간이 고도로 밀착되어 버리는 순간, 광범위한 공간이 일그러졌다. 그것은 육안으로도 확인할 수 있을 정도였다.

그래서 놈이 방향을 틀어 이쪽으로 쇄도해 오는 광경이 죄다 흔들려 보였다.

다만 어디까지나 육안으로 볼 때 그러할 뿐이다. 감각망 안에서는 여전히 거대한 크기로 쏟아져 들어오는 어둠이 선명하게 느껴진다.

지옥의 왕좌에서 몸을 던져 오는 어느 악(惡)의 제왕이…….

그놈이 또 날아온다!

놈과 직접적으로 충돌하려면 아직 거리가 남아 있었으나, 놈이 토해 낸 환영이 가공할 속도로 거리를 좁혀 오던 때였다.

분명히 놈의 육신은 저기에 날아들고 있는 중이었다. 그래서 놈의 갑옷 속에서 뛰쳐나온 거대한 망령을 환영이라고 착각했다.

그런데 아니었다. 어떤 부정 효과도 걸려 있는 게 없었으니까.

망령의 검은 제 크기만큼이나 거대했다. 그러니 나를 베려는 목적이 아니라 짓눌러 터트려 버릴 목적으로 검을 휘둘러 오는 것이다.

망령이 검을 휘두르는 광경을 투영(投影)한 저편.

놈도 똑같이 검을 휘두르고 있었다. 무엇이 진짜인지를 구분할 필요는 없다. 둘 다 진짜다.

첫 번째 충격은 망령이 휘두르는 검에 의해서였다. 두 번째 충격은 망령이 공격과 함께 사라지자마자, 그 자리로 돌입해 온 놈에 의해서였다.

궁극에 이른 체력으로도 모든 고통이 상쇄되는 게 아니었다. 아니, 체력이 궁극에 도달해 있는 덕분에 온몸이 박살 나지 않을 수 있었던 거다.

찰나에 의식이 돌아온 것 같은 느낌과 함께 몸을 틀었다.

과연, 깔려 있었던 자리로 놈의 다리가 콱 틀어와 박혔다.

그것을 꼬리로 쓸어버렸다. 앞으로 쏠려 오는 놈의 얼굴을 향해선 창을 치켜올렸다.

놈이 공간에서 이탈하지 못하도록, 비틀리는 공간의 움직임을 벼락 줄기들로 간섭하면서였다.

빠지지직—!

벼락 줄기가 먼저 접촉한 놈의 투구 일점(一點)에서 폭발했다.

놈의 고개가 실제로 뒤로 꺾여 버린 건, 궁극의 근력과 민첩이 깃든 창끝이 놈의 투구를 강타한 이후였다.

그때 거대한 망령이 놈의 뒤로 똑같이 고개가 꺾인 모습으로 튕겨져 나왔다가 놈의 몸속으로 들어갔다.

그러나 모처럼 얻은 공세는 오래가지 않았다.

놈의 검에서 또 검명이 울리기 시작했다.

＊　　　＊　　　＊

빌어먹을, 놈의 검.

거기에서 터져 나오는 울림들이 정말로 가증스럽다. 놈이 본인의 심장을 재료로 만들어 낸 것이기에 그 위력은 대단했다.

놈이 공격을 감행할 때마다 어김없이 먼저 튀어나오는 망령은 또 어떤가?

본인의 정신체를 자유롭게 사용하는 그 공격 역시 놈이 내 위에 서고 있는 요인 중에 하나였다.

그렇다고 놈에게 부상을 입히지 못한 건 아니다. 내 몸이 성한 곳 하나 없듯 놈도 충격이 누적되어 온 흔적이 적지 않았다.

나는 그중 한 곳을 노려보고 있었다. 목 언저리. 본래 거기는 투구에 의해서 가려져 있던 부분이었으나 이제는 그쪽의 조각이 떨어져 나간 상태로 목을 고스란히 드러내고 있었다.

심장이기도 한, 놈의 검을 파괴할 수 없다면 저 목을 베어 버려야 한다.

어차피 거기는 피부도 근육도 없었다.

뼈대만 있고.

혈관처럼 핏빛 기운들이 이어져 있는 게 전부다.

[지속 시간 (역경자) : 59분 21초]

잠깐의 공백을 틈타, 남은 시간을 빠르게 확인했다.

놈을 대적한 시점부터 고작 1시간 반 남짓 흐른 것인데, 수십 일 동안 싸운 것 같이 느껴지는 건 비단 느낌만이 아닐 것이다.

인류 사이에 약속으로 정한 물리적 시간을 가져와 쓰기에는 무리가 있다. 놈과 나는 궁극(窮極)의 영역 안에 머물러 있기 때문이다.

이렇듯 직전의 충돌로 거리가 벌어진 자리에서, 서로를 주시하고 있는 지금에도.

나는 감각을 최고조로 유지하고 있다. 어디서 어떻게 놈의 공격이 시작될지 모르기에, 내가 우위에 설 수 있는 빈틈을 찾기 위해.

그 점은 놈도 크게 다르지 않았다. 더 이상 놈의 눈빛은 격분으로 꿈틀거리지 않는다. 공백 중에도 일정한 주기로 세차게 울렸던 검의 박동 소리는 어느덧 무겁게 가라앉아 있었다.

그러다가 공격을 시작할 때에만 크게 때려 나오는 것이

다.

바로 지금!

우우웅―

에이션트 드래곤들의 뼈들이 부착된 검은 갑옷. 그 안에
들어있는 놈과 또 놈 안에 들어있는 거대 망령이 한꺼번에
출몰했다.

망령과 그 뒤로 어김없이 비쳐 보이는 놈이 검을 휘두르
자.

무형(無形)의 칼날들이 몰아치기 시작했다.

동시에 나를 가두지 못해서 안달이 난 힘들이 꿈틀거리
긴 하지만 과연 처음만 못하다. 하지만 그건 나도 마찬가지
리라.

그때 또 끝까지 계산하게 만들었던 메시지가 눈앞에서
번뜩였다.

[경고: 제우스의 뇌신 창이 파괴되기 직전입니다.]

젠장. 이미 라의 태양 망토를 참가비로 지급한 이상에 뇌
신 창까지 잃을 순 없다.

보관함으로 집어넣으며 몸을 던지자, 내내 손아귀를 채
우고 있던 무게감 역시 증발했다. 첫 번째 공격은 피했다.

그러나 회피한 장소에서 놈의 두 번째 공격이 기다리고
있었다.

망령이 가로로 휘두른 검. 거대하고 투명한 그것이 시야를
가득 채우며 들어오지만 맞대응할 수 있는 뇌신 창은 없었다.

망령이 휘두른 검은 분명 검의 모양을 품고 있지만, 집채
만 한 크기로 달려들기에 벽이 날아오는 것과 크게 다르지
않은 꼴이다.

저걸 고스란히 받아 내야 한다.

꼬리 알파로 왼팔을 휘감고 감마로 오른팔을 휘감았다.

중간 꼬리인 베타는 지면에 세워 지지대로 삼았다. 그러
고 지금, 놈의 검이 충돌하려는 시점에 날개를 최대 크기로
펼쳤다.

쾅!

뼈마디마다 비명을 질러 댔지만, 정작 입술 사이에서는
그것과 다른 육성이 터져 나왔다.

"큭."

도무지 뿜지 않고서는 버틸 수 없는 양의 핏물도 입 밖으
로 토해졌다. 첫 번째 충격은 버텨 냈으나 두 번째가 바로
목전에 있었다.

그런데 위험하다는 경고의 직감이 곤두섰다. 울림이 괴
이했다. 지금껏 일정한 주기로 공격 시점에서나 들어 왔던

것과는 달랐다.

망령의 공격을 버텨 내며, 망령이 놈의 몸속으로 사라졌을 때.

그렇게 놈의 진짜 칼날이 목전에 이르렀을 때까지도 울림은 어느 진혼곡처럼 단발성 소리로 그치지 않고 계속 이어지고 있었다.

내 정신을 건드리려 한다면 그건 크나큰 오산일 것이다.

비록 둠 데지르는 하위 군주에 불과한 놈이었어도, 나는 데지르가 펼쳤던 억압의 정신세계에서 탈출해 봤던 전적이 있는 몸이다.

그런데 나를 어디론가로 추락시켜 버릴 것 같은 느낌은 그야말로 눈 깜짝할 사이에 사라졌다.

정신이 흔들렸던 찰나의 틈이 지나간 후였다. 바로 눈앞에서 놈의 칼날이 내 목숨을 갈취하기 위해 스산한 빛을 번뜩였다.

쏟아져 오는 압력에 저항할 수 있었던 건 순전히 본능 때문이었다.

압력을 양손으로 막아서는 데는 성공했지만, 이미 놈의 칼날은 계속 밀고 들어오는 중이었다. 밀린다. 내 발목을 잡아채려는 무형의 손길은 꼬리의 화염으로 날려 버렸지만, 놈의 본 공격만큼은 완성되어져 있었다.

죽음이 눈앞에 선했다. 놈의 칼날은 결국 내 목을 긋고 지나갈 것이다.

나는 불멸(不滅). 죽음이 두려운 건 아니었다. 이번의 전투를 수없이 복기해서 놈과의 다음번 싸움에서는 지금보다 나아질 수 있었다.

그러나 지금도 죽는 순간에 곱게 죽어 줄 생각은 없었다.

동귀어진까지는 아니더라도 놈의 일부분 하나를 취하고 죽을 것이다.

그러나 둠 카오스로부터 있어야 할 확답이 아직까지 없다는 게 분했다. 참가비로 라의 태양 망토까지 지급했건만……!

그런데 그때였다.

오히려 나보다 원통해 보이는 듯한 느낌이 놈의 투구 안에서 출렁였다.

놈의 칼날이 밀고 들어오는 힘이 점점 약해지고 있었다.

그리고 그것을 뿌리칠 수 있을 만큼 정말로 약해졌을 때야말로.

놈에게서 분통해 어쩔 줄 몰라 하는 느낌이 보다 강렬하게 전해져 왔다. 사지를 부르르 떨고 있는 건 아니었다. 장막으로 가려져 있는 위를 올려다보는 그 모습에서 느낄 수 있었다.

투구 속에선 놈의 얼굴이 흉측하게 일그러져 있을 것 같았다.

[둠 마운이 지위를 포기 했습니다.]
[둠 마운의 지위를 계승 하였습니다.]

메시지가 계속 이어지고 있었다.

＊　　　＊　　　＊

긴장이 꺼져 버린 후에 찾아온 건 지독한 통증들이었다.

엔테과스토처럼 골격이 드러나 있는 부분이 적지 않다. 특히 왼팔의 요골(橈骨, 아래팔뼈 중 바깥쪽 뼈)은 부러진 그대로 피부를 뚫고 나와 있었다.

다리는 의식해서 중심을 실어야 한다.

내장들은 화끈거리다 못해 비틀리거나 쥐어짜이고 있는 느낌이고.

부쩍 커져 버린 피로감은 어깨를 짓누르고 있었다.

[둠 엔테과스토의 권능 '？'이 해제 되었습니다.]

그때부터.

눈알이 터져나가 버린 게 아니고서야, 치유 스킬은 따로 필요 없었다.

튀어나와 있던 뼈들이 제자리를 찾아간다. 그리고 그 위에 근육이 빠르게 붙으며 피부를 씌워 나간다. 재생 속도는 빨랐다.

이런 재생력이라면 어지간한 자상이나 열상 같은 건, 입자마자 바로 재생될 일이다.

당장 주저앉고 싶은 마음을 일으키고 있었던 피로감 역시 어느 순간 날아가 있었다. 몸은 처음처럼 가벼워졌다.

엔테과스토를 확인해 보았다. 놈은 밀쳐진 먼 자리에서 여전히 위만 올려다보고 있었는데, 놈의 작은 상처들은 흔적도 없이 사라진 상태였다.

그러나 놈에게는 가장 큰 타격이라 할 수 있었던 목 언저리가 아직도 그대로였다. 여전히 뼈대만 드러나 있다.

내게 타격을 입기 전까지만 해도 거긴 본시 살점이 붙어 있었다.

지금 거기가 드러나 버린 건 다시 복구할 수 없다 쳐도, 전투가 끝난 이상에야 부상은 다스릴 수 있는 일 아닌가. 하지만 치명적인 부상을 회복시키지 못하는 어떤 제약이 걸려 있는 모양이다.

원래도 놈의 갑옷은 온전치 않았었다. 이번 격돌로 놈의 갑옷에는 더 많은 균열이 생겼다. 부상도 늘어났다. 참가비는 나만 지급한 게 아니었던 것이다. 따지고 보면 놈의 손해가 더 컸다.

그러니 왜 웃음이 나오지 않겠는가. 쓴웃음이 입가를 스쳤다.

최종적으로 놈이 들고 있던 검 역시 빠르게 사라졌다. 검의 울림으로 나왔던 소리는 이제 실제 놈의 심장에서 울려 댔다.

그때 놈의 고개가 돌려졌다. 분하고 원통한 놈의 눈빛이 꽤 오랫동안 머물렀다. 그렇지만 어떤 공포감도 전해져 오지 않았다.

이번엔 놈이 나보다 우위에 있었으나 다음에는 다를 것이다.

그때가 되면 놈은 지금같이 부상이 더 누적되어 버린 몸으로 나를 상대해야 할 것이다. 게다가 복기가 끝나 버린 나를.

이후 놈이 계단 위로 솟구치면서 장막 너머로 사라졌다.

그럼에도 불구하고 나를 응시하던 시선이 잔영처럼 남아 있는 듯했다. 그 느낌마저 사라져 버린 때, 루네아를 비롯해 다른 녀석들이 강제로 끌려오는 게 느껴졌다.

공간이 벌어지는 게 시작이었다. 그것들이 여기 공간 안으로 쏠려 왔다.

제일 하층 계단에 루네아가.

그 위층 계단에 카소가.

그리고 마침 전투가 끝난 직후부터 내가 서 있던 위치는 위에서부터 다섯 번째 계단이었다. 마운을 끌어당긴 힘 역시 여기에 형성되었다.

마운의 움직임을 봉쇄하고 있는 속박의 끈은 쇠사슬처럼 엮여 있었다. 그래도 어느 정도는 운신하는 게 가능해서, 녀석은 나를 보자마자 고개를 숙이는 것이었다.

얼굴을 가리고 있던 털들은 꽤 그을려 있었다. 그래서 내게 겁을 먹은 얼굴이 반쯤 드러나 있었다.

전처럼 냉담한 눈빛은 티끌만큼도 남아 있지 않았다. 연희의 크시포스처럼 얌전하다.

본인의 직위를 포기한 녀석. 이 녀석을 구슬리는 건 다음 일이다.

화르륵! 탓—!

이제는 내 위치가 된 위층 계단으로 뛰어올랐다.

네 번째 계단.

거기는 장막의 바로 아래였다. 둠 엔테과스토의 위치까지, 장막으로 가려져 있는 저 미지(未知)의 영역까지 한 계단만 남았다.

거기에서 내려다본 아래에는 하위 군주들이 한눈에 보였다.

잡것에게도 전투의 여파가 남아 있었다. 제대로 중심을 잡지 못해서 비틀거리며 떠 있다.

잡것은 어디에 시선을 둘지 몰라 하다가 결국 고개를 숙이기로 결정했던 모양이다. 손바닥으로 내리치면 얼굴뿐만 아니라 전신 전체가 한꺼번에 터져 버릴, 그 작은 몸체가 꾸벅였다.

[⋯⋯어, 그러니까⋯⋯ 어⋯⋯ 그러니까요⋯⋯ 제가 드리고 싶은 말씀은⋯⋯ 축하⋯⋯.]

하지만 잡것의 메시지가 띄엄띄엄 나왔던 것은 잠깐이었다.

[축하 드립니다아앗앗! 저 루─네아는 진심으로 감동 받았어요.]
[둠 마운은 오늘을 기억하고 항상 경외심을 가져야 할 것입니다. 부끄러워 할 것도 없어요. 저라도 둠 마운처럼 했을 테니까요. 잊지 말자고요. 둠 맨 님께서 이토록 강하신 것은 우리 군주들 모두의 홍복이랍니다. 왜 아니겠어요. 하. 하. 하. 하. 하. 하⋯⋯.]

작디작아서 날파리처럼 윙윙거리며.

[(˘ɜ˘)੭~♡ 존경과 사랑을 담아서, 둠 맨 님께.]

*   *   *

이딴 잡설에 신경 쓸 일이 아니다. 개안, 탐험자 등. 어
느 영역 하나 반응 없이 불쑥 들어오는 메시지가 있었다.
 확실히 내게 잔존해 있는 체계와 둠 카오스가 보내오는
목소리 혹은 잡것의 목소리를 구분하는 것은 더는 어렵지
않은 작업이었다.

[당신의 주인, 둠 카오스가 내렸던 지령이 수정 되
었습니다.]
 [드라고린 '레드'를 추가 발견, 제거하라. (지령)]

[더 그레이트 레드를 처치하라 (지령)]

 더 그레이트 레드 역시 둠 엔테과스토와의 전투로
깊은 부상을 입었습니다. 이후, 더 그레이트 레드는 오
랜 동면에 접어들어 행방이 묘연해졌습니다.

그럼에도 불구하고 더 그레이트 레드를 깨우는 건 어려운 일이 아닐 것입니다. 더 그레이트 레드의 남은 혈족을 제거해서 더 그레이트 레드가 스스로 잠을 깨고 나오게 만드십시오. 그리고 처치하십시오.

명심하십시오. 더 그레이트 레드가 하위 군주들에게 남겼던 봉인의 힘이 약해지고 있는 건 사실입니다. 더 그레이트 레드는 지금도 부상에서 회복 되지 않은 것입니다.

하지만 그런 더 그레이트 레드 일지라도, 당신이 바로 대적하기에는 무리가 따를 것입니다. 그러니 옛 전장의 유물들을 추가로 확보 하십시오. 그것들을 추출한다면 당신에게 큰 도움이 될 것입니다.

성공: 고유 권능 개방. 상위 군주인 둠 엔테과스토를 향한 서열 도전권.

(* 서열 도전에 성공할 경우, 둠 엔테과스토가 차지하고 있는 차원들은 당신의 소유가 될 것입니다.)

또한 당신의 주인께서 형성 하실 강력한 힘에 의해, 올드 원의 군단이 당신의 본토를 공격하는 경우는 완전히 차단될 것입니다.

실패: 당신의 주인께서 매우 크게 실망 하실 것입니다.

(* 당신의 주인께선 둠 엔테과스토의 목소리에 더욱 귀를 기울이시게 될 것입니다. 당신은 예상 할 수 없는, 징벌을 받게 될 것입니다.)]

그걸로 끝이 아니었다.

[당신의 주인, 둠 카오스로부터 지령이 추가로 도착했습니다.]

[점령 속도를 높여라 (지령)

전세가 만족스럽습니다. 당신의 인간 군단은 강력했습니다. 당신의 주인께선 당신의 군단에게서 많은 가능성을 보았습니다. 당신이 보여 준 것처럼 말입니다.

점령 속도를 높여 100일 안에 그린우드 대륙 전체를 점령 하거나, 다른 대륙으로 전장을 확장시켜 지금 같은 성과를 보이십시오.

태생적으로 다른 대륙의 종(種)들은 그린우드의 원

주민들보다 강하다는 점을 염두에 두십시오.

성공: 당신의 주인께서 당신과 당신의 인간 군단을 치하하여, 당신이 원하는 지역에 마왕성(魔王城)을 건립해 주실 것입니다.

(* 마왕성은 당신의 주인께서 형성하실 강력한 힘에 의해 보호를 받습니다.)

실패: 다른 군주들의 군단에게 기회가 돌아갈 것입니다.]

＊　　＊　　＊

［진행 중인 지령

1. 더 그레이트 레드를 처치하라.

2. 점령 속도를 높여라.］

원래는 엔테과스토에게 더 그레이트 레드를 떠맡길 생각이었을까? 아니면 둠 아루쿠다나 둠 카오스 본인이 나설 생각이었던 걸까.

어쨌거나 더 그레이트 레드, 성(聖) 제이둔은 이제 내 몫이 되었다.

성공 보상은 더 바라는 게 욕심일 정도로 부족함이 없었다. 미끼처럼 던져 대는 추가 고유 권능 개방 따위를 말하는 게 아니다.

엔테과스토에게 다시 도전할 수 있는 기회가 만들어진다는 것.

게다가 우리 본토에 대한 공격을 완전히 차단시켜 주는 점은 그나마 남아 있던 불안 요소들을 완전히 치워 버리는 일이다.

물론 실패 패널티에서 우리 본토를 옭아매지 않고 있다는 점에서도 흡족하다.

보다시피 둠 카오스가 내민 당근은 채찍보다 컸다.

추가로 떨어진 지령에서도 같았는데, 소기의 목적대로 둠 카오스는 직전의 전투에서 감화를 받았던 게 아닐까 싶었다.

다시 확인해도 분명했다.

[옛 전장의 유물들을 추가로 확보 하십시오. 그것들을 추출한다면 당신에게 큰 도움이 될 것입니다.]

옛 신마대전의 유물들을 추출해서 사용하라고도 명시되어 있다.

더는 상위 군주들의 물건을 가지고 왈가왈부하지 않겠다는 뜻이 내포되어 있는 것이다. 둘 아루쿠다와 엔테과스토는 반발이 커져 가고 있을 것이나 놈들이라고 무슨 재량이 있을까.

엔테과스토는 나와 끝을 보기 직전에 공격을 멈춰야 했었다. 아루쿠다는 사형 집행이 중단된 지금에도 장막 아래로 내려오지 않고 있다.

여기는 전일 클럽와 같은 체제로 돌아가는 공간.

절대 일인의 체제.

그 젠장할 절대자가 나에게 거는 기대가 커지고, 권한도 늘려 주고 있는 것에 대해 두 놈이라고 거역할 수가 없을 것이다.

기다려라, 엔테과스토. 우리가 다시 붙을 날은 머지않았다.

사방은 고요하고 주변의 공기는 무거웠다.

위에서는 장막에서 흘러나오는 위압감이 내리깔리고 아래에서는 마운과 카소의 기죽은 기색이 전해져 온다.

그래서 그때도 시끄러운 건, 잡것 루네아 그 새끼뿐이었다.

[부럽습니당~ 둠 맨 님. 일전에 알려 드렸던 일은 보탬이 되셨지요? 위험을 무릅쓰면서 알게 된 정보였답니다. 앞으로 저 루—네아도 둠 맨 님을 본받아 전세에 보탬이 되도록 하겠습니다. 기대해 주세요. 헤헤헷.]

"루네아……."

작게 중얼거려져 나온 목소리가 잡것에게도 들린 듯했다.

[루네아가 아니라 루— 네아입니다. 루— 네아. 아니, 그게 뭐 중요할까요. 편할 대로 불러 주세요. 네. 네. 저는 루— 네아가 아니라 루네아 입니다.]

루네아는 이 공간의 절대자가 데려다 놓은 녀석이다. 이용 가치가 충분하다고 여겨서 군주의 지위를 내려 준 것일 터.

가뜩이나 인섹튬은 끔찍이 죽어 버리고 엔테과스토도 부상이 더 누적돼 버린 상태. 둠 카오스라도 더 이상의 전력 소모를 의식하지 않을 수 없을 것이다.

그러니 멋대로 저것을 죽여 버리는 건 둠 카오스가 결코 용인하지 않을 일이다.

둠 카오스는 날 파악한 방식대로 패널티를 가해 올 거다. 예컨대 본토를 가지고 말이다.

당장은 잡것을 어찌할 방법이 없다는 걸 인정할 수밖에 없었다. 잡것의 목소리가 일방적으로 들어오는 것 또한 당장은.

그렇지만 둠 카오스가 내게 힘을 실어 주고 있는 지금, 마무리 지어야 할 일이 남아 있었다.

"여쭈고 싶은 게 있습니다. 나의 주인이시여!"

장막을 향한 외침은 그렇게 터져 나왔다.

"루네아와 제 사이에는 아직 해결하지 못한 일이 있습니다. 루네아가 말하길, 당신께서 루네아가 '죽음의 서 1권'을 소유하는 걸 인가하셨다고 하였습니다."

[지, 지금…… 무, 무슨 말씀을 하시는 거예요.]

"하지만 죽음의 서 1권은 최종장에서 바르바 군단과의 휴전 대가로 제가 인계받기로 되어 있던 물건이었습니다. 그 휴전 덕분에 바르바 군단은 저로부터 많은 수가 생존할 수 있었습니다."

[이, 이, 이미 끝난 일을 가지고…… 이렇게 나오시면 안 되는 거잖아요. 너무 치사하잖아요! 저 루ㅡ네아는 둠 맨 님 하고 어떻게든 잘해 보고 싶었어요. 정말 이러시기에욧? ٩(ｏ`Н´ｏ)۶]

*　　　*　　　*

"최종장은 루네아가 저를 대신해서 그것을 넘겨받았다는 것을 확인할 수 없을 만큼 상황이 급박했었습니다. 최종장 이후에는 어땠습니까. 저는 지금까지 지금의 전세를 만들기 위해 매진해 왔었습니다.

루네아가 그것을 넘겨받았다면 응당 제게 인계했을 거라고 생각해 왔었고. 루네아가 당신의 직속으로 합류해 온 이후에도 그것에 대해선 아무런 말이 없었기에 당연히 루네아가 그것을 넘겨받을 거라고는 생각하지 못했던 것이었습니다.

그런데 얼마 전에서야 루네아가 감춰 왔던 사실을 밝히며 당신께서 인가하신 일이라 하였습니다. 당신께서 인가하신 일이시라면 그 부분에 대해서는 수긍하겠습니다.

그러나 루네아는 제게 큰 죄를 지었습니다. 저를 기만하였습니다.

루네아는 제게 사실을 고할 수 있는 기회가 여러 번 있었습니다. 하지만 그러지 않았습니다. 저를 기만하며 속으로 비웃어 왔을 것을 생각하면 도무지 분을 짓누를 수가 없습니다.

나의 주인이시여!

이 자리에서 루네아는 저를 기만해 온 대가를 치러야 할 것입니다.

또한 만일 당신께서 루네아에게 죽음의 서를 인가한 것이 사실이 아니라면, 그 죄는 사형(死刑)으로 다스려져야 할 것입니다.

루네아에게 징벌을 내려 주십시오!"

[사, 사형이라고요? (⁻д⁻) 웃기시네요. 아무것도 모르면 좀 가만히 있으세요. 전지전능하신 우리 주인님께서 저 루―네아의 공로를 인정해 주신 사안이었걸랑요~? 저는 주인님의 지령을 완수 했다구욧! 느려 빠진 누구하고는 다르게.]

[그렇지요? 주인님.]

루네아의 반박이 곧장 튀어나왔다.

놀랐던 표정이 증발된 자리에는 자신만만한 기색이 내려앉았다.

그런데 지령이었다니.

하긴 모든 군주들을 통틀어 행동이 자유로운 건 나만이 아니다. 루네아도 있지. 루네아도 지령을 수행하고 있는 중이다.

어디에서 어떤 지령을 수행했는지는 알 수 없는 일이겠다만, 죽음의 서를 가져도 좋다는 인가를 받은 것만큼은 거짓이 아닌 모양이었다.

"그렇다고 저를 기만한 죄가 사라지는 것은 아닙니다. 적어도 루네아는 합류해 왔을 때 사실을 밝혀야 했습니다.

또한 루네아는 당신의 전령이기도 합니다. 하지만 당신의 뜻과는 다르게 루네아가 전달해 오는 목소리는 경박하기만 합니다.

본래도 그러한데, 저를 기만하고도 그 죄를 다스리지 않으신다면 앞으로 제게 얼마나 더 무례하고 건방지게 굴며또 속이려 들겠습니까."

[경박이라뇨? 그렇게 말씀하시면 안 되죠. 이해하려야 이해할 수가 없네요. 오히려 둠 맨 님이야말로 쓸데없이 무거운 거예요.]

[주인님. 둠 맨은 이미 끝난 일을 가지고 저를 걸고 넘어지고 있습니다. 말로는 본인을 기만한 일 때문이라

고 하는데, 에이- 그게 진심이겠어요? 죽음의 서를 달라는 거예요. 둠 맨은 지금 억지를 부리고 있습니닷!]

이 새끼가…… 끝까지.

"저는 지금 네 번째 계단에 섰습니다. 장막의 바로 지척에서 당신의 아래에 있습니다.

지금의 위치에 합당한 권위를 세워 주십시오. 그렇지 않고서는 지금의 위치가 무슨 의미가 있겠습니까. 하위 군주들은 무엇을 바라고 더 높은 계단에 도전하고 싶어 하겠습니까.

제 바람은 하나뿐입니다. 저를 기만한 것에 대한 죄를 묻는 것.

그럼에도 불구하고 당신께서 참으라 하시면 참겠습니다. 그러도록 노력하겠습니다. 다만, 제 진심을 알아주셨으면 합니다.

나의 주인이시여."

[나 참…… 이랬다 저랬다, 그런다고 우리 주인님께서 눈 깜짝 하실 것 같나요? 억지는 그만 피우시고, 이럴 시간에 주인님의 지령을 어떻게 완수할지 그거나 궁리하세요. 제 도움이 필요하면 얼마든지 말씀하시고

요. 저도 바쁘긴 하지만, 여유가 생기면 도와드릴게요. 아시죠? 지금에도 저는 둠 맨 님에게 존경과 사랑을 담고 있답니다~♡♡♡]

그런데 잡것에게 둠 카오스의 어떤 목소리가 전해졌던 것 같다.

잡것은 갑자기 조용해졌다. 잡것의 시선은 나를 지나쳐 더 위쪽으로 꽂혀 있었다. 다급해서 어쩌지 못하는 것은 그 시선뿐만이 아니었다.

둠 카오스는 저 잡것 따위보다 내 말에 귀를 기울이고 있는 것이다.

[주인님……! 둠 맨의 주장은 사실이 아닙니다. 저는 둠 맨을 기만한 적이 없어요. 제발요, 네?]

장막의 윤곽은 고요한 호수처럼 잔잔하고 칠흑처럼 검다.

처음으로 윤곽이 흔들리는 게 보였다.

일종의 파동같이 윤곽의 흔들림이 거세졌을 때 잡것을 확인해 보았다.

잡것의 얼굴에 두려움이 깃들고 있었다. 어찌할 바를 몰라서 갈피 잃은 눈길 하며, 그렇지 않아도 위태로워 보였던 날 갯짓은 순간의 중심을 잡기 위해 더 빠른 속도로 위잉거린다.

한참 먼 아래 계단에서 일어나는 주먹보다 작은 것의 몸부림에 지나지 않지만, 잡것이 느끼는 두려움만큼은 하위 군주 전체에 퍼져 나가고 있었다.

그때 잡것의 얼굴이 와락 구겨졌다. 아니, 일그러져 버렸다.

시작의 장 인도관들이 둠 카오스의 악의가 드러난 순간에 보였던 바로 그 얼굴이었다. 흉악해진 그 얼굴에서는 잡것 스스로도 어쩌지 못하는, 본능적인 적의가 꿈틀거렸다.

[이런다고 변하는 건 없어요. 죽음의 서는 나! 루─네아의 것이거든욧?]

장막이 한 번 더 흔들렸다.

그제야 알게 된 것인데, 장막이 흔들리는 그 현상은 둠 카오스의 의념이 장막을 뚫고 나올 때 일어나는 현상이었다.

의념이 내게 닿았다.

둠 카오스의 판결은 직관적으로 내 뇌리 깊은 곳을 파고들었다.

죽음의 서를 회수하라는 판결은 아니다.

태형(笞刑)과 같다.

잡것의 죄를 다스려도 좋다는 판결.

죽이지 말라는 단서가 붙어 있긴 하나 이 정도에서 만족해야 한다. 애초 잡것의 입에서 둠 카오스의 지령이 언급되었던 당시, 죽음의 서를 회수하긴 힘들 거라 예상하고 있었다.

집행관은 바로 나였다.

탁.

아래 계단을 밟았다. 마운의 몸이 흠칫거리며 경직되었다.

탁.

더 아래 계단을 밟았다. 카소는 조금 달랐다. 녀석도 마운처럼 스산한 공기 속에 잠겨 있는 것 같지만, 우리에게는 밀약이 존재했다.

조심스레 나를 쳐다보는 그 거대한 눈동자에는 기대감 같은 것이 실려 있었다. 당장 내가 더 높은 곳으로 올라가는 걸 기대하는 게 아니다.

아래에서 치고 올라오는 잡것을 막아 달라는 것이겠지.

그것도 잠시, 카소는 황급히 시선을 거뒀다. 날개에 퍼져 있던 화염들이 보다 불타며 벼락 줄기들이 나를 중심으로 번뜩거리고 있던 때였다.

탁.

이제 제일 마지막 계단, 잡것이 자그맣게 떠 있는 곳이었다.

[우리 한두 번 보고 말 사이가 아니잖아요. 전 정말
로 둠 맨 님하고 잘해 보고 싶다고요. 그러니까…… 그
러니까…… 아시죠?]

괜히 정신계가 아닌 것이, 잡것의 재주는 실로 놀랍다.

두려움에 떨고 있는 얼굴로 뻔뻔한 메시지를 날리는 게
말이다.

"형을 집행하겠다."

[아이 무서워라.]

"저항할 수 있다면 해 봐라."

[미쳤게요? 왜 그러겠어요. 저 루ー네아는 우리 주
인님과 상위 군주님들께 순종한답니다. 그러니 부디,
살살 부탁드릴게요. 저 루ー네아는 준비 됐습니당!
٩(๑>ᴗ<๑)۶]

그래, 잡것아. 언제까지 가나 보자.

*　　　*　　　*

엔테과스토가 나를 움켜쥐려 했을 때와 똑같은 느낌을
받았을 것이다.

잡것은 손아귀를 뻗치는 속도에 반응하지 못했다. 얼굴
만 주먹 사이로 빼꼼하게 나온 꼴. 손아귀의 압력에 의해
온몸이 붙잡혀 있는 상태다.

궁극의 힘을 집중시키면 그 즉시 터져 버릴 것이다. 폭죽
이 하늘을 향해 치솟아 올라 팡 터져 버리듯이, 잡것의 대
가리도 그렇게 될 것이다.

하지만 죽여선 안 된다는 단서가 붙어 있다. 설령 놈을
죽여도 좋다는 재가가 떨어졌을지라도 그런 식으로 쉽게
죽일 마음은 없었다.

엔테과스토가 계단에서 내려왔을 때에도 이런 마음이었
겠지.

하지만 결과는 어땠는가.

비록 우위에 서진 못했지만 대등하게 싸우는 모습을 보
여 주었다. 그리고 이 잡것에게 가르침을 내려 줄 수 있는
권한까지 얻었다.

손아귀에 힘을 집중시키는 대신 벼락 줄기들을 운용했다.

잡것과 같이 작은 크기로 미세하게. 잡것의 전신을 고루고루 찔러 가면서.

빠지직—

[아흥-♡]

역시나 잡것은 비명 소리마저 그렇게 냈다.

잡것과 잡것의 동족들은 이런 식으로 나약함을 감춘다.

그러며 동시에 상대의 반응을 즐긴다. 잡것의 저항인 것이다. 그러니 열 뻗친 감정을 드러내 봤자 잡것의 기세를 높여 주는 것밖에 되지 않는다.

문득, 시간을 역행해 오기 전인 아주 오래전 세월이 생각났다.

당시 대다수의 각성자들은 인성이 파괴되어 있었다. 나도 그랬던 시절이 있었다.

다른 진영의 각성자를 붙잡아 고문하는 것은 예삿일이었다. 나 역시 고문을 가하는 입장에도 있어 봤고, 고문을 당하는 입장에도 있어 봤다.

고문.

가해자와 피해자가 엄격히 구분된 것 같지만 그 역시 전투의 연장선이었다.

짓누르려는 자와 짓눌리지 않으려는 자 간의 전투.

물론 대부분의 전투에선 가해자가 우위에 있었다. 그렇다고 꼭 피해자가 이긴 적이 아주 없던 것은 아니다.

어렵지만 있었다. 그런 것들은 피떡이 된 채로 끊임없이 비명을 질러 대다가도 잠깐의 공백이 생기면 가해자를 도발하기 마련이었다.

도발할 힘마저 상실하면 그냥 축 늘어져 버리는 게 다였지만, 분명한 건 어떤 고문에서도 그 입은 열리지 않았다는 것이다.

그러다 결국 가해자는 제 분을 이기지 못해서 피해자를 죽여 버리고 만다. 그 순간이 바로 피해자가 기다려 왔던 승리의 순간임에도 말이다.

피해자는 죽으면서도 가해자와 그 일당들을 비웃어 버린다.

가해자가 고문을 통해 반드시 끌어내려 했던 비밀들을 저승까지 가져가 버리며.

디 엔드(The End).

물론 지금은 이 잡것에게 뭔가를 알아내야 하는 때가 아니다.

하지만 크게 보면 다르지 않았다.

잡것은 내가 본인을 죽일 수 없는 처지라는 걸 알고 있으며 이 형벌이 끝나는 순간이 올 수밖에 없다는 것도 알고 있다.

그래서일 것이다.

벌써부터 잡것은 나를 이기기 위해 혈안이 되어 있었다.

[살살요- 살살. 아흑. 아프다니까요-♡]

나도 모르게 잡것을 터트려 죽이지 않으려면 감정을 죽여야 한다. 죽여 버린다면 잡것에게 가하고 있는 징벌이 내게 떨어질 테니까.

잡것의 의도대로 휩쓸리지 않기 위해서도 감정을 죽여야 한다.

더 고통스럽고 더 긴 시간을 선사해 주기 위함이기도 하다.

이것은 응당 오래전 고문 가해자들이 가져야 했던 마음가짐이었다. 누구든 모르지 않았다. 다만 이런 잡것 같은 것들을 상대로는 그게 어려워서, 승패가 역전되는 일이 생겼던 것이다.

나는 불행 중 다행으로 지금까지 살아 있지만, 이 잡것과 같은 때가 있었다.

그러니 잡것이 무슨 생각을 가지고 있을지, 왜 모를까.

[살살. 이러다 저 죽어 버려용~ ♡]

무시했다.

손아귀 안으로 감각을 집중했다. 더 엄밀하게 말하자면 벼락 줄기 하나마다 잡것이 반응하는 정도를 확인해 나가는 작업이었다.

잡것은 정신체로서 육신이 없다.

그러나.

1. 잡것과 그 동족들을 구분할 수 없게끔 하나하나가 다 똑같은 '형체'를 구성하고 있다는 점.

2. 궁극으로 치달은 손아귀의 압력이 물리 영역을 초월하고 있다는 점.

3. 잡것이 벼락 줄기들에 의해 확실히 고통을 느끼고 있다는 점.

그런 조건들을 가지고 잡것의 내부 구성을 파악해 나갔다.

어떤 과정에서 잡것의 몸부림이 보다 강렬하게 떨려 나
오는지.

어느 순간에 비교적 약해지는지.

*　　*　　*

살려 달라, 그쳐 달라는 소리 한번 없었다. 잡것은 징글
맞았다.

역경자 유지 시간이 끝나기까지 얼마 남지 않은 무렵이
었다. 잡것을 죽일 목적이었다면 역경자가 끝나든 말든 상
관없지만, 지금은 사형을 집행하는 순간이 아니었다.

분이 풀릴 때까지 채찍질을 가해도 된다는 허락을 받았
는데, 그런 어쭙잖은 태형(笞刑)으로 끝을 맺을 마음은 없
었다.

잡것은 더 고통스러워해야 한다. 제발 죽여 달라고 빌어
야 한다.

그때도 혈관만큼이나 미세해진 벼락 줄기들로 잡것의 내
부를 휘젓고 있었다. 잡것이 고통스러워하는 부분만 골라
서. 딱 죽지 않을 만큼만.

그러다 한 기점에서였다.

[그…… 그만…… 으거거거거걱…….]

끝이다.

그때부터가 시작이었다.

잡것의 얼굴은 붙잡힌 순간부터 떨려 대고 있었다. 그러나 그때부터는 내가 의도하는 방향대로의 반응을 보였다.

움찔거리고 늘어지고 본인도 주체 못 하는 떨림을 되풀이하기 시작했다.

[그어어어억— 제! 제바아아아알…….]

그러고 직후였다.

[바, 바치겠습니다아악. 죽…… 죽…… 죽음의 서를…… 그, 그러니! 멈…… 멈…… 으어어어…… 억!]

[죽음의 서를 말입니다아아아악—!]

*　　　*　　　*

조슈아는 나이를 먹고 있다는 게 문득 느껴졌다.

옛 외모를 되찾은 이후로 노화가 눈에 띌 정도로 진행되었던 것은 아니었다.

그가 느끼는 기분은 순전히 초(超)감각에 의한 것이었지, 정작 그에게 작용 중인 노화 속도만큼은 한없이 느릿했다.

이제 자신의 수명은 얼마나 될까, 조슈아는 자문해 보았다.

오천 년? 일만 년? 이만 년? 상상을 아득히 뛰어넘어 버리는 숫자들이 떠오르면서 더 이상 수명을 계산하는 게 의미가 없어져 버렸다.

그러나 수하들은 처지가 달랐다.

각성자들 전체는 시작의 장이 끝난 후부터 민간인들과 썩 다르지 않은 속도로 나이를 먹고 있었다. 그들의 삶은 유한하다.

아무리 길게 잡아도 백 년을 넘지 못할 것이다.

'음······.'

그래서 조슈아는 시작의 장, 2막 1장부터 지금껏 함께해 온 소수의 수하들이 스스로를 격리시키고 있는 광경을 보며 안타까움이 들었다.

자신은 이 땅에서 새롭게 태어났으나 수하들은 시작의 장에서 달고 나온 고독하고 고통스러운 삶에 여전히 잠겨 있는 것이었다.

그때 미모의 귀부인이 왕좌에 앉아 있는 조슈아에게 다가왔다.

피부는 혈색 나쁘게 창백하고 눈동자 속에는 사람을 매료시키는 불가사의한 색채를 품고 있는 여자였다.

여자는 공손히 드레스 자락을 양손에 잡고서 무릎을 굽혔다.

"한 곡 추시겠어요? 마이 로드."

그날은 승전 파티가 있는 날이었다.

파티는 참석자들로 붐볐다.

하지만 본토 출신은 조슈아와 그의 수하들뿐이었고, 그들은 파티가 어떤 식으로 진행되는지에 대해서는 관심이 없었다.

파티는 각성자 그룹들의 다른 점령 지역과는 다르게 진행되고 있었다. 인류의 가곡이나 요리 같은 건 듣거나 찾아볼 수도 없는 전형적인 그린우드 대륙식 파티였다.

그린우드의 악기들이 어우러지고 그 음악에 맞춰 참석자들이 춤을 추고 있었다. 춤추는 군주들 중에는 조슈아에게 퇴짜를 맞은 귀부인도 있었다.

조슈아는 왕좌에서 일어나 그의 수하들이 무리 지어 있는 곳으로 자리를 옮겼다.

"지루한가."

자신의 수하들은 본토에 미련이 없는 이들이다. 다른 각성자들처럼 돈을 벌고 점령 지역을 확보해 나가는 것에도 욕심이 없다.

시작의 장에서부터 그래 왔듯이 자신의 뒤만 따르고 있었다.

차라리 땅과 돈을 원한다면 그들을 위해 해 줄 것은 많았겠지만, 그런 것들이 전무한 이상 본능을 채워 주는 것 외에는 딱히 떠오르는 게 없었다.

조슈아는 수하들에게 여러 곳을 눈짓으로 가리키기 시작했다.

첫 번째로 시선이 향한 곳은 홀 중앙. 춤추는 군중들 쪽. 거기는 뱀파이어 귀족으로 선택받은 자들과 또 그들과 똑같은 선택을 받기 위해 입성한 도시민들이 섞여 있었다.

두 번째로 시선이 향한 곳은 홀 외곽. 전리품으로 잡아들인 성기사와 사제들이 남녀 구분 없이 발가벗겨진 채로 구속되어 있었다.

세 번째로 시선이 향한 곳은 의도적으로 연주에만 집중하고 있는 악사들 쪽이었고.

네 번째로 시선이 향한 곳은 몸을 떨고 있는 남자와 여자들이 몰려 있는 곳이었다. 그들 같은 경우엔 외모가 남달랐다. 그럴 수밖에 없는 것이, 조슈아가 수하들을 위해 도시에서 각출시킨 자들이었다.

그러나 꼭 네 번째 무리에서가 아니더라도 상관이 없었다.

"들어가도 좋다. 내키는 대로 골라잡아라."

조슈아는 수하들에게 참석자 전부를 지칭해서 말했다. 그러며 그는 박수도 쳤다.

짝, 한 번.

그때 악사들이 연주를 멈췄다. 조슈아가 왕좌로 돌아와 앉은 다음부터 그의 수하들도 몸을 일으키기 시작했다.

어디에선 놀란 듯한 비명 소리가 났고, 또 어디에선 울음이 터져 나오기도 했다.

그리고 다시 조슈아가 박수를 쳤을 때 연주가 시작되었다.

마지막에 남았던 수하까지 홀을 떠나는 모습을 지켜보던 조슈아의 얼굴 위로 쓰린 빛이 스치고 지나갔다.

수하들은 홀리나이트 칼도란과 싸울 때 반 이상이 죽었고, 칼도란의 도시를 차지한 이후부터도 계속된 전투로 인해 또 반 이상이 더 죽었다.

이제 수하는 채 오십 명도 남지 않았다.

조슈아에게는 그들의 빈자리가 너무도 눈에 띄었다.

파티가 아무런 일도 없었던 것처럼 재개될 무렵이었다.

초대받지 않은 손님이 찾아왔다.

전투복 위에 두 개의 문장을 박고 있는 자였다. 하나는 세계 각성자 협회의 문장, 다른 하나는 고용된 그룹의 문장.

목에는 철제 인식표를 걸고 있어, 그가 각성자가 아니라 일반 용병이라는 사실을 보자마자 알 수 있었다.

하지만 조슈아가 그를 대면하며 받은 이질감의 정체는 다른 게 아니었다.

각성자가 아니면서도 걸음걸이에 평범한 수준 이상의 힘이 실려 있었다. 게다가 동공은 한밤의 고양이의 것처럼 확장되어 있다. 동공의 실핏줄이 뻘겋게 도드라져 있으면서도 정작 흰자위에는 충혈기가 적었다.

그가 조슈아의 왕좌 아래에서 본인의 신상을 밝혀 나갔다.

"들여보내 주셔서 감사합니다, 저는 TTMC 소속의 마르코라 합니다. 오시리스 님의 점령 지역으로부터 20km 북쪽에서 주둔 중이며……."

용병은 이계의 법칙에 꽤 적응한 자였다.

하지만 오시리스 앞에 서는 것 외에도.

모두가 기피하는 뱀파이어 지역에 들어온 것 자체만으로

도 용병에게는 몹시 긴장되는 일인 탓에 용병의 동공은 불안한 움직임을 보였다.

조슈아가 그 실핏줄이 서 있는 눈알에 대고 물었다. 각성자도 아니면서 각성자같이 뛰어난 능력을 얻을 수 있었던 까닭에 대해서였다.

"스파이더 웹입니다."

용병은 조슈아의 서슬 퍼런 눈빛을 이기지 못했다. 조슈아에게서 어떤 지시도 없었지만, 그는 스스로 알약을 꺼내 바쳤다.

소속 그룹에서 그것을 지급했을 때 얼마나 비싼 약물인지에 대해서도 설명했었지만, 지금은 그런 게 중요한 게 아니었다.

그런 이후에, 용병은 위험을 무릅쓰고 들어온 진짜 이유를 밝혔다.

"협회 지도부에서 오시리스 님께 보내온 전갈이 있습니다."

　「오시리스 님께.
　이태한입니다. 오시리스 님께서 소용돌이 대지를 방어해 주고 계신 덕분에 우리 협회는 중부 점령에 집중할 수 있었습니다.

노고가 얼마나 크십니까. 이 서신을 빌려, 감사의
말씀을 드립니다.

다름이 아니라 마석에 대해 긴히 전달할 사안이
있어⋯⋯〈하략〉」

＊　　＊　　＊

순간 조슈아의 눈빛이 스산해졌다.

'방어해 주시고 계신 덕분에?'

공식적으로 자신은 맡은 임무가 없었다.

설사 어떤 임무가 떨어져야 한다면 이태한 같은 얼굴마
담의 입에서 떨어진 사안이 아니다. 자신에게 지시를 내릴
수 있는 존재는 단 한 분, '그분' 뿐이다.

그런데 이태한이 보내온 전갈에는 소용돌이 대지에 눌러
앉아 있으라는 뜻이 내포되어 있었다.

한 줄의 문장일 뿐이지만, 이태한은 그게 자신에게 어떻
게 받아들여질지 아는 놈이다.

'그럼에도 이딴 수작을 부리고 있는 건⋯⋯.'

왜 모를까.

이태한은 본인의 생각을 관철시키려 무리를 하고 있는
것이다.

전갈의 내용대로 자신과 자신의 수하들이 대륙 곳곳에서 밀려들고 있는 원정대와 성기사단을 상대해 왔던 덕분에 각성자들이 투입된 전장들은 비교적 안전할 수 있었다.

하지만 그렇게 소용돌이 대지를 방어해 왔던 것은 자신의 자의에 의해서였다. '그분'의 전쟁에 보탬이 되고 싶은 마음에서 말이다.

지난날.

자신이 치르고 있는 전황이 급격해지고 있었어도 왜 증원을 요청하지 않았던가. 하루하루 수하들을 잃고 있으면서도 왜 그러지 않았던가.

그건 궁극적으로 그분이 치르고 있는 전쟁에 보탬이 되기 때문이었다.

'이태한······.'

이딴 뻔한 수작을 벌이지 않아도, 자신은 중부에 펼쳐진 전장에 조력이 되는 쪽으로 노선을 잡고 있었다.

소용돌이 대지를 방어하는 일이든. 다른 지역으로의 확장이든. 그게 무엇이든지 간에.

'누구 덕분에 네놈이 그 자리에 있는 줄 아느냐. 건방진 놈.'

조슈아는 전갈을 구겨 버렸다. 그의 잘생긴 미남형 얼굴도 그때 전갈처럼 구겨졌는데, 그 얼굴은 그리 쉽게 펴지지 않았다.

"마이 로드. 방금 전의 손님 때문이신가요? 원하신다면 뒤쫓아 가서…… 좀 예뻐해 줄까요?"

조슈아는 그의 기색을 눈치채고 다가오는 귀부인을 향해서도 서늘한 눈빛을 번쩍였다.

그때도 조슈아는 이후에 진행될 상황들을 생각하고 있었다.

건방진 얼굴마담의 생각이 어떻든지 간에 자신이 자체 군단으로만 외부에서 들어오는 원정대들을 상대해 주는 게, 그분의 전쟁에 보탬이 되는 게 맞긴 했다.

그래야만 각성자들이 중부 점령을 빠르게 끝내고 외부로 진출할 수 있는 것이다.

그린우드 대륙이 넓긴 하지만, 이만한 대륙은 이계에 그린우드 하나만 있는 것이 아니었다. 갈 길이 멀었다. 그렇기 때문이었다.

건방진 놈의 의도대로 할 수밖에 없는 상황이 가슴을 더욱 들끓게 만든다.

'수하들을 더 잃을 순 없다.'

그러니 병력을 충당할 방법이 문제다.

뱀파이어 귀족의 수를 늘리는 데에는 한계가 있고 귀족의 수를 늘리는 것도 꼭 장점만 있는 게 아니었다.

그렇다고 도시민을 또 각출하여 뱀파이어 일족으로 만들기에도, 지난 전투들로 인해 죽어 나간 숫자들이 한계치에 달했다.

남은 도시민을 전부다 뱀파이어 일족으로 만들어 버리면 누가 생산을 담당한단 말이냐. 낮에는 꼼짝없이 움직이지 못하는 것들.

조슈아는 음험한 생각들이 피어오르기 시작했다.

'제약을 풀어 줘야 하는가.'

사실 그 일은 다른 각성자 그룹과의 마찰을 염두에 두고 막아 둔 일이긴 하지만 지금도 밤이 되면 종종 벌어지는 일이긴 했다.

로드인 자신과는 상관없는 일이나, 귀족이나 일반 일족들은 다르다.

그것들에게는 피를 향한 갈증이 숙명처럼 따른다. 엄벌을 각오하고 도시민을 물어뜯거나 도시를 넘어 사냥감을 찾아다닌다.

그리고 그것들의 목표는 대개 각성자들의 점령 지역이었다.

성기사단과 원정대가 운집해 있는 곳보단, 각성자가 자리를 비운 그 땅들이 더 수월한 사냥터였기 때문이다.

각성자들의 점령 지역에는 각성자가 남아 있는 경우가

많이 없었다. 점령 지분만 확보하고 용병들을 주둔시킨 채
중부의 다른 전장으로 떠나는 게 일반적이었다.

'하지만.'

다른 각성자들의 점령 지역을 사냥터로 삼는 것은 아무
래도 충동적으로 결정할 일이 아니리라.

*   *   *

조슈아는 결단을 내리지 못하고 있었다.

각성자들의 점령 지역을 사냥터로 삼는 것보단.

가능하면 락리마 교단과의 전투에서 일족들의 갈증을 해
결하고, 최대한 생포하여 노예화시키는 것이 마땅한 일이
기 때문.

오랫동안 저울질하던 무게 추는 점점 후자로 기울고 있
었다.

그깟 각성자들 때문이겠는가. 건방진 얼굴마담 때문이겠
는가. 아니다. 그분이 치르고 있는 전쟁의 끝을 한시라도
앞당기기 위해서다.

때문에 자신이 위험을 감수한다면, 락리마 교단의 군영
에 자신만큼이나 강력하게 출몰한 그놈을 사전에 제거해
놓을 수만 있다면.

그렇게 단순히 방어를 넘어서 다른 지역으로의 진출까지 모색할 수 있다면 구태여 각성자들의 기존 점령 지역을 사냥터로 삼을 일도 없을 것이다.

고민은 끝났다. 조슈아는 암습에 나갈 준비를 시작했다.

이번에는 수하들을 대동할 생각이 없었다. 수하들 대신 죽어도 되는 자들로 꼽았다. 다시 만들어 낼 수 있는 귀족들.

창백한 인상의 남녀들이 조슈아의 부름을 받고 그의 침실로 모여들던 그때.

"조슈아."

맹렬한 바람이 휘몰아쳐 들어왔다. 자신을 그렇게 부를 수 있는 존재는 물론 한 분뿐이다. 조슈아는 즉시 한쪽 무릎을 굽혔다.

"오셨습니까. 마스터."

조슈아를 따라서 뱀파이어 귀족들도 무릎을 꿇었다.

조슈아의 시야 안으로 한 권의 고서가 불쑥 들어온 것도 그때였다.

조슈아는 고개를 숙이면서 순간적으로 내려트려진 자신의 긴 금발을 살짝 치워 냈다. 그리고 나자 분명히 보였다.

그 고서는 자신을 뱀파이어 로드로 만들어 준 [죽음의 서 2권]과 흡사해 보였다.

『죽은 자들을 일으키거라. 네 노예로.』

조슈아의 머리맡으로 그분의 음성이 내려왔다.

〈다음 권에 계속〉

DREAMBOOKS★

DREAMBOOKS★